BOOKS on DEMAND

Schatten fallen auf die Reise eines Paares nach Indochina, wo Gert, ein Journalist, im Auftrag seiner Zeitung den unvernarbten Spuren der Roten Khmer nachspüren soll. Noch immer liegt eine Decke des Schweigens über den Gräueln dieses Regimes, dessen Täter noch maßgebend die staatstragende Gesellschaft repräsentieren.

Seine Freundin Hanna kann trotz genussreicher Reiseerlebnisse nicht vermeiden, dass ihr Freund einen Zipfel der Landesgeschichte lüftet, und dadurch in Geschehnisse schlittert, die beinahe apokalyptisch enden: Gert ignoriert die Warnung eines Schamanen, Tempel werden zu Tatorten.

Zwei Fragen bringen die beiden Reisenden in Konflikt, nämlich: Wie wird man in einem asiatischen Gefängnis schwanger, damit man wegen Drogenschmuggels nicht zum Tode verurteilt wird, und wie verhindert man die mädchenhafte Anziehungskraft asiatischer Frauen, damit eine Zweierbeziehung nicht gefährdet wird? Vor allem als Gert in das erotische Netzwerk einer einheimischen Guide taumelt.

Horst Weber

Rote Schatten
Anatomie einer Reise

Die Deutsche Nationalbibliothek verzeichnet diese Publikation in der Deutschen Nationalbibliografie; detaillierte bibliografische Daten sind im Internet über http://dnb.dnb.de abrufbar.

Herstellung und Verlag: BoD – Books on Demand, Norderstedt

ISBN: 978-3-7386-5008-2

Inhaltsverzeichnis

In Hamburg lebten zwei Ameisen,
Die wollten nach Australien reisen.
Bei Altona auf der Chaussee
Da taten ihnen die Beine weh,
Und da verzichteten sie weise
Denn auf den letzten Teil der Reise.

Joachim Ringelnatz

I Schmuggelgut

Der Mekong

Früher Morgen. Ich sitze auf einem unserer Alu-Koffer, habe Hannas Tagebuch auf dem Knie, und versuche gegen die Kälte anzukämpfen, die mir unaufhaltsam am Gebein hochkriecht. Kluge Leute würden sagen, dass dies im Frühdunst am Fluss bei einem Leptosomen wie mir normal sei. Ein Pykniker zum Beispiel, also ein eher gerundeter Mensch, empfände die Kälte trotz kurzer Hose nicht so störend, würden diese Leute sagen, aber was sollte ich mit dieser Meinung schon anfangen, jetzt wo ich friere. Hanna meint zwar, ich sei kein reiner Leptosom, sondern eine verpfuschte Kreuzung mit einem Athletiker, der Herrgott habe einst nicht gewusst, wo er mich hintun solle, und ein Athletiker friere nicht, zumindest jammere nicht, wenn er schon mal friere, ich sei halt generell an allen möglichen Ecken und Enden empfindlich. Na gut! Jetzt könnte ich sagen, dass ja nicht mein Anteil am Athletiker jammert, sondern jener am

7

Leptosomen, und dass Hanna daran schuld sei, weil sie mir die Nutzung einer langen Hose verweigert hatte, die jetzt friedlich im Koffer schlummert.

„Den Koffer mach ich nicht mehr auf", hatte sie nach dem Aufstehen gesagt, unwiderruflich, „die Hose ist ganz unten."-

„Na und?"

„ Da kommt meine ganze Ordnung durcheinander. Davon verstehst du nichts. Hast du schon einmal einen Koffer eingeräumt? Hast du? ... Na also! Das bisschen Kälte wirst du wohl aushalten".

Wie-dem-auch-sei: Jetzt sitze ich also am Ufer des Mekong und versuche meine Gedanken zu fassen. Aber die frieren auch: … Die Quellen sprudeln und tragen ihre Botschaft vom heiligen Berg Kailash…?
Nein… In breiter Majestät wälzt sich der Fluss 4200 km nach Osten… Nein… Trägt den Singsang tibetischer Mönche von seinen Quellen bis zum Delta…
Hinter mir steht Hanna und späht über meine Schultern auf meine Aufwärmversuche.
… Die Quellen sprudeln und tragen ihre Botschaft…
„Nein!", sagt sie, „So ein Text passt nicht in mein Tagebuch. Du kritzelst damit nur meine wertvollen Seiten voll. Ich muss sparsam damit umgehen, weil es bereits mit Indien und Burma vollgestopft ist. Jawohl!" Und wenn mir nach poetischen Ausflüssen zumute sei, solle ich das nächste Mal gefälligst einen eigenen Notizblock mitnehmen. Mit mir sei es immer dasselbe, sagt sie, - sie lehnt provozierende Killerphrasen zwar ab, wendet sie aber bei mir an -, also *immer*: immer Husch Pfusch und im letzten Augen-

blick. Da bereite sie sich monatelang auf eine Reise vor, plane und organisiere alles, nicht wahr, eine Heidenarbeit sei das, und was macht der Herr? – Nichts macht er. Sogar seinen Koffer müsse sie packen, jawohl, sonst vergisst er die Hälfte, sogar Papier und Schreibzeug und Rasierpinsel.

Ich könnte bei solchen Anschüttungen das gekränkte Würstchen spielen, könnte auf die Unhaltbarkeit von Pauschalierungen verweisen, und darauf, dass sie mir das Kofferpacken gar nicht zugestehen will, schlimmer: nicht zutraut, weil ich eben ein Husch Pfusch sei, ohne professionellen Zugang zu den praktischen Dingen des Lebens. Aber damit würde ich nur einen Irrgarten an Argumenten heraufbeschwören, der in gegenseitigen Beschuldigungen enden könnte.

Also lieber eine dickere Haut bewahren und die Vorteile, die ich an ihr habe, nützen und schätzen. Sie ist mein Reiseengel, der nicht nur penibel Tagebuch führt, den Tagesablauf sozusagen in Filets schneidet, sondern auch alle Reiseangelegenheiten erledigt, wobei sie schon manche Reiseagentur in Verzweiflung gestürzt hat. Sie wirft mir vor, dass ich sie als Privatsekretärin, Buchhalterin, Köchin, Krankenschwester, Klagemauer…, was gibt's denn noch, ja, und Geliebte missbrauche, und ignoriert dabei, dass sie mich deswegen abhängig macht wie ein Kind vom Rockzipfel der Mutter.
Ich glaube aber, sie ist sich dessen wohl bewusst, und ich traue ihr diese Raffinesse auch zu.

Also steige ich herab von poetischen Wolken, oder Ausflüssen, wie Hanna sagt, reiche ihr das Tagebuch und rücke mit den Koffern in der Menschenreihe vor.

„Wieso nimmst'n nicht den Laptop?" Also das kann nur rhetorisch gemeint sein, denn der Laptop ist auch im Koffer, gleich neben der langen Hose, und wir drängeln im Morgendunst vor verwitterten Fischerhütten, die für Amtszwecke entfremdet wurden. Zentimeterweise trippeln wir in der Reihe vor, eingeklemmt zwischen dem bunten Völkchen der Rucksack-Travellers.

Mit unseren Alu-Koffern und dem Beauty-Case von Hanna sind wir hier Exoten. Wir warten auf den Ausreisestempel Thailands. Ohne Ausreisestempel kein Einreisestempel auf der laotischen Seite des Flusses. Ein Zustand der Existenz im Leeren. Die schicken dich wieder zurück, sagt ein hagerer Bursche hinter uns, der es ohne Ausreisestempel probiert hatte. Sie beleben damit ungewollt das Nebengeschäft der Fischer, welche mit ihren hölzernen Langbooten, Zillen wie auf dem Hallstädter See, die Überfuhr besorgen. Uns soll das nicht passieren, und so warten Hanna und ich geduldig auf den Stempel, der uns zur Überfuhr autorisiert, quasi zur Rechtspersönlichkeit stempelt.

Hinter den Akazien am anderen Ufer verblasst die Betonsilhouette eines geplanten Spielcasinos im flachen Sonnenlicht des erwachten Morgens. Die Anlage ist – wie wir erfahren - zu einer friedlich dahindämmernden Bauruine verkommen, in welcher behördliche Blockierung und mangelnde Kreditbonität die Zeit überdauern. Den laotischen Bauherren ist das Geld ausgegangen. Dies nützten die Burmesen und haben stromaufwärts unweit der thailändischen Grenze, am burmesischen Ufer dieses Dreiländereckes, einen gewaltigen Baukomplex mit Casinos und Hotelanlagen errichtet, der thailändische Kundschaft in Scharen anzieht. In Thailand ist das Glücksspiel bekanntlich verboten. Wir haben im gestrigen Abenddämmern auf einer Bootsfahrt flussaufwärts das orientalische Geflimmer und Geglitzer dieses Prachtbaues bewundern können.

Ja, ja! Die Militärjunta Burmas hat keine Skrupel, wenn es gilt, für die Generale renditeträchtige Beteiligungen zu schaffen. Sie hat die kommunistische Führung von Laos im Kampf um den Spielermarkt ausgetrickst.

Vielleicht liegt es auch daran, dass – nach Aussagen ehemaliger französischer Kolonisten - die Laoten das langsamste Volk in Indochina seien. Die fleißigen Vietnamesen, so sagen sie, pflanzen den Reis, die Kambodschaner ernten ihn, und die Laoten hören ihn wachsen.

Wir haben natürlich nicht selbst mit Kolonisten gesprochen, solche Informationen holt man sich aus den Reiseführern, von denen Hanna fünf dicke Exemplare mitschleppt, welche die Koffer, die ich jetzt wieder ein Stück in der Reihe vorschiebe, um etliche Kilos beschweren. Schleppen muss ja immer ich, jawohl immer, und deshalb ist diese Aussage keine aufrührerische Floskel, weil sachlich begründet.

Diese Reise ist eine private Unternehmung von Hanna und mir. Wie jedes Jahr sind wir einige Wochen im

Fernen Osten unterwegs, um Land und Leute kennenzulernen, wobei Hanna, - sie ist Restauratorin und hat eine Boutique für indische Möbel und asiatischen Krimskrams -, besonders an den historischen Monumenten interessiert ist und fallweise Ware einkauft.

Und jetzt muss ich erläutern: Einen Tag vor unserer Abreise kam der Chefredakteur der Zeitung, für die ich arbeite, in mein Büro und fragte:
„Wann fährst du?"-
„Morgen."-
„Kambodscha?"-
„Laos und Kambodscha. Hauptsächlich Kambodscha."
Er wanderte vor meinem Schreibtisch hin und her und bohrte in der Nase.
„Kambodscha? Da läuft ja aktuell der Prozess gegen diesen…, diesen Folterknecht, diesen Schlächter von Phnom Penh, wie heißt der?"-
„Guek Eav oder so, alias <Duch>." –
„Ja, Duch. Könnten wir was drüber machen, wenn du schon dort bist."-
„Über den Prozess?"-
Er stützte sich auf die Tischplatte und beäugte meinen Schreibtisch. Rasch ließ ich einen Reiseprospekt in der Tischlade verschwinden.
„Nein, das kriegen wir von der APA… Ich meine was Längeres fürs Wochenende. Kann ja auch eine Serie werden. Über die Stimmung in der Bevölkerung oder so. Die Roten Khmer haben ja das halbe Land ausgerottet, und jetzt muss die Bevölkerung mit denen zusammenleben… Wie funktioniert das? Ganz oben

sitzen ja wieder Kommunisten. Der Regierungschef war ja auch einer von denen"-

„Weiß nicht. Ich bin ja mit meiner Freundin auf Kulturreise, werde keine Zeit haben."-

„Mein Gott", sagte er und blickte gegen die Decke, so wie bei den Redaktionssitzungen, wenn ich mit einer politisch unkorrekten - er sagt naiven - Frage komme.

„ Das machst du aus dem FF. Keine langen Recherchen. Ein paar Interviews mit Leuten, denen man Verwandte erschlagen hat... Wie kommen die damit klar? Etc., etc. Verstehst du?"

So sprach also der Chefredakteur und wünschte mir eine gute Reise. Und ich saß da und fragte mich, wie ich Kambodschaner finden könne, denen man Verwandte erschlagen hat.

Vor uns in der Reihe schimpften einige Franzosen auf die indochinesische Bürokratie, aber schließlich hatten wir alle unsere Stempel und balancierten über ein schwankendes Brett zum Boot.

Mit uns soll kein koloniales Kästchendenken, gefüllt mit ethnischen Vorurteilen, den Mekong queren, nein, sondern die Vorfreude auf Land und Leute, und die Koffer selbstverständlich, mit denen ich beinahe vom „Bootssteg" ins Wassergefallen wäre.

„Kannst du nicht aufpassen?", erschrickt Hanna. „Die Koffer!" –

„An mich denkst du wohl nicht?"-

„Na, du kommst da wieder raus. Aber die Koffer?"-

Und als wir ablegen: „Was ist, wenn wir kentern? Dann sind die Koffer futsch, und wir haben keine

Schwimmwesten. Nur der Bootsführer hat eine. Der misstraut sich wohl selbst, oder?" –
„Kann wahrscheinlich nicht schwimmen. Aber wir können ja."-
„Ja, aber die Koffer...? Und mein Beauty Case."
Im Moment ist aber das Wichtigste der Ausreisestempel. Den haben wir. Wir sind jetzt keine Untoten im Niemandsland, die wieder zurückgeschickt werden. Wir dürfen sogar Eintritt ins Land bezahlen, wie in ein Museum. 35 Dollar pro Person, Visagebühr für das Land des Pathet Lao, des „Volks der Lao". –
„Seniorentarif", sagt Hanna, „viel billiger als die Flughafentaxe in Bangkok." –

Houay Xai Immigration Checkpoint.
Offiziere im dunklen Olivgrün mit goldenen Schulterklappen. Beamte, die stoisch die Menschentrauben abarbeiten. Ein Riesenplakat gegenüber dem Zollgebäude: Propaganda der Volksarmee. Soldatinnen und Soldaten bei Ausbildung und Sport. Giftgrüne Hemden und Schirmmützen mit Kokarde. Schulterklappen mit rotem Stern. Daneben eine Polizeistation. Rote Flagge mit Hammer und Sichel. Für uns, 20 Jahre nach dem Zusammenbruch des Ostblockes, museale Exotik. Sie haben ihre vertrauten Symbole aus dem Aschenputtel-Dasein der vergangenen Jahrzehnte gerettet, aus der verordneten Isolation heraus, aus dieser Einsperrung in die eigene Ideologie, in den zaghaften Aufschwung nach der Grenzöffnung. Der Staat als symbolverliebter Nostalgiker, der an den Zitzen des sektoralen Kapitalismus´, dem Tourismus, saugt.

Nun gut. Wir haben die Verlässlichkeit der laotischen Reiseorganisation angezweifelt. Unsere Skepsis schrumpft aber, als wir über den Köpfen und den Rucksäcken der Jungscharen ein Blatt Papier erblicken, auf dem Hannas Namen steht. Mit Filzstift in verkrampften Lettern. Vom hochgereckt schwankenden Blatt verschwinden zwei karierte Hemdärmel nach unten in der Volksmenge. Wir arbeiten uns darauf zu. Die karierten Hemdärmel gehören zu einem Hemd, dessen gedrungener Träger erleichtert aufatmet, als wir bei ihm sind. Er ist blass, verschwitzt und hat größere Angst gehabt, uns zu verpassen, als wir umgekehrt.

Er dürfte Mitte vierzig sein und spricht Deutsch. Ein leises, zurückhaltendes Deutsch, in dem er um passende Formulierungen ringt. Er kann nicht Englisch. Seine Lizenzmarke trägt er stolz wie das Goldene Vlies um den Hals. „Phouvong" steht darauf. Tourist Guide. Beflissen schnappt er sich Hannas Koffer und bugsiert uns zu einem Pick-Up, das uns zur Bootsanlegestelle am Fluss bringt, wo die flachen Mekongboote, meist Frachtkähne mit Wohnaufbauten, liegen, Seite an Seite, ihre Farbenvielfalt im lehmbraunen Wasser spiegelnd. Und jetzt bleibt von unserer Skepsis nicht mehr viel übrig, denn welche Überraschung : Wir haben einen Kahn, geeignet für 30 bis 40 Personen, für uns ganz allein.

Ich habe meinen Laptop aus dem Koffer geholt und sitze wieder auf meiner poetischen Wolke, oder am poetischen Ausfluss, wie Hanna sagt: Breit gleitet der

Strom ins Gegenlicht, schimmert matt wie polierter Marmor, vom Graublau ins Anthrazit, bildet ornamentale Wirbel, Spiralen, deren Oberfläche wie Schneekristalle blinken... Also, übertreiben darf ich auch nicht, auch wenn mal ein Buch daraus werden könnte.

Während rechts das thailändische, links das laotische Ufer gemächlich vorbeizieht, Fischerhütten auf Stelzen, Bauerndörfchen, Kautschukplantagen am Dschungelrand bietend, da hat Hanna ihr Tagebuch auf den Knien und schreibt stillvergnügt, also fast verklärt lächelnd, an ihren Notizen. Sie quatscht zwischendurch (simultan ohne den Schreibfaden zu verlieren) mit Phouvong, unserem Begleiter, schickt, wenn wir über Wirbel gleiten, begeisterte Ausrufe über die Fluten und fotografiert ungehemmt in die Landschaft. Eine cäsarische Eigenschaft.

Hier querten im Vietnamkrieg die B-52 Bomber der Amerikaner den Flusslauf und warfen über den Ho Tschi Minh-Pfad mehr Bomben ab, als im zweiten Weltkrieg über Europa, verwandelten so Reisfelder und Kautschukplantagen in Kraterlandschaften wie an der Somme 1914/15.

Oh Gott, sagt Phouvong, was habe er auf dem Flug von Vientiane nach Houay Xai für Todesängste ausgestanden, in diesem klapprigen Zwei-Motorer, der nicht über den Wolken, nein, sondern in den Wolken flog, noch dazu bei Unwetter, einem seltenen Gewitter der Trockenzeit, welchem er sein halbverdautes Abendessen opfern musste, und es habe keine Tüten oder Plastiksäckchen an Bord gegeben. Besser wäre gewesen, er hätte vor dem Abflug den Fluggeistern ein Opfer gebracht. Er sei zwar nicht religiös, aber ein bisschen abergläubisch, sicherlich. Den Geisterglauben, jahrtausendelang aus den Naturreligionen mitgeschleppt, kann auch eine sozialistische Erziehung nicht ausrotten. Muss schon in den Genen liegen. Er wollte bei seiner Ankunft noch in die Buddha-Kapelle am Flughafen gehen und ein Opfer bringen, aus Dank für die heile Landung, aber dann hätte er uns verpasst.

Und weil er nicht geopfert hat, ist er noch immer blass, nicht olivenfarben. Und wenn ein Laote blass ist, schaut er schmutzig aus. Da hilft auch kein Waschen.

Ohne Rücksicht auf Phouvongs Zustand zieht alsbald verführerischer Küchenduft in die Nase, den die Schwester des Kapitäns in den Fahrtwind mischt, würzig unsere Gaumen und Phouvongs Brechreiz kitzelnd.

Während dieser Reise, sowohl in den Königreichen als auch in der Volksdemokratie, haben uns die Küchendüfte umweht wie die Frühlingsluft die Osterspaziergänger. Also nein, bitte keine literarische Überhöhung, will nur informieren, dass wir zwischen Thailand, Laos und Kambodscha kaum Unterschiede in der Küche feststellen konnten. Die war gleich gut. Im Gegensatz – der Vergleich drängt sich auf – zur ehemaligen Küche der europäischen Arbeiter- und Bauernstaaten. Oh, Brüder und Schwestern im Reisegeiste! Wer hat von euch vor der politischen Wende in Europa diese Küche erlebt? Diese Abkehr von der dekatenten, bourgoisen Haubenkocherei? Diese Kantinenabspeisung mit den Einheitssoßen, nach den Fünfjahresplänen und den Saisonverläufen normiert, ohne Kreativität und Phantasie? Das hat doch nur unter den Roten Khmern in Kambodscha schlimmer sein können.

Zentralwirtschaft ist zwar Mangelwirtschaft, und Kommunismus führt überall, wo er wuchert, zu Engpässen, aber die Asiaten haben den Mangel, unabhängig von politischen Schieflagen, schon immer in kreative Phantasie gewickelt, vor allem in ihren Küchen, haben alles, was auf dieser schönen Erde läuft, kriecht, krabbelt, fliegt, schwimmt, sich schlängelt, in ihre Speisepläne aufgenommen und raffiniert gewürzt, fast ohne Salz und Pfeffer. Töten von Lebewesen, zum Beispiel Katzen und Hunde? Kein Problem. Wenn Hunger droht, zählen keine religiösen Bedenken.
Es zählt auch kein Ekel. Es zählt nur die Proteinzufuhr. Man muss ja auf den hiesigen Märkten nicht Eiweiß in Form von gerösteten Skorpionen, Maulwurfsgrillen, Larven oder Maden in sich hineinstopfen, oder Krabben lebend verspeisen, nein, es genügen ja frittierte Heuschrecken, gebratene Termiten, Käfer am Spieß oder gekochtes Schlangenfleisch. Probieren Sie mal. Sieht appetitlich aus und schmeckt nicht schlecht. Frittierte Heuschrecken zum Beispiel schmecken wie filigran konstruierte Chips. Muss man probieren. Allerdings empfiehlt sich für solche Versuche, welche westliche Empfindlichkeiten strapazie-

ren, das Mittel Metifex, die tägliche Pille für den Magen. Eine   Empfehlung unserer tropengeeichten Hausärztin.

Schlangen haben wir im Übrigen auf den Märkten dieser Reise nicht gesehen, etwa eine appetitliche Kobra oder Malaiische Viper, weil sie wie einige Fruchtarten, zum Beispiel die Mango, in der Trockenzeit keine Saison haben. Sie schlafen jetzt, hat man uns gesagt, weil es noch zu kalt sei.

Phouvong, wortkarg am Tisch, mit schmutzigem Grünstich im Gesicht, nippt an der Suppe, entschuldigt sich gequält bei der Köchin und widmet sich seiner neuen Digitalkamera. Hat er extra für diese Reise gekauft. Er knipst uns etwas verlegen, im Zweifel über unsere Reaktion, weil üblicherweise die Guides fotografiert werden und nicht die betreuten Schäfchen.
Er ist kein professioneller Führer, der mit Amtsmiene sein Programm abspult, der trotz insgeheimer Verachtung für die Fremden – kommt ja auch vor - eine verbindliche Maske aufsetzt, weil er von ihnen lebt. Diesen emotionellen Spagat braucht er nicht, weil wir für ihn seltene Bezugspersonen sind, Verbindungsglieder in die große, weite Welt hinaus, die für ihn nicht erreichbar ist. Die lokale Reiseagentur hat ihn für eine Woche angefordert, weil Hanna einen deutschsprechenden Führer wollte. Er hat sich für unsere Begleitung extra Urlaub nehmen müssen und die Kamera gekauft. Ein guter Anlass für ein kostbares Gut.

Und während der Fluss an Breite verliert und an Strömung gewinnt, denn wir nähern uns den Bergen, während wir schwarze Basaltfelsen umschiffen, die in bizarren Formen aus dem Wasser ragen, oder als umwirbelte Inseln aus der Strömung tauchen, während die Hügel höher werden, zugewuchert mit Dschungel, aus dem einzelne Baumriesen aufragen, erfahren wir beiläufig, wieso unser Führer Deutsch spricht.

Erbgut

Neben Hanna in einen Liegestuhl gegossen, die Füße in den braunen Socken gegen den Fahrtwind gestemmt, antwortet Phouvong halblaut auf unsere Fragen. Und siehe da, ja gibt's denn das: Der Mann hat sechs Jahre in Weimar Architektur studiert. Das war in jener Zeit, als in westdeutschen Städten saturierte Kinder des Wirtschaftswunders Ho Tschi Minh und der Internationalen Solidarität lauthals Sympathie bekundeten.

Das habe er nie verstanden, sagte er. Diese jungen Krakeeler hatten alles, was sie brauchten, sagt er, sogar eine Zukunft, jawohl, wenn sie diese gewollt hätten, und haben trotzdem nach Ho Tschi Minh gekräht. Macht Sattheit blind? Was hat uns Ho Tschi Minh gebracht? Er hat die Bettler von der Straße geholt, jawohl, das hat er. Aber hat er uns Zukunft und Hoffnung gebracht? Hat er mir Zukunft gebracht? Nein, hat er nicht.

Schauen Sie, sagt er – er lehnt das vertrauliche Du ab - , ich bin Architekt, aber unterrichte als einfacher Lehrer an einer Grundschule. Bei ihm hätte sich das zentralwirtschaftliche System verschätzt. Er sei quasi am Bedarf vorbei produziert worden. Man hat nach Berlin und Moskau geschielt, auf die Paradestraßen und die in den Himmel ragenden Zuckerbäckertürme, hat für das eigene Land Visionen entworfen, die sich aber dann als Seifenblasen entpuppten. Diese seien geplatzt wie seine Träume von einem besseren Leben. Letztlich hat man keine Architekten gebraucht. Das System hat ihn fallen gelassen wie eine heiße Kartoffel. Und die Kartoffel ist in einer Schule gelandet und dort langsam erkaltet, zur Resignation. Mit seinem Lehrergehalt könne er kaum seine Familie erhalten. Buddha sei Dank wohne er bei den Eltern im Heimatdorf, pendle jeden Tag nach Vientiane in die Schule. Eine gute Stunde hin, eine zurück. Aber er habe eine brave Frau, die Haus und Hof besorge. Sie kümmere sich im Garten um Gemüse, Maniok…, um die Hühner, ein paar Schweine, eine Ziege, das helfe zum Überleben – und letztlich um seine kranken Eltern.

Der Fluss wird enger. Schieferfelsen, schräg schraffiert, sparen Sandbänke aus. Angeschwemmte Baumstämme hängen blank wie Gerippe vom Waldrand herab. Der Sand stuft sich mehr als zwanzig Meter hoch über die Wasserfläche zum Dschungel hinauf, ein Anblick wie Wanderdünen in der Sahara. Das ist Schwemmsand, sagt Phouvong. In der Monsunzeit gehe der Fluss bis zu den Bäumen hinauf. Einzelne Sandflächen sind bepflanzt. Zaghaft drängt geordnetes Grün zur Sonne. Erdnüsse, sagt er, bisschen Mais. Die Bauern pflanzen in der Trockenzeit. Bis zum Monsun sind die Nüsse reif. Dann kommen die Fluten.

Man sieht keine Bauern. Sie sind in den Walddörfern. Meist sieht man die Dörfer nicht, aber man sieht die gerodeten, die Hänge hinaufreichenden Waldschneisen.

„Brandrodung", sagt Phouvong. „Die brennen die schönsten Teakholzwälder nieder. Ist zwar verboten, aber es kümmere sich niemand darum". Es gebe zwar internationale Umweltschutzorganisationen, die hier tätig sind, aber mit wenig Wirkung. Er zwinkert mit den Augen. Man habe Greenpeace ein Büro angeboten, aber im Gebäude des Staatssicherheitsdienstes. Verstehen Sie?

Dort, wo Sand und Schlamm von Seitenbächen in die schwarzen Felsen geschwemmt wurden, malerische Fotomotive bietend, sind Goldwäscher am Werk. Fast nur Frauen und Kinder. Eine harte Arbeit.

Die vorbeigleitenden Felsen glitzern und gleißen im Gegenlicht. –

„Quarz und Glimmer", sagt Hanna, die zu Hause eine Steinsammlung hat. –

„Jawohl", sagt Phouvong: „Magnesit, Blei, Kupfer, Zinn, Eisen". Er macht eine ausladende Handbewegung nach links und rechts. Die Japaner wollen unsere Steine aufkaufen (er meinte wohl die Uferberge). Wir sitzen auf einer Schatztruhe und haben keinen Schlüssel dazu. Die Japaner glauben, sie haben den Schlüssel.

Beim Stichwort Schlüssel fällt mir mein Chefredakteur ein. Wie soll ich einen Zugang zu Opfern der Roten Khmer finden, deren Verwandte erschlagen worden sind? Stimmung erheben?

„Hast du damals", frage ich Phouvong, „als die Roten Khmer in Kambodscha herrschten, von den Zuständen dort etwas mitgekriegt?" –

„Ja, klar", nickt er, „die Leute sind ja massenweise über die Grenze. Aber die hat man zurück geschickt, obwohl man gewusst hat, dass sie dort umgebracht werden. As Landesverräter. Nur einige haben sich hier bei Verwandten verstecken können."-

„Leben die noch hier?"-

„Manche. Ich kenne eine Familie in Vientiane. Der Sohn ist auch Lehrer. Kenne ich gut."

Na, da haben wir schon einen Schlüssel, denke ich, und erzähle ihm von meinem Interesse an den damaligen Geschehnissen. Und jetzt scheint sich ein Pfad zu öffnen, nach Luang Prabang, der alten Königsstadt, die wir besuchen werden, denn dort hat die Familie aus Vientiane Verwandte.

„Kann ich versuchen einen Kontakt", sagt Phouvong und holt sein Handy heraus.

Mein ursprünglich laues Interesse am Auftrag meines Chefs erwacht plötzlich. Die journalistische Nase wittert eine Fährte. Man muss den Geruch aufnehmen, denke ich, wie ein Wolf, der sein Opfer verfolgt. Und ich dränge Phouvongs Bedenken, der meint, dass ich Schwierigkeiten bekommen könnte, in den Hintergrund. Wissen Sie, sagt er, seit die Prozesse wegen der Schuldfrage an dieser Ausrottungspolitik laufen, seien die Geheimdienste aktiv. Das Gespenst der Angst gehe um. Journalisten könnten unter die Decke der Vertuschung schauen. Oh Gott, dort drängten sich die Täter wie die Heringe in der Dose. Nicht nur die Drahtzieher, sondern die Masse der Exekutoren. Wenn man zwei Millionen Menschen umbringt, müssten Hunderttausende daran beteiligt gewesen sein. „Also seien Sie vorsichtig."

Dass man auf dieser Fährte auf Abwehr stoßen kann, war mir bewusst, aber der Reiz des Nervenkitzels übertünchte meine Bedenken.   Hätte ich schon in Laos einen Hellseher konsultiert, wäre unsere Reise wahrscheinlich anders verlaufen.

Eigentlich bin ich für meinen Beruf nicht geeignet, da ich lieber im stillen Kämmerlein bei literarischen Texten säße, Eigenbrötler und Grübler, der ich bin, und nicht am Redaktionstisch in dieser hektischen Umwelt, wo man weder dazu kommt, die anrollende Informationsflut und die Ablage, noch seine Gedanken zu ordnen. Ich fühle mich nicht als Prototyp des Schnüfflers, der seine Sensationsgeilheit am lokalen oder nationalen Geschehen abarbeitet. Es müssen ja keine Skandale sein, auf welche man stößt, man kann auch Normalitäten zu solchen aufbauschen. Ich bin kein Headline-Catcher. Außerdem hält sich meine politische Korrektheit in Grenzen, da ich versuche, die Dinge mit Hausverstand und Vernunft zu beurteilen, und den Lesern nichts vorzuheucheln. Das hat mich schon öfter in Konflikt mit der Blattlinie gebracht. „Du wirst dir nochmal das Hirn anschlagen", meint Hanna bei solchen Gelegenheiten, „wenn du stur gegen die Wand läufst. Man muss auch die Meinung der anderen gelten lassen, im Mainstream mitschwimmen."

Jetzt geht die Kapitänsschwester, nein, wandelt mit ihrem erotischen Hüftschwung zum Buddha-Altar hinter der Anrichte und faltet die Hände zum Gebet. Es knistert bei mir, wenn sie vorbei geht.

Der Kapitän hat seinen jungen Neffen am Steuer abgelöst, weil sich die Strudel zwischen den Felsen mehren. Unsichtbare Kräfte wühlen die braunen Fluten auf und zerren an den Felsen. Gierig verschlingen sie alles, was der Fluss heran treibt. Bäume und Bambusstangen verschwinden in der gurgelnden Tiefe, wo die Flussgeister ihr Unwesen treiben. Je nach Stimmungslage könnten sie eine Naga schicken, jene mystische Schlange aus dem hinduistischen Pantheon, die nicht nur Schutzfunktion hat, sondern das Boot mit Mann und Maus in die Tiefe zerren könnte. Also furchtbar.

Solche Gefahr muss man abwenden. Man muss beten und Opfer bringen und vor allem daran glauben, dass dies hilft. Der Placebo-Effekt kann doch nicht nur für das Schlucken von Pillen gelten. Wenn man daran glaubt, ist man hinterher erleichtert, wenn man an einer Gefahr vorbei geschrammt ist. Das bestätigt doch die Sinnhaftigkeit von Opfergaben. Oder? Wenn es nichts genützt hat, muss man halt die Opfergaben wechseln. Statt Bananen und Orangen vielleicht Zigaretten und Schokolade. Auch unter Geistern gibt es Feinspitze.
Uns nüchterne Christen umspülen keine solche Geisterwelten und spirituelle Aufwühler, was uns letztlich in unserem Dasein eine schöne Portion Spannung

vorenthält, denke ich. Viele glauben an nichts mehr. Wir sündigen vor uns hin, schaffen irgendwann unsere Gewissensbisse ab, leben in den unheiligen Tag hinein, und enden irgendwann in der Trostlosigkeit der Lebensleere. Sind die Asiaten gescheiter? Sie leben ihre Religiosität aus. Die Schwester des Kapitäns zündet daher Räucherstäbchen an und legt eine Orange und eine Banane unter den Buddha. Und siehe da: wir kommen heil über die Strudel. Es war das richtige Opfer.

Die Roten Khmer hielten diese eingewurzelte Spiritualität für Gift. Sie wollten sie ausmerzen, mit Stumpf und Stiel. Sie wollten Millionen von Golems, künstlichen Menschen schaffen, die ohne eigenen Willen kollektiv funktionierten, auf Knopfdruck quasi.
Scheintote ohne Kultur.

Abseits

Nach etlichen Flusswindungen weitet sich der Wasserspiegel. Der Dieselmotor heult auf. Unser Kahn dreht sich langsam im Rückwärtsgang und steuert dann gegen die Strömung vorsichtig auf das Ufer zu. Eine Wende auf dem Mekong ist gefährlich. Während wir noch quer zum Flusslauf stehen, schwillt hinter einer Biegung ohrenbetäubendes Knattern an. Ein Boot schießt um die Felsen, ein „Speedboat", welches wie ein Requisit aus einem James Bond-Film an uns vorbeizieht. Spuk im Zenit des Tages. Eng und geduckt wie auf einer Plastikbanane an der Copacabana sitzen acht oder zehn Touristen unbequem hintereinander. Angeschnallt. Sie erinnern mit ihren Sturzhelmen und Rennbrillen, eingepackt in silberne Schwimmanoraks, an Astronauten auf einem Spaceshuttle und schaffen die 400 Kilometer von Houey Xay nach Luang Prabang, für welche wir zwei Tage brauchen, in acht Stunden.

Wow! Da haben die Tourismusmanager eine neue Marktnische mit Nervenkitzel gefüllt, vor allem für Japaner, neureiche Russen und sonstige Erlebnishungrige - Zeit ist Geld -, und nehmen damit das Risiko auf sich, dass ihre Gäste nach einer Flussbiegung mit voller Wucht auf ein Treibholz knallen und zum Fraß der Naga werden. Es hat schon Tote gegeben.

Der Erlebnishunger der Menschen lässt der Beschaulichkeit nicht mehr viel Raum.

Unser Kapitän verliert daher für einen Moment seine mentale Ruhe und droht mit der Faust gegen den entschwindenden Spuk. Das war eine knappe Sache. Zwei Meter an unserem Boot vorbei. Sein Neffe rennt mit einer langen Stange zum Vorderschiff, weil uns der Spuk Bugwellen hinterlassen hat, die uns gegen das Felsenufer drängen. Ein Leck im Bootskörper wäre eine Katastrophe. Das Boot ist nicht versichert. Und der Speedboat-Betreiber hat wahrscheinlich noch nichts von Haftpflicht gehört. Alles ist Karma, wenn was passiert. Schicksal.

An Land, reihen sich am oberen Rand eines Abhanges neugierige Köpfe entlang. Kinderköpfe. Dorthin steigen wir hinauf, sagt Phouvong. Wir besuchen ein Hmong-Dorf. Die Bewohner sind Halbnomaden. Vor zwei Jahren haben sie ihr Dorf noch auf der anderen Flussseite gehabt, aber nachdem der Boden ausgelaugt war, sind sie herübergezogen.
Beim Aufstieg überholt uns eine Gruppe Frauen. Sie sind klein und zierlich. Sie kommen von einer abgelegenen Bucht, wo sie ihre Boote verankert haben. Mangels Straßen ist der Mekong hier der einzige Verkehrsweg.

Als wir im Dorf sind, spult sich der Alltag ab wie in einem Dokumentarfilm, in dem wir hinter der Kamera stehen. Zwischen den mit Palmblättern gedeckten Hütten wühlen Hängebauchschweine mit ihren Ferkeln herum, Hühner spazieren zwischen unseren Beinen, Frauen stehen vor Hütteneingängen beim Schwatz, ihre Kleinkinder in Umhängetüchern am Körper. Auch halbwüchsige Buben tragen ihre Geschwister an der Brust. Nackte Kinder balgen sich um einen Plastikball, hinter einer Hütte wird Reis gestampft, daneben verrostet ein Dieselaggregat. Zwischen Bananenstauden hängen verschlissene Steppdecken zum Lüften auf Bambusgestängen. In den Bergen sind die Nächte kalt.

Auf einem Dach stolziert ein prachtvoller Hahn, vielleicht das Opfertier für die nächste rituelle Handlung ihres Ahnen- und Geisterkultes. Sie sind Animisten.

Wir spüren verstohlene Blicke aus den geflochtenen Bastwänden der Hütten, aber keine Abneigung. Phouvong hockt mit seiner Kamera abseits und lässt uns kommentarlos durch das Dorf ziehen. Selbstzufrieden hat er uns in den Augenwinkeln. Das Dorfleben ist nicht erklärungsbedürftig. Ich kann ungehindert fotografieren. Nicht einmal die Hunde bellen oder beschnüffeln mich.

Bald ist Hanna von Müttern und Kindern umringt, die durch verhaltene Gebärden und Hochhalten von Babys ich weiß nicht was mitteilen wollen. Keine Spur von Betteln. Ich weiß: Hanna hätte gerne drei bis vier Kinder, so sagt sie jedenfalls, sie ist als Einzelkind aufgewachsen, unter dem Diktat ihrer verwitweten Mutter, und hätte gerne eine althergebrachte Familie mit der Wärme eines Kuschelnestes. Bisher hat sie sich diesen Wunsch nicht erfüllen wollen, weil wir nicht verheiratet sind.

Die Hmong sind stolz und selbstbewusst, sagt Phouvong beim Abstieg zum Boot. Kriegerisch. Die viertgrößte Ethnie in diesem sieben Millionen starken Vielvölkerstaat. Zehntausende von ihnen haben im Vietnamkrieg gegen die Vietkong und Pathet Lao gekämpft. Sind von der CIA finanziert und ausgebildet worden. Die „Geheime Armee" war einer der wichtigsten Partner für die USA im Kampf gegen die Pathet Lao, den Aufständischen gegen die Regierung. Hunderttausende flüchteten deshalb nach dem Krieg nach Amerika. Viele blieben in Thailand hängen. Das hat die laotische Regierung nicht vergessen. Deshalb wurden die Verbliebenen zuerst in Umerziehungslager gesteckt. Dann hat der Staat Lehrer in die Dörfer geschickt, um sie zu laotisieren. Laotisch statt Stammessprache. Krankenstationen statt Schamanentum. Buddhismus statt Geisterglaube.

Ich war selbst zwei Jahre in ein Dorf versetzt, sagt Phouvong, in der grünen Einöde. Hab versucht eine Schule aufzubauen. Das war ein Desaster. Bin völlig ignoriert worden. Die Bergstämme wehren sich halsstarrig gegen äußere Einflüsse, auch wenn sie zu ihrem Vorteil sind. Den Vorteil muss man ihnen aber erst eintrichtern. In den Bergen greift der Sozialismus nicht. Die haben ihre traditionellen sozialen Strukturen, haben einen Hang zum Aufbegehren. Deshalb hat die Regierung zwangsweise Umsiedlungen begonnen, ins Tiefland. Offiziell um die Brandrodungen und den Opiumanbau einzustellen, den Amerikanern gegenüber, die den Kampf gegen Drogen finanzieren. Das war politisch korrekt, aber nur Vorwand. Ziel war die Laotisierung. Aber es hat bewaffneten Widerstand gegeben und viele sind wieder zurück in die Berge. Phouvong lacht sarkastisch. Die letzten Widerständler haben sich 2005 ergeben.

Wie-dem-auch-sei. Die Hmong-Dörfer sind keine Freiluftmuseen. Sie bieten blutvolle Realität.
„ Sie haben ja gesehen, auf welchem Niveau die Bewohner leben", sagt Phouvong. „Viele sind so arm, dass sie ihre Töchter an thailändische Agenten verkaufen, die im Bergland herumziehen. Diese versprechen Arbeit in Glanz und Glamour, aber verkaufen die Mädchen, meist halbe Kinder, an Bordelle. Von dort kommen sie dann nicht mehr weg."
Die Kinder in diesen Dörfern haben keine Chance auf ein Fortkommen.

Er, Phouvong, habe seine Chance gehabt. Dafür sei er dankbar. Er stamme auch aus einem Dorf und würde jetzt dort wahrscheinlich Schweine hüten, wenn er nicht als Novize im Kloster gewesen wäre. Im Kloster habe er seine Bildungsgrundlagen erhalten, jawohl, nicht in der Partei oder bei Ho Tschi Minh. Aber die Partei habe ihm später die internationale Solidarität geöffnet. Die habe ihn schließlich in die DDR geführt. Insofern passe für ihn Buddhismus und Sozialismus zusammen. Rein pragmatisch gesehen. Er selber sei aber nicht mehr gläubig. Dazu habe er zu viel persönliche Aufklärung in Deutschland durchgemacht.

Seine Träume? Ha, ha, lacht er. Die seien nicht aufgegangen. Aber wer hätte als junger Mensch damals keine Utopien gehabt, in dieser Aufbruchsstimmung, bei diesem Enthusiasmus nach all den Kriegen? Auch für ihn war der Sozialismus geistige Stütze und Hoffnungsschimmer für die Zukunft. Der Sozialismus, wie gesagt, und nicht der Vietnamese Ho Tschi Minh.

Und heute? Nein, heute habe er keine Träume mehr. Träume machen unzufrieden. Träume werden nur in den USA wahr, nicht in Laos. Man müsse wissen, wie hoch seine Latte liege. Hier helfe die buddhistische Erziehung, wonach die Latte im nächsten Leben viel niedriger liegen könne. Glaube hin, Glaube her, er sei jedenfalls zufrieden. Mehr als jetzt könne er vom Leben nicht mehr erwarten, also habe er sich arrangiert.
Er knipst mich im Liegestuhl. „Bitte können Sie mich auch einmal….?"

Gegen 17.00 Uhr laufen wir Pakbeng an, einen kleinen Ort mit ein paar Stelzen-Hostels. Es liegen schon etliche Passagierkähne vor Anker. Wir übernachten in einem ehemaligen kolonialen Gästehaus. Stimmungsvolle Zimmer mit warmen Teakholzwänden, aber winzig wie am Montmartre in Paris. Gut, dass wir die Koffer am Boot gelassen haben, aber o weh, die Pyjamas sind drin. Elektrischer Strom von 18.00 bis 22.00 Uhr. Also mit dem Duschen noch zuwarten. Auf der offenen Veranda machen es sich Rucksacktouristen bequem: Holländer, Schweden. Sie haben keine Zimmer mehr bekommen. Wir teilen unseren

Whisky mit ihnen. Skol! Abrupt fällt die tropische Dämmerung ein: jetzt sollte bald der Strom kommen. Kommen dann auch die Moskitos? Nein, keine Bange, Februar und Berge sind keine Brutstätten für Insekten.

Nach dem Dinner — es gab Mekongfisch - taucht Phouvong mit seiner Kamera auf. Er möchte uns zu einem Spaziergang in den Ort einladen, 30 Minuten vom Ankerplatz entfernt. Hanna ist müde und will, solange die Elektrizität reicht, noch Tagebuch schreiben.

Also stolpern wir zu zweit die steinige Straße entlang. Unsere Taschenlampen schneiden grelle Schneisen in die pechschwarze Nacht. Das Dunkel ist von Tierstimmen erfüllt, die, wie ein Orchester beim Einstimmen, ungeordnet aus dem Wald klingen. Trotz der Laute lastet eine eigenartige Stille über uns.

„Gibt's hier Tiger?", frage ich. — Phouvong lacht:

„Nein, hier nicht. Die sind ausgerottet worden. Aber weiter nördlich. Da gibt es noch welche." —

„Und wilde Elefanten?" —

„Ja, aber eher nördlich." —

Mit der Minilampe aus Hannas Sanitärset leuchtet Phouvong in die Bäume hinein.

„Keine Angst. Sehen Sie, keine Tiger." — Aber doch ein zurückfunkelndes Augenpaar: „Vielleicht ein Tapir. Oder Katze, hihi, Couchtiger." —

Wie ein Kind beim Handy-Testen probiert er alle Funktionen der Lampe durch. Hat er noch nicht gesehen, will die Lampe bis morgen behalten, sonst findet er auf dem Heimweg seine Absteige nicht mehr. Er schläft nicht bei uns im Hotel.

Nach einer Kurve leuchtet uns ein Straßenzug entgegen wie ein Lunapark in Italien. Ich staune über die rustikalen Wirtshäuser und lärmenden Bars, … und die Stromleitungen. Keine Straßenverbindung nach außen, durch die Wälder, aber Strom. Die Zivilisation erobert den Dschungel.

Die kurze Lichtermeile identifiziert Gesichter: blonde Jugendliche mit Bierflaschen in den Händen, feilschende Frauen vor dem Tante Emma-Laden, den älteren Herrn im Safarilook, das Haupt wie ein Löwe, mit einer Escort an der Seite.
Unter blinkenden Lichterketten spendet mir Phouvong ein Bier. Er hat auf die Einladung bestanden.-
O.k., dann übernehme ich das nächste.-
Am Nebentisch lümmelt ein vierschrötiger Europäer neben einer jungen Asia. Phouvong ersucht ihn um ein Foto von uns beiden. Der Kerl grinst anzüglich und murmelt hinter dem Display: „Willst'n nicht auf'n Schoß nehmen?"

Phouvong hat schon eine ganze Fotoserie von Hanna und mir. Hanna und ich sind für ihn Erinnerung an Deutschland, Bindeglied zu Weimar. Für ihn liegt Salzburg ja gleich daneben. Mozart und Goethe. Ein bisschen hat er von beiden damals mitgekriegt, aber…

Er war seit mehr 20 Jahren nicht mehr in der DDR, äh in Deutschland.

Dabei wäre er neugierig. Was hat sich in Weimar geändert? Kann man jetzt ungehindert in den Westen? Arbeitslosigkeit als Sorge? Ausschreitungen gegen Ausländer? Ob er als Architekt unterkäme? Er lacht sarkastisch: Schon wieder Träumerei. Für die Planung einer Datscha würde es noch reichen. Vor seiner Heirat habe er oft überlegt, seine Heimat zu verlassen. Aber als Taxifahrer jedenfalls oder Zeitungsausträger würde er in Europa nicht arbeiten wollen.

„Ich hatte eine Freundin in Weimar", sagt er nach dem zweiten Bier. „Wir waren vier Jahre zusammen". Verbotenerweise, weil seine Regierung vor der Zulassung zum Auslandsstudium eine Erklärung verlangt habe, wonach er in Deutschland keine Liebesbeziehung eingehen dürfe. –

„Stellen Sie sich vor: Vier Jahre klammheimlich in das Haus der Geliebten schleichen".

Aber er hätte sie jeden Tag auf der Uni getroffen, weil sie eine Kommilitonin war.

„Es war die große Liebe, verstehen Sie?" –

Seit seiner Heimkehr habe er aber nie mehr etwas von ihr gehört. Faden total gerissen, obwohl er ein paar Mal geschrieben hätte. Würde gerne wissen, was sie jetzt tut. Hat sicher Karriere gemacht. Früher hätte er ihr gerne Laos gezeigt. Aber jetzt nicht mehr. Würde sich schämen, ihr seine Lebensverhältnisse zu zeigen. Seine Frau sei ein einfaches Mädchen vom Dorf, wissen Sie... Er habe erst vor zehn Jahren geheiratet. Sie war sechzehn...

Zurück im Hostel: Hanna wirft einen überdimensionalen, flackernden Schatten an die Wand. Ein leichter Windzug streift durch das Moskitonetz am Fenster, über die Kerze und ihr Tagebuch, in dem sie kleinkrämerisch den Tagesablauf quasi filetiert.

Sogar das Speisenangebot der rehäugigen Kapitänsschwester hat sie im Detail festgehalten. Kein Wunder, dass sie meist im Rückstand mit dem Text ist.

„Wozu brauchst'n das so detailliert?", frage ich.

„Schreib statt der Chronologie doch lieber über den sanften Hüftschwung der asiatischen Frau, oder schreib über Liebeshütten in asiatischen Bergdörfern, diese Spielplätze für pubertierende Kinder. Such dir so ein Thema. Das nehmen alle Wochenendbeilagen. Oder etwas über hiesige Modetrends: Trägt man zum Beispiel unterm Sarong einen Tanga oder geht man blank wie die Schotten?"-

„Das tät ich auch gern wissen"-

„ Na siehste, das interessiert die Leser. In der Sauna zum Beispiel tragen sie keinen Tanga unterm Sarong".

„Da tragen sie auch keinen Sarong".-

„Doch, doch, die Frauen tragen dort Sarong, und die Männer Boxershorts, hat Phouvong gesagt". –

„Was hat er denn noch erzählt?" –

„Na, ja, was man unter Männern halt so erzählt. Wie bei uns im Verein. Ist in Laos nicht viel anders.

Die allmählich zur Neige gehende Kerze schiebt das schattige Profil ihrer Brüste langsam die Wand hoch. Wir müssen nackt schlafen, weil die Pyjamas, wie wir schon wissen, im Koffer auf dem Boot sind. Im Handgepäck haben sie keinen Platz gehabt, weil da haben das Beauty Case und die Apotheke hinein müssen. Sehr praktisch.

Eine Rille an der Wand verzerrt eine Brustspitze zur grotesken Länge und lässt sie im Kerzenschein flackern. –

„Allerhand!", sage ich und greife an das Original. –

„Lass das!", kichert sie, „Das kitzelt. Diese Teakholzwände sind zwar romantisch aber du hörst jeden Furz durch". –

Und dann löscht sie die Kerze.

Traumwelten

Am nächsten Morgen hängen kalte Wolken über dem Fluss. Die vertikalen Schraffierungen der Felsen und die horizontalen der Sandschichten lösen sich bergwärts im Nebel auf. Die kräftigen Farben und Konturen des Vortages sind blassen Stimmungsbildern gewichen. In der dünnen Kapuze ihrer Segeljacke trägt Hanna eine Rotznase zur Schau. Sie bibbert bis runter in die blauen Zehen. Wir sind barfuß, weil wir dem Beispiel der Bootsbesatzung folgen, die pingelig auf Sauberkeit achtet. Nur Phouvong, in Anorak und Zipfelmütze, wandelt in Socken über die blankgescheuerten Dielen und knipst Hanna, als ihr die Kapitänsschwester, heute in Jeans, eine Decke umhängt. Unsere Anoraks und Pullover sind leider im Koffer, den Hanna nicht aufmachen will. Gepackt ist gepackt. Bei der nächsten Reise packe ich meinen Koffer selbst. Also Zähne zusammenbeißen und auf die Sonne warten. Gegen Mittag schleckt diese sowieso die Nebel weg, meint sie, dann schwitzen wir wie in der Sauna, mit oder ohne Tanga.

Ihre Wetterprognose geht auf wie unsere Erwartungen, als wir uns den Höhlentempeln von Tham Ting nähern, die nur vom Wasser aus erreichbar sind. In blendender Sonne bietet sich ein Anblick wie auf einem abstrakten Gemälde: Eine gewaltige Felswand, wie von einem Riesen bepinselt, von oben nach unten in kühnen Strichen, in ocker, braun, schwarz und weiß, in der sich die Höhle öffnet wie ein schwarzer Rachen.

Eine magische Stätte, wo der Volksglaube die Wohnstätte der Flussgeister und des Naga-Königs vermutet. Kein Wunder, dass sich hier seit Jahrhunderten Opfergaben in Form von Buddhas unterschiedlicher Größe angesammelt haben, zu tausenden, die fromme Pilger und vorbeikommende Bootsleute gespendet haben, als „gute Tat", zur Besänftigung der Flussgeister.

Zur guten Tat fordern auch die Kinder auf, die entlang des Stiegenaufganges ihre Vogelkäfige in die Sonne recken, Mitleid für die verängstigten Piepmätze einfordernd, die sie eingefangen haben.

Hanna möchte am liebsten alle freikaufen, die da verstört umherflattern, aber Phouvong meint, dass man diesen ökologischen Unsinn nicht unterstützen sollte. Die Kinder bieten auch Plastiksäckchen samt Fischen an, die sie aus den Wassergräben der Tempel gefischt haben. Du gibst einen Dollar und entleerst das Plastiksäckchen samt Fisch zurück in den Graben, und wenn du weg bist, fischen sie das Fischlein wieder heraus. Ein schöner Kreislauf der einsatzlosen Mehrwertbeschaffung.

Man soll nicht Freikaufen, sagt Phouvong, gute Tat hin, gute Tat her, Touristen sollten lieber in den Dörfern und Märkten handwerkliche Produkte der Einheimischen kaufen. Zum Beispiel in den Dörfern rund um Luang Prabang, wo man widerspenstige Hmong aus den Bergen angesiedelt hat. Die leben davon.

Luang Prabang.
Wer hat nicht schon diese Scheinwelt erlebt, diesen schwebenden Bereich, wo reale Momente und Träume nicht wissen, wo sie hinwollen.
In diese Scheinwelt, in mein dämmerndes Bewusstsein, dringt nun dumpfer Trommelrhythmus . Traum und Wirklichkeit verschwimmen:
Ist es die Schwester des Kapitäns, die mir – hast du nicht gesehen – ohne Sarong, nur im Tanga, ihre Ohrläppchen bietet, sanft lächelnd? Oder ist es Phouvong, der gesagt hat, die Touristen stehlen wie die Raben, nämlich die kleinen Buddha-Statuetten aus dem Höhlentempel Tham Ting, keineswegs die roten Fahnen von den Polizeistationen oder die Kokarden von den Mützen der Volkspolizei.

Und dann wieder dieses rhythmische Trommeln.
Das ist ortsbedingte Quadrophonie, weil uns Phouvong mitten in Luang Prabang einquartiert hat, für eine Nacht in einem alten Kolonialhaus, im Zentrum der alten Königsstadt der Laoten, umgeben von mindestens 30 Klöstern – im 18. Jhdt. waren es 65 - , aus denen der eintönige Singsang der Mönche den Trommelklang untermalt und sich meditativ fortsetzt. Ich weiß nicht, von welcher Seite es stärker hallt.

Und der Mönch in Safrangelb und Orange, mit der Schirmmütze der Volksarmee auf dem Kahlkopf, schlägt mit seinem Schlegel auf die Längstrommel, die wie ein waagrechter Zylinder im Holzgestänge hängt, und der Mönch ist mein Chefredakteur, der von mir Überlebende des Terrorregimes der Roten Khmer verlangt. Und schon wieder die Frage, ob auch er einen Tanga trägt, es gibt ja auch Reizwäsche für Herren. Und der Chor der Mönche unterbricht das Trommeln und die monotone Litanei mit dem Schlachtruf rebellischer Demonstranten der 68er-Generation: Ho-Ho Ho Tschi Minh! Ho-Ho Ho…, der falsch verstandenen Modeschöpfung einer rebellierenden Bewegung.

Jawohl, Ho Tschi Minh wollte Laos vereinnahmen, in ein kommunistisches Indochina stecken, hat er auch, politisch und wirtschaftlich, da hat den US-Boys der ganze verdammte Vietnamkrieg nichts genützt, aber Buddha sei Dank, die Bomben der B 52 haben die Königsstadt mit ihren Pagoden damals ausgespart, obwohl ringsherum, und vielleicht auch drinnen, die Pathet Lao saßen. Da war wohl ein Airforce-Kommandant dabei, der die notwendige Ehrfurcht vor Kunstschätzen hatte, einer mit´m bisschen humanistischen Grips im Oberstübchen, der nicht in Westpoint seinen vaterländischen Schliff bekam, wo bekanntlich die Kultur nur bis zu den Kasernenmauern reicht. Vielleicht sitzt er jetzt mit schlechtem Gewissen bei der UNESCO, Abteilung Weltkulturerbe, und hat der Königsstadt den entsprechenden Status verschafft. Jawohl! Luang Prabang ist Weltkulturerbe seit 1995. Nur die Pathet Lao Rebellen haben im Bürgerkrieg, als es den König noch gab, keinen Respekt vor ihren großartigen Denkmälern gehabt und ein bisschen mit Artillerie hineingeschossen.

Und jetzt packt mich Panik, denn plötzlich ist eine Naga hinter mir her, vielköpfig mit aufgerissenen Kobra-Mäulern, oh Gott, ich hab doch keine Buddha-Figuren gestiebitzt, aus dem Höhlentempel,… und jetzt renne ich, renne, aber komme nicht weiter, als ob ich auf der Stelle trete, wie in Gegenrichtung auf einem Laufband am Flughafen, während die Boarding Time schon vorbei ist und ich das Flugzeug erwischen muss, und renne, renne, und gewinne keinen Abstand, und spüre schon den giftigen Atem der Schlange im Nacken, fünfmäulig verstärkt, oh Buddha, welche Panik…

… Aber da tippt mich Hanna an und sagt in das milde Licht der Nachttischlampe hinein:
„Aufstehen, es ist viertel nach fünf." –
Mein Gott, habe ich jede Orientierung verloren? Bin ganz wirr im Kopf. Vor dem Fenster ist es schwarz. Kein Trommeln und Ho Tschi Minh mehr. Kein Chefredakteur im Mönchskleid. Ich fühl mich wie erschlagen, wie nach der Einnahme von <Lariam>, diesem Anti-Malaria, muss mir die Augen reiben, Mensch, da steht Hanna neben dem Bett, im blau-weiß karierten Nachthemd, schaut aus wie in die bayrische Fahne gewickelt, und sagt nochmals:
„Aufstehen! Warum hast'n so gestöhnt? Komm, ich mach uns einen Early Morning Kaffee, weil um sechs kommen die Mönche".

Sie ist schon seit vier Uhr, seit das Trommeln begonnen hat, wach und hat vor Aufregung nicht mehr einschlafen können.

„Die haben wirklich getrommelt?" -

„Ja, steh auf! Weil um sechs Uhr zehn kommen sie, hat Phouvong gesagt, wenn es hell genug ist, um die Linien der Handflächen zu erkennen. Die schlafen nur vier bis sechs Stunden und trommeln dann los."

Aus allen Ecken und Enden der Stadt kommen sie, an die zweitausend, aus allen Klöstern, wie jeden Tag, und ziehen wie auf Ameisenrouten kreuz und quer durch den Ort, um ihren Lebensunterhalt zu erbetteln.

Was heißt erbetteln. Das hat mit Betteln in unserem Sinn schon überhaupt nichts zu tun, nichts mit dem hündischen Blick unterm treuherzigen Augenaufschlag, in Demut und schicksalhafter Ergebenheit, voller Dankbarkeit über die milde Gabe, nein, sondern eher mit der Eintreibung einer Art Kirchensteuer, auf welche die Mönche und Novizen einen moralischen Anspruch haben. Seit Buddhas Erleuchtung unter dem Bodhi-Baum ist dieser Anspruch unausrottbar. Die Klöster und ihre Bewohner leben ausschließlich von den Spenden der Gläubigen. Und zwar recht gut. Eine Symbiose von Geben und Nehmen ist dies zum beiderseitigen Vorteil. Der Gläubige begeht eine gute Tat, holt sich quasi einen Voucher für das angepeilte nächste bessere Leben, und der Mönch gewährleistet dafür die geistliche Betreuung bis zum letzten Hauch, bis die unvergängliche Seele in den nächsten Körper oder ins Nirwana schlüpft, wo sie mit dem Universum verschmilzt. So ist das. Muss mich da noch ein bisschen in spirituelle Themen hineinknien, noch vor der Sache mit den Roten Khmern.

Die Mönche betteln also nicht, sondern nehmen gnädig die Spenden an, die ihnen kniend in Gebetshaltung gereicht werden. Und verlieren dabei keinen Zoll ihrer Würde. Auch die Gläubigen verlieren keine Würde, wenn sie sich dafür bedanken, dass der Mönch ihre Gaben annimmt. Gelebte Alltagsspiritualität, eine Selbstverständlichkeit.

Wir tasten uns Hand in Hand in auslaufender Nachtstille der Häuserzeile entlang, deren koloniale Fassaden mit den Arkaden, Rundbögen und Balustraden wegen der pechschwarzen Dunkelheit nicht zu sehen sind. Plötzlich blitzt vor uns eine Stablampe auf, die unsere Gesichter in hellem Rund aus der Schwärze greift. Es blendet. Der Lichtstrahl ist wie ein Sog, der im Nu eine Schar von Frauen und Kindern ansaugt, die uns vielstimmig milde Gaben für die Mönche verkaufen wollen. –
„Die müssen Infrarotaugen haben", sagt Hanna und dann kauft sie ein Körbchen Klebereis, Orangen, Bananen und einen Blumenstrauß. 25.000 Kip, das sind ca. drei Dollar.
„Schöner Beitrag zur laotischen Volkswirtschaft", sage ich. -
„Jawohl! Wie können wir diese gute Tat ins christliche System schmuggeln", fragt sie, „ich möchte mir einen Pluspunkt für mein katholisches Jenseits einkleben, nicht wahr? Gilt diese gute Tat auch für den

katholischen Himmel? Ich möchte einmal in unseren Himmel eingehen, nicht in den asiatischen. Als asiatische Frau wiedergeboren? In diese Männerherrschaft hinein? Nein, danke! Oder als Meerschweinchen oder Regenwurm?" -

„Meerschweinchen sind doch niedlich. Wir hatten mal zwei, zwei Weibchen. Aber eines davon war dann doch transsexi, weil das ist mit ausgefahrenem Dings hinter dem anderen her, rings ums Wohnzimmer… Wir haben sie dann einem Tierarzt geschenkt."

Wir konnten die Frage nicht weiter behandeln, weil uns die Frau hinter der Taschenlampe im Lichtkegel an ein Straßeneck führte und dort eine bunte Matte für uns ausrollte. Quasi erste Reihe fußfrei an der Bettelroute der Mönche und noch dazu im Preis für die milden Gaben inkludiert. Undeutlich kann ich erkennen, dass der Gehsteig schon mit Matten, Teppichen und Tüchern bedeckt ist, wie die Liegestühle im Magic Life Club zwei Stunden vor dem Frühstück. Aber sonst herrscht fröstelnde Leere. Stille unter dem Seidentuch der schwindenden Nacht.
Ich war vorsorglich und habe mir gestern schon eine lange Hose aus dem Koffer geben lassen, ich selbst darf ja nicht… Der leptosome Teil von mir muss nicht frieren.

Erst allmählich, gekoppelt an die Dämmerung, regt sich Leben. Der Wachruf der Vögel aus den Gärten. Die lauter werdenden Stimmen der Verkäufer, deren Gesichter man allmählich unterscheiden kann. Nicht nur die Linien auf den Handflächen, sondern auch die Falten in den Gesichtern, Falten eines genügsamen, gleichmütigen, aber nicht vergrämten Lebens... Das Klappern der rußigen Kessel von gegenüber, wo über offenem Feuer Frühstück bereitet wird. Das Kläffen der Hunde, die um die Kessel schnüffeln. Das Knattern eines Mofas. Die Mopeds hier sind alle aus China, hat Phouvong gesagt. Er habe auch eines. Halten zwei, drei Jahre, dann kann man sie wegschmeißen. Dafür sind sie billig. An ein Auto wage er nicht zu denken.

Ein farbenprächtiges Tuk-Tuk, Honda, mit bunter Lichterkette über der Passagierkoje entlässt ein fröhliches Mädchenquintett. Die jungen Frauen tragen seidene Pilgertücher über der Brust, wie französische Bürgermeister ihre Amtsschleifen. Nach der Zahl ihrer Gebetsbänder am Handgelenk, müssen sie schon viele Tempelbesuche hinter sich haben. Sie lassen sich auf der Matte neben uns nieder und lächeln als ich sie fotografiere. Der helle Morgen liegt auf ihren Gesichtern und fördert freudige Erwartung. Sie sind neugierig, wollen wissen, woher wir kommen. Sie seien aus Thailand, sagen sie.

Hannas Early Morning Kaffee aktiviert den Magen. Er knurrt. Wir essen Bananen aus dem Gabenkorb.
„Ein Sakrileg", sag ich. „Wir futtern den Mönchen die Kalorien weg. Deine Pluspunkte für den Himmel schwinden."-
„Ich komm eh in die Hölle. Außerdem müssen die Mönche ja platzen vor lauter Bananen."

Nicht nur die Thai-Mädchen haben Bananen vor sich aufgehäuft, auch die anderen Nachbarn.

Wir warten wie auf den Hagelschlag nach dem Wetterläuten. Kommt schon was? Ja, jetzt kommen die organisierten Pilger, für welche die Matten und Teppiche auf dem Gehsteig ausgebreitet wurden. Auf der anderen Straßenseite fährt ein Jeep nach dem anderen vor, Schlag auf Schlag, und spuckt seinen Inhalt aus. Auch die Tuk-Tuks, Kleinbusse, und Mofa-Rikschas machen dies. Ein Bus voller japanischer Gaffer schiebt sich durch das plötzliche Gedränge. Frauen mit Sturzhelmen fahren auf ihren Mofas stoisch durch die Menge zum Wochenmarkt. Bis auf die Fahrräder ist alles motorisiert. Wir haben auf dieser Reise noch keinen einzigen Esel gesehen. Auch in den Dörfern nicht. Und keinen Ochsenkarren, gezogen von Zebus, wie man sie in Indien sieht. Aber wir haben am Mekong-Ufer Arbeitselefanten gesehen, bei der Waldarbeit, im unwegsamen Gelände, wo es keine Straßen gibt.

Plötzlich recken sich die Hälse wie bei einem Autorennen. Gespannte Erwartung pflanzt sich vom oberen Straßenende herunter durch die Reihen der auf die Knie sinkenden Gläubigen. Ihre Schuhe und Sandalen sind hinter den Matten aufgereiht. Ihre Besitzer, von denen viele die Hände zum Gebet falten, knien verinnerlicht, im Bewusstsein der kleinen Erlösung, die sie alsbald überkommen wird, durch die gute Tat der Mönchsfütterung. Eine Stimmung wie vor der katholischen Beichte, nur mit dem Unterschied, dass du bei letzterer den Beichtspiegel sperrig im Kopf hast, und merkst, was für ein schlechter Mensch du bist, weil du schon wieder…, und dies zum x-ten Mal, und du weißt, beim nächsten Mal passiert dasselbe wieder…, und du daher an den zehn Geboten verzweifelst, denn du kannst noch so heilig und im Stande der Gnade sein, bei irgend einem Gebot wird´s dich erwischen, besonders bei der Unkeuschheit. Habe ich unkeusche Gedanken mit Wohlgefallen in mir unterhalten? Habe ich? Na sicher habe ich. Auch wenn ich früher mit dem katholischen Gewissen kämpfte. Gesiegt ha immer das Wohlgefallen. Welchen Sinn hat es daher, wenn eine Religion gegen die Natur ankämpft, also gegen die Schöpfung Gottes? Wer immer da geschöpft haben mag.

Jedenfalls: für die Buddhisten sind unkeusche Gedanken kein Thema. Sie brauchen für das Jenseits gute Taten, keine Beichten.

Sie kommen!… Eine atmosphärische Spannung wie bei einem Marathonlauf. Jawohl, sie kommen! Das obere Ende der Straße wird durch das Orange der Mönchsroben aufgefrischt. In langer Reihe wandeln die Klosterbrüder gemessen am Gehsteig, dem mit Pilgern gesäumten Weg der guten Taten entlang, die kahlen Köpfe in Bewegung, wie Krauthäupel auf einer Rüttelmaschine, weil nicht im Gleichschritt, barfuß nach „Dienstjahren" geordnet, die Kindernovizen am Ende der Schlange. Sie platzen nicht vor lauter Bananen, wie Hanna meint, gestopft wie die polnischen Weihnachtsgänse, nein, sondern sind dünn wie Mahatma Gandhi. Nein, nicht ganz wie Gandhi, weil die meisten ja jung und zart, und daher nicht ausgemergelt sind. Trotz ihrer Jugend mit Gesichtern wie bei einer Leichenschau. Nennen wir es würdig.

Die kniende Hanna, fremdartig zwischen den jungen Thais und den groben Rundgesichtern neben uns, verströmt buddhistische Verklärung, als sie ihre Gaben in den <baat>, den Sammelbehälter der Mönche stopft und die Hände zur Gebetsgeste hebt. Dankbare Motive für meine Nikon, die im Morgenlicht keinen Blitz mehr braucht.

„Solche Fotos können wir unseren Enkeln zeigen, wenn sie mal groß sind", meint sie, „aber du willst ja keine." –

„Keine Fotos?" –

„Nein. Keine Enkel."

Sie hat noch schnell ihre Sandalen abgestreift, als sich der erste Mönch genähert hat.

Ein bisschen an deren Sitten anpassen, meint sie. Schuhe aus, auch wenn´s kalt ist.

Oder wenn´s heiß ist, zum Beispiel wenn die Sonne bei 45 Grad im Schatten auf die Marmorplatten eines Tempelhofes brennt, und du hüpfen musst wie das Rumpelstilzchen, damit die Fußsohlen nicht gegrillt werden.

Dies ist ja menschenunwürdig, menschenunwüüüürdiiiig …, hatte eine junge Deutsche in einer Pagode geschrien, als ein Priester sie aufforderte ihre Tennisschuhe auszuziehen? Nein, zieh ich nicht aus! Ich verbrenne, ich verbrenne ja, schrie sie...

Sie hat wahrscheinlich nie Tempelhupfen gespielt, als Kind, sonst wäre sie von den Marmor- auf die Granitplatten gehüpft, weil Granit nicht so aufheizt wie Marmor.

Du lieber Himmel, was haben einige Mönche in ihren Kesselchen? Da lugen die Hälse von Getränkeflaschen aus dem Reishaufen, garniert mit Süßigkeiten, Bananen und sonstigem Obst. Geldscheine klemmen zwischen Flaschenhälsen und ziehen die begehrlichen Augen von quirligen Knirpsen auf sich, welche die Mönchsparade begleiten. Die Buben schleppen Plastikeimer vor dem Bauch, in welche die Mönche ihre Gabenüberschüsse, meist Reis und Bananen, kleckern. Nur Süßigkeiten, Orangen und Getränke landen nicht in den Eimern, sondern in mitgebrachten, vor allem bei den Novizen schnell anschwellenden Plastiksäckchen. Als Hannas Reisschüssel geleert ist, helfen die Nachbarinnen in frommer Solidarität aus.

Gespenster

Um neun Uhr holt uns Phouvong ab. In seiner grauen Flanellhose und dem blütenweißen Perlonhemd – hat er das noch aus der DDR? -, die Haare ölig gescheitelt, sieht er aus wie ein fülliger, italienischer Sparkassenbeamter aus der Provinz. Der Chauffeur hingegen, ähnlich adjustiert, wirkt wie dessen väterlicher Chef, soigniert, groß und schlank mit dicker Sonnenbrille... und heißt zu allem Überfluss Armand. Da pulst wohl zur Hälfte französisches Blut in seinen Adern. Die Franzosen haben bekanntlich in Indochina keine splendid isolation getrieben, also geheuchelte Rassentrennung, wie die Engländer in Indien. Die Briten haben ihr sexuelles Ausleben streng zwischen Ehe und Bordell geteilt. Viktorianisch halt. Die Franzosen sind diesbezüglich meist ohne ethnische Dünkel in die Betten gegangen. Revolutionär halt, nach dem Prinzip von Égalité und Liberté, manchmal auch mit Fraternité. Sie haben die Mischlingskinder auch außerhalb der Bordelle gezeugt und die Kinder sind oft mit Vater und Mutter aufgewachsen und nach der Kolonialzeit nach Frankreich mitgenommen worden.

„Hast du dich schon nach der Familie von deinem Freund umgesehen?", frage ich Phouvong.
„Weißt schon, den Kambodschanern."-
„Muss das jetzt sein?", regt sich Hanna auf, „wir haben doch ein Programm. Willst du dich ausklinken?"

Und dann kommt das, was ich seit Beginn unserer Reise schon erwartet hatte:

„Wieso hast du dir das überhaupt einreden lassen von deinem Chef. Da bist du wieder mal eingeknickt, kannst noch immer nicht Nein sagen kannst du."-

„War ich schon dort", antwortet Phouvong, „Leute waren nicht zu Hause. Machen wir dann Mittag noch einmal." -

„Mittag?", setzt Hanna unwillig nach: „Wir? Damit du Nachmittag deine Interviews machen kannst? Und ich kann dann Nasenbohren im Kaffeehaus. Kann ja auch nicht auf Pagoden-Tour gehen, du brauchst ja Phou als Dolmetsch. Nein, da haben wir keine Zeit dafür."-

„Aber so eine Gelegenheit muss man…", -

„Gelegenheit kriegst du in Kambodscha mehr als genug. Und überhaupt: Wie komme ich dazu, dass du dann die ganze Zeit am Laptop sitzt und an dem Text rumfummelst? Ja, wenn's nur die Roten Khmer wären, das ginge ja noch, aber deine poetischen Ausflüsse, muss das sein? Wo fliesen die denn hin? Wieder in ein Buch? Da schaut ja nichts raus dabei."

„Du sitzt ja auch am Tagebuch."-

„Ja, in der Früh, wenn du noch schläfst. Was ist denn das für eine Kulturreise, wenn ich Angst haben muss, dass du beschattet wirst, oder ärger, was weiß ich, wenn du in deren Angelegenheiten hinein schnüffelst. Das Königreich ist ja eine kommunistische Diktatur. Die haben eine Gestapo. Gib ja in der Immigration-Card nicht an, dass du Journalist bist. Schreib, du bist Lehrer, nein, die sind auch neugierig. Schreib Beamter oder so." –

Sie ist also in Fahrt gekommen, vielleicht als Ausfluss ihrer schreckhaften Natur, die zwar in exotische Fernen strebt, aber im Grunde kein Risiko eingehen will. Weiß nicht. Noch immer plagen sie ihre Jugendträume vom Krokodil, welches sie entführen will, und wenn ich unvorhergesehen in die Küche komme, erschrickt sie, als ob ich der Schwarze Mann wäre, mit dem ihr ihre Mutter gedroht hat. Dabei findet sie nichts dabei in einem thailändischen Kloster Tiger zu streicheln und eine Python mit Milch und Honig zu füttern.

Die mönchsentleerten Straßen haben sich mittlerweile mit geschäftigem Marktvolk und Tagestouristen gefüllt. Im Gedränge des Marktes wiederholen sich die Bilder, die wir aus Bildbänden und Reisehandbüchern kennen. Düfte und Gerüche lasten schwer wie Gewitterwolken über den Ständen.
„Du fotografierst, ich koste", sagt Hanna in ihrer entschiedenen Art. –
„Hast du Metifex genommen?"-
„Na, was meinst denn du?".
Neben Gewürzen, bunten Obst- Gemüse- und Blumenarrangements bieten sich Kuriositäten an: Aus einem Berg getrockneter Molche blicken glasige Augen hoch. Voll stummer Anklage. Phou bietet eine Handvoll an.-
„Aber erst die Augen weg", sagt Hanna, „ich hab´ den Viecherln ja nichts getan".
Hinter einem Haufen Jungfrösche liegen zwei abgehackte Eselsfüße. Die Hackflächen sind oberhalb der Hufe mit rosa Plastikfolien abgebunden, um welche

hoffnungsfroh die Fliegen kreisen. Also es muss doch Esel geben. Wir rätseln, wofür diese Eselsreste wohl dienen könnten.

„Suppe", sagt Phouvong, „und nachher Leim". -

„Pfui Deibel", rümpft Hanna die Nase, „das stinkt wie die Ochsenhörner im Schlachthof bei uns, welche die Buben auskochen für die Krampusmasken. Na guten Appetit!"

Phouvong scheint heute nicht gut in Form zu sein.

Am Weg zum Vat Phutthabat Tai, dem südlichsten Tempel Luang Prabangs, direkt am Mekong, erzählt er die Legende von Phra Bang, der Buddha-Figur aus Gold, Silber und Bronze, welche Namenspatronin und Schutzheilige der Königsstadt ist. Trocken und beiläufig, leicht verwirrt, erzählt er in seinem leisen Deutsch, manchmal unverständlich gegen die Windschutzscheibe gerichtet, ...und schafft es daher nicht, die Stimmung zu zaubern, in welcher seine Geschichtchen Wurzeln schlagen könnten.

Und mal ehrlich: Wer merkt sich schon diese gestückelten Namen, die für uns Westler keine Bedeutung öffnen, keine Bilder vermitteln wie zum Beispiel die Ortsnamen >Bad Fucking< oder >Himmelreich< ?

Nur als er der Figur magische Kräfte zuschreibt und erwähnt, dass der König der Khmer, also dieser Sirichantha, die Statue nach Angkor Wat in Kambodscha entführen ließ, dem Buddhismus zur Freude und Verbreitung, da ist Hanna elektrifiziert und zeigt, dass sie dank ihrer fünf Reisebücher dem heutigen Programm voraus ist:

„Siehst du. Geschichte ist universell. Wie ein Mosaik. Überall findest du ein Bausteinchen, eine Verbindung zum Ganzen. Laos war ja ein Teil des Khmer-Reiches. Aber die Tempel in Anghor sind grandioser als hier. Wirst schon sehen wirst du."

Und dann schwenkt Phou unvermittelt zu uns in den Fond, also wie aus heiterem Himmel, und sagt trocken, dass seine Ex-Freundin aus der DDR hier im Gefängnis säße, seit zwei Wochen."
„Waaaas?" staunen wir, „das gibt's ja nicht. Woher weißt'n das?"-
„Von meiner Agentur. Die hat angerufen."-
„Na sowas. Die sitzt hier und du weißt von nichts? Ja, wieso sitzt sie denn?"-
„Wegen Drogenschmuggels."-
„MarandJosef! Wegen Drogenschmuggels? Das darf ja nicht wahr sein. Und das in Laos." −
„Ja, wir haben sogar die Todesstrafe für sowas."-
„Oh du liebes Lieschen", sagt Hanna bestürzt, „hat das deine Freundin nicht gewusst?"
Phouvong zuckt die Schultern: „Weiß nicht."-

„Asiatisches Gefängnis mit Aussicht auf Todesstrafe. Na Mahlzeit!", sage ich. „Das kann doch nur ein Irrtum sein. Hab das selbst mal erlebt. Am Flughafen in Djakarta. Da haben sie mich hops genommen. Verdacht auf Drogenschmuggel, weil so ein Schäferhund meine Amykal-Pillen erschnüffelt hatte". −
„Was is'n das?"-
„Die Pillen gegen Pilzinfektion der Zehennägel, versteht ihr? Am Beipackzettel steht Onychomykosen,

56

da waren die armen Zöllner natürlich überfordert, so ohne Latein oder Deutsch. Drei Tage hat es gedauert, bis sie draufgekommen sind, dass dies keine neue Wunderdroge ist, auch wenn am Beipack mögliche Halluzinationen versprochen sind, als Nebenwirkungen. Na ja, da haben sie mich wieder entlassen. Aber deine Freundin sitzt schon zwei Wochen? Da muss was Ernsthaftes dahinter sein."

Oh wundersame Fügung des Schicksals: Seine Ex, wie heißt sie eigentlich, ist nach Luang Prabang gekommen, wenn auch unter bedrohlichen Umständen. Oh Karma, das die guten Taten schon in diesem Leben honoriert. Ihre Unschuld wird sich sicher herausstellen. Und sie ist vermutlich wegen ihm gekommen, so unvermutet wie aus dem Universum, seinem Nirwana, dem verlorenen DDR-Paradies. Aber Fragen bleiben offen. Weiß der Teufel, wie die Altgeliebte zu seiner Agentur und seiner Handy-Nummer gekommen ist. Seine Frau hätte so etwas nicht geschafft. Und da ist er schon im schönsten Vergleich drinnen. Nein, vergleichen kann man die beiden Frauen nicht, da prallen Welten gegeneinander, und deshalb pendelt er zwischen Aufregung und Resignation. Was soll er tun?

Die damalige Freundin wollte ihn besuchen, jawohl, konnte gar nicht anders sein.
Oh Buddha, welche Fügung des Schicksals, warum hat sie nicht früher…? Warum hat sie seine Briefe nie beantwortet? Warum hat sie nicht wenigstens eine

Ansichtskarte von Weimar...? Und jetzt kommt sie, wo er seit zehn Jahren verheiratet ist? Er hat ja lang genug auf ein Zeichen von ihr gewartet.

Im Kloster Phutthabat Tai sitzen wir dann auf den Stufen zum Mekong hinab, neben dem Fußabdruck Buddhas im Felsen – gemessen an der Größe der Ausbuchtung muss der Mann ein Riese gewesen sein, so etwa wie die Atlanten an der Wiener Hofburg - und blicken auf den flimmernden Spiegel des Wassers, in welches einzig der Kiel eines Kanus keilförmige Rillen zieht. Im Schatten eines Bodhi-Baumes sinnieren wir in die Ferne, jeder in eine andere Richtung. Wie viel Bodhi-Bäume, unter denen Buddha seine Erleuchtungen erlebt haben soll, haben wir schon gesehen? Wie viele Fußabdrücke Buddhas? Viele Klöster reklamieren die „Originale" für sich und ziehen damit spendenfreudige Pilger an. 20.000,- Kip haben wir heute dafür bezahlt.

Und nun die Ex-Freundin von Phouvong im Gefängnis. Das wird die kommenden Tage nachhaltig beeinflussen, denke ich. Er hat jetzt schon Mühe, in seiner Verwirrung klare Worte zu finden. Kunsthistorische Informationen mischt er mit politischen Seitenblicken, bei gesenkter Stimme hinter vorgehaltener Hand, obwohl niemand in der Nähe ist. Aber man weiß nie. Noch immer haben Regimespitzel überlange Ohren. Diese Ohren verstehen auch Deutsch, weil sie in der DDR das Hören lernten. Auch in der hiesigen Mönchsgemeinschaft tummelten sich eingeschleuste Spitzel, die den letzten König, Savang

Vatthana, und seine Familie observierten, als er 1975 nach seiner Absetzung im Kloster lebte. Zwei Jahre lang schürten die Informanten im Mönchskleid das Misstrauen der Regierung, berichteten über die wachsende Verehrung, die der König im Volke genoss, einer Verehrung, die wie ein rosiger Morgen in den tristen Alltag wuchs, reziprok zum sinkenden Ansehen des Regimes, häuften scheibchenweise die Angst der Mächtigen zu einem Berg, bis der König samt Königin, Kronprinzen und anderen Familienmitgliedern verhaftet und in ein Umerziehungslager, einem laotischen GULAG, gesteckt wurde.

Vorwurf der Konterrevolution. Sozialismus der entschlossenen Tat. Er kam in das Lager Nr. 5 in der entlegenen Provinz Houaphan, wo man ihm mit seinesgleichen, also Militärs, Beamten, der gehobenen Lehrerschaft etc. die reaktionären Zähne zog. Zahnlos taugtest du nur noch für den Steinbruch, für den Straßen- und den Bergbau. Zahnlos kann man auch nicht mehr kauen. Und so soll der König 1980 gestorben sein.

Über den Verbleib der restlichen Familie deckt die laotische Regierung bis heute den Mantel des Schweigens. Kein Medienorgan lüftet davon einen Zipfel. Aus dem Königspalast machte die Regierung ein devisenbringendes Museum. Dort besichtigten wir, sieh mal einer an, u.a. auch Luster aus Murano und eine Gläsersammlung von Moser im böhmischen Karlsbad.

Phouvong blickt verloren auf das Kanu, welches an einer Reuse angelegt hat. Er mag an seine Lebenslüge denken, die er sich zurechtgelegt hat, nachdem seine Briefe nicht beantwortet wurden, und in die er geschlüpft ist, wie in einen Taucheranzug, nachdem er geheiratet hatte. In dieser Neopren-Hülle läuft er seither herum und lässt die Nässe und Kälte seines Daseins daran abperlen. Auch seine Erwartungen und Hoffnungen...

Träume?, hat er mir an jenem Abend am Mekong gesagt, als wir im Strahl der Taschenlampen nach Hause stolperten, Träume?, die gibt es nur in Amerika, nicht in Laos. Träume gibt es nur in der sogenannten freien Welt, nicht im Kommunismus. Weil in der freien Welt kannst du dir, wenn du tüchtig bist, deine Träume erfüllen. Nicht in Laos. Aber es ist schon besser geworden, schränkt er ein: die Piloten der Inlandflüge zum Beispiel stopfen die Notausgänge ihrer Flugzeuge nicht mehr mit stinkenden Ballen voll, in denen sie Schweinefleisch transportierten, welches hier nur halb so viel kostet wie in Vientiane, der Hauptstadt. Ein Zubrot zu ihrer erbärmlichen Entlohnung.

Der Auftritt seiner Freundin ist für ihn so etwas wie die Auferstehung Jesu. Sie ist wie ein Traum in seine Neopren-Welt geplatzt und hat seine Ergebenheit ins Schicksal gehörig aufgerüttelt.
Halt! Da fällt mir ein, dass er Hannas Stablampe mit den Multifunktionen noch nicht zurückgegeben hat, obwohl in der Königsstadt ohne König die Stromver-

sorgung klaglos funktioniert. Daran müssen wir ihn erinnern. Ist er ein Schlawiner oder nur vergesslich?

Träumereien

Peter Handke sagt, es gebe keine Idyllen auf dieser Welt. Nirgendwo. Eine Idylle sei ein Gefühl von Menschen, ...das sei alles Täuschung. Nun ja, ich weiß nicht genau, was er damit meint, kann ja sein, dass man sich Idyllen nur vorgaukelt, so wie man sich Gesundheit vorgaukeln kann, wenn einem der Berg nach zehn Metern Aufstieg den Atem nimmt. Sichtweisen gibt es so viele wie es Menschen gibt. Aber bündeln wir mal Gefühle, auch wenn es nur Täuschungen sein sollten, und lenken sie auf Orte, zu denen man Idylle sagen kann. Wenn du sie erlebst, brauchst du kein Buch, um dich in eine abgehobene, über den Wolken schaukelnde Stimmung zu versetzen, in eine Poesie des Unwirklichen. Es genügt, wenn du unter einem Baum liegst und in die Landschaft träumst...

Hanna hat so einen Ort gefunden. Ein Resort für einige Tage zum Ausspannen. Google Earth – worin sie ein halbes Jahr lang gewühlt hat, tatsächlich wie eine Besessene – genügt nicht als Findungshilfe. Man muss auch dem Zufall Raum geben und der Bereitschaft zur poetischen Sichtweise. Außerhalb der Königsstadt hat sie ein Resort gebucht, eine Landschaft wie auf den Wandmalereien der Pagoden.

Wir haben Phou zum Essen eingeladen und sitzen auf der Veranda des Empfangshauses, vor der sich dieses

Panorama ausbreitet. Die Buddhisten besitzen ja kein Paradies im Jenseits. Wenn sie ausreichend erleuchtet worden sind, schmelzen sie irgendwie ins Universum hinein. Also ins Ungewisse. Darüber kann auch kein Stargate-Film Aufschluss geben. Außer den Moslems weiß also niemand Genaues über das Jenseits. Die Menschen schaffen sich daher schon auf Erden Paradiese.

Dieser Ort ist eines und verführt zu schwülstigen Exkursen: Es liegt archaische Harmonie über der Landschaft: Am Horizont die Bergkulisse, in welche die untergehende Sonne einen Krater brennt. Weißer Dunst steigt aus dem Tal und entschärft die Zacken einer Waldsilhouette. Vom Waldrand senken sich die Terrassen von Reisfeldern bis an das offene Parkgelände des Resorts. Wie Quecksilber leuchtet ein kleiner See im Sonnenuntergang. Nur Wasserrosen unterbrechen die Spiegelung. Zykladen betonen die Stille.

Also: Kein Erzengel erscheint nun, um uns aus dieser Idylle zu vertreiben, etwa in Person eines diskret auftretenden Geheimdienstlers, welcher, als Kellner kostümiert, eine Gepäckskontrolle in unserem Zimmer vornehmen will. Wegen Verdachts auf Drogenschmuggel.
„Ich versteh nicht wieso meine Freundin eingesperrt ist", sagt Phou. „Muss Verleumdung sein, oder Irrtum. Und von wegen Drogen. War in der DDR, der puritanischen, kein Thema. Wir waren schon froh, wenn wir mal geschmuggelten Gin trinken konnten,

oder Whisky aus eurem Westen. Wodka hatten wir ja genug, wenn wir wollten. Und so was wie Blumenkinder, make love not war, WG, Demonstrationen und so, hatten wir nicht. Wir haben mit Neugier auf eure bunte Welt geschaut, und natürlich, dass wir schnell unser Studiensoll machen. War ja auch Plansoll, wissen Sie, wegen des Stipendiums. Immer haben wir Pläne erfüllen müssen. Und Vergnügungen? Na ja, meine Freundin hat mich zwar manchmal ins Kulturhaus geschleppt, zum Tanzen, aber ich hatte immer Angst, dass mich die STASI sieht und Meldung macht an meine Regierung. Die hätten mich heimgeholt. Sie wissen ja, es war verboten, mit einer Deutschen zu gehen. Außerdem kann ich gar nicht tanzen." –

Und er seufzt und wirkt etwas verloren in seinem Gedankenlabyrinth, in dem er schon den ganzen Tag herumirrt, und es schwingt Bitterkeit in seinem Ton, ein vages Aufbäumen gegen sein Regime, mit dem er sich arrangieren musste.

„Ist mir völlig unverständlich, dass meine Freundin jetzt Drogen..., nein, kann nicht sein. Und dass sie dabei erwischt worden ist... Die Behörden kontrollieren das Gepäck ja selten, auch bei der Einreise, Touristen sollen sich nicht schikaniert fühlen, sagen Sie, sind Sie etwa kontrolliert worden?" –

„Wir?... Nein! Wir haben ja nichts mit Drogen zu tun." „Das weiß ja niemand." –

„Ja, schauen wir denn so aus?" –

Nein, eben nicht (wie schaut ein Drogendealer überhaupt aus?). Und da Drogendealer eben nicht ausschauen wie Drogendealer werden sie meist durch Verrat erwischt. –

„Wissen Sie? Gangs in Rivalität oder so." –

„Aber dann geht's ans Eingemachte." –

„Ja, ab 500 Gramm Heroin ein Kopf kürzer...", sagt Phou und macht die bezeichnende Handbewegung in der Höhe des Halses. Ohne Wenn und Aber.

Der jüngste Fall war in allen Zeitungen: Eine junge Nigerianerin mit britischem Pass sollte hingerichtet werden, man hatte sie mit 680 Gramm erwischt, aber bevor es so weit war, ist sie schwanger geworden. So ein Glück, denk mal, nicht vom Heiligen Geist wie die Jungfrau Maria, nein, oder einem Gefängniswärter, nein, sondern von eingeschmuggeltem Sperma: Hingerotztes als Gelee gegen Mückenstiche getarnt, in einer Dose.

Jedenfalls hatte die Schwarz-Engländerin Erfolg. Eine Schwangere darf in Laos nicht hingerichtet werden. Also ist es besser, ein Kind von einem heimlichen Wichser zu bekommen, als den Strick um den Hals.

„Vielleicht", sagt Phou, „ist sie vom Gefängnisdirektor beraten worden. Nicht nur rechtlich, wissen Sie, der hat sie dann auch... Wissen Sie, bei uns sind Beamte korrupt." -

Der gute Phou hatte sich zuerst gegen unsere Einladung gesträubt, ein Fall gegen den Comment, ein Guide, der mit seinen Gästen zu Abend..., o weh, geht nicht, weil Standesunterschied, sozial oder kulturell, oder mangelnde Sprachkenntnisse, wie kommt's da zum Small Talk, oder taktvoll, will nicht zur Last fallen…weiß nicht. Und da gibt es auch die Gäste, welche dem lieben Mann den Buckel voll reden wollen, mit Familiengeschichten, endlosen, ein Schlafmittel, aber schlecht für die Verdauung, besser wären Motilium-Tabletten.

Und dann gibt's die Arroganten mit dem Überlegenheitsdünkel. Die Westler, die glauben sie seien etwas Besseres, obwohl sie zu Hause eine Kriechspur hinterlassen.

Ich hab da mal einen Möchtegern erlebt, einen Facility-Manager der Gewerkschaft, sprich Hausmeister, der gönnerhaft Schultern klopfte und seinem Guide einen Fünf-Euro-Schein auf die Stirn pickte, also angespuckt, als ob er ein Zigeuner wäre, der gerade das Lied vom Traurigen Sonntag gespielt hat. Also wo sind wir denn, liebe Leute. Mit welcher Empathie geht ihr auf Reisen?

Viele Guides durchschauen diese Leute nicht, fühlen sich gedemütigt und unterlegen, ziehen sich ins Schmollwinkerl zurück und schielen auf dem Weg dorthin auf die Geldtaschen der Protzer. Was sollen sie auch denken, wenn sie beobachten, wie ihr Gast für Souvenir-Ramsch oder Alkohol hunderte Dollar ausgibt und nach einer Woche anstrengender, ja, hingebungsvoller Betreuung wegen zehn Dollar Trinkgeld zu feilschen beginnt.

Ich wollte Phou aus vorgenannten Gründen nicht einladen, obwohl Hanna darauf bestand. Meine Hemmung, ihm unseren Status vorzuführen, wehrte sich dagegen. Aber wie ich erleichtert feststellte, sind ihm Neidgefühle fremd. Er ist ein bescheidenes Exemplar seiner Zunft und nicht nur sozialistisch, sondern auch buddhistisch geformt. Nicht nur Marx hat Solidarität gepredigt, auch Siddharta Gautama, der Buddha. Schon in der Klosterschule hat Phou gelernt, dass unser Menschentum ein Mantel für verschiedene Größen ist. Es passen Reiche, Arme, Gesunde und Kranke hinein. Die Gleichheit der Menschen ist eine schöne Utopie, an der vor allem die Roten Khmer gescheitert sind. Sie wollten diese schöne Utopie,- und da sind wir wieder bei meinen Recherchen -, mit Gewalt erreichen, indem sie die Oberschichten ihres Volkes erschlugen. Das war wie beim Häuten einer Zwiebel. Immer wieder ist nach unten eine Schicht aufgetaucht, die der Utopie im Wege stand: Die Schicht der Intellektuellen, die Schicht der Mönche, die Schicht der Bildungsbürger, die Schicht der Kaufleute… Nachdem die Schicht der Brillenträger entsorgt war, haben sie vor lauter Zwiebelwasser die untersten Schichten nicht mehr gesehen. Buddha sei Dank, deshalb haben viele überlebt. Nach fast vier Jahren und zwei Millionen Toten mussten sie daher passen. Zurück blieb der Rest eines Volkes am Rande der Steinzeit.

Darüber ist Phouvong nur oberflächlich informiert. Man hatte damals in Laos nicht darüber gesprochen. Worüber man nicht gesprochen hatte, das existierte auch nicht. Die Information lief nur über die Gerüchtebörse. Auch später, als er in der DDR studierte, war dies kein Thema.

Was bei einem Abendessen so an Themen ange-
schnitten wird, von meiner Neugier geweckt, wirkt
bei mir nachhaltig und verlangt nach Vertiefung.
Hanna nennt dies geistige Onanie und stellt darauf
keine Ansprüche.

Also: Buddhisten und Hindus sind keine Neidgesell-
schaft, sage ich mal. Die früheren Leben sind verant-
wortlich für den Status im Heute. Und was wir Westler nicht einsehen wollen: Wo die Macht ist, ist auch
das Ansehen, der Reichtum und das Privileg. Die
Menschheit über einen Kamm scheren? Nein, das
geht schief, das haben die Roten Khmer vorgeführt.
Im Gegensatz zu uns schert sich hier niemand um das
dicke Dienstauto des Herrn Ministers, die Privatnut-
zung seines Chauffeurs und das Upgrading im Flugzeug. Auch die Medien nicht. Die Verdienste in den
früheren Leben, die guten Taten, haben all dies ermöglicht. So einfach ist dies. Und so sind halt die
einen Maharadschas, Politiker und Generaldirektoren
und die anderen Latrinenputzer und Müllstierler.
Alles ist Karma. Sammle gute Taten, dann kannst du
im nächsten Leben auf der sozialen Leiter nach oben
klettern.

Und wir armen Christen? Wir müssen unseren er-
strebten Status in einem einzigen Leben erreichen. Es
gibt kein zweites. Und wer weiß schon, wie die Existenz auf der Wolke 17 sein wird, auch wenn wir dort
ein bayrisches Bier trinken könnten. Das Leben bleibt
daher ein Marathonlauf, der trotzdem meist zu kurz
ist, um dorthin zu kommen, wohin wir wollen. Wissen

wir überhaupt wohin wir wollen? Denn wenn wir ein Ziel erreicht haben stecken wir schon das nächste ab, und wir kommen nicht dazu, Idyllen zu entdecken.

Wir können die guten Taten nicht anhäufen und mitnehmen wie den Rucksack mit der Abfertigung bei einem Jobwechsel. Ist es daher ein Wunder, dass wir rennen und eifern, kämpfen und kratzen, intrigieren und übervorteilen…, krank, hektisch, schadenfroh und gehässig werden…, und vor allem neidisch, wenn uns andere links überholen? Wo bleibt die poetische Sichtweise, ein bisschen Tagträumerei? Wo steht der Baum, unter den wir uns legen könnten? Wir werden ihn nicht finden, auch wenn wir nach Idyllen suchen. Wir schauen immer zu weit weg, und nicht in uns hinein. Denn dort schlummern unsere Idyllen. Wir müssen sie nur wecken.

Phouvong kennt also auch keinen Neid, es brechen aber angesichts der Silberleuchter, der Kerzen, die der Kellner jetzt anzündet – die Dämmerung nimmt der Landschaft allmählich die Farben – angesichts des Silberbesteckes und der geschliffenen Gläser am Tisch, angesichts von Aalragout à la Palavasienne, hm, da ist Kardamon, Estragon, Petersilie, in der Soße, sagt Hanna, seine alten Träume wieder auf. Fast steht ihm Andacht im Gesicht.

Er eilt öfter zur Toilette, weil er zu viel Mineralwasser trinkt - wir haben schon die vierte Literflasche bestellt - oder weil ihm Marmor, Messing und Wasserspülung so gut gefallen… Nicht nur das Entleeren einer platzreifen Blase schafft Genuss, auch das nach Rosen duftende Rundherum… Das Klo als Idylle. Versteh ich, versteh ich, denn als Kind hatte ich auch ein Plumpsklo zuhause… -

Vom Wein hat er nur genippt, sagt Hanna, während sie vor ihrer schon halbleeren Rotweinflasche sitzt, sauteurer Import, Beaujolais, Chateau de Chanzé. –

„Können wir uns das leisten?" -

„Das überlass mal mir. Der heutige Tag muss mit dem Gaumen abgerundet werden. Gehört zur Kultur dazu." -

„Der Weiße wär billiger gewesen. Hätte auch besser zu Fisch, Aalragout á la was?..., gepasst." -

„Wurscht", sagt sie, „ich brauch keinen Weinknigge, ich trinke zu jedem Fisch Rot. Trocken muss er sein. Prost!" –

„Und teuer. Du dudelst dich mit meinem Geld an."-

„Sehr verehrter Herr Partner! Ich zahl immerhin 50 Prozent in die Kasse."-

„Trinkst aber mehr Wein als ich." -

Phou trinkt keinen Wein, weil er sich an den buddhistischen Moralkanon hält. Regel Nummer vier: kein Alkohol… Keine destillierten oder fermentierten Drogen… -

„Obwohl er nicht gläubig ist?" -

„Hat Angst vorm Zungenschlag. Da verliert er sein Gesicht. Hat mit Gläubigkeit nichts zu tun. Ein Guide, der lallt…?" –

„Ein Guide, der hier seine Ex wiederfindet, nach so vielen Jahren, darf schon mal ein Gläschen… Er hat ja auch in der DDR Gin getrunken." -

„Da war er weit weg von Buddha. Jedenfalls möchte ich nicht in seiner Haut stecken. Der steckt im Dilemma. Da schneit seine Jugendliebe herein, mir nichts dir nichts, mit der er nicht nur das Bett, sondern auch seine ganzen Hoffnungen geteilt hat, auf die Zukunft, auf Karrieren als Architekten und so…, was meinst, da kommen doch die alten Träume hoch, da bricht alte Liebe auf… Da wird ihm der Spiegel vorgehalten, auf sein verpfuschtes Dasein als Volksschullehrer…, seine Frau, das Dorfmädchen… Mensch, da ist der Weg nicht weit zum Alles Hinschmeißen und neu anfangen. Oder?" –

Hanna schaut mich amüsiert an und in ihren Mundwinkeln kräuselt Spott:
„Mein lieber Herr! Wer hat'n da ein Dilemma? Ich glaub du hast eins. Steckst schon wieder in einem Schicksal. Haben Herr Professor noch eine Vision in der Tasche? Herr Professor stehen auf Seite der deutschen Freundin, ha?. Aber ich sag dir, mein Lieber! Wenn er seine Frau sitzen lässt, gehört ihm das Zipferl ausgerissen. Dann kommt er an die Höllenwand im Tempel. Da kannst du deinen Sigmund Freud gleich dazu nageln, diesen Tiefenstierler. Der hat seine Frau auch hinten und vorn betrogen, noch dazu mit ihrer Schwester. Oder? Der muss weg von der Wand daheim. Da ist mir ja ein Bild von Nitsch lieber". –
„Wie soll ein Tiefenpsychologe Thesen aufstellen, wenn er nicht…", aber da kommt Phouvong zurück.
Ich spüre seine Genugtuung (er sitzt gleichwertig und respektiert an unserem Tisch), als ihm der Kellner, ein burmesischer Gastarbeiter, das Dessert serviert: Nougat-Mazarin mit Mango-Sauce (mit Grand Mar-

nier, sagt Hanna ohne jeden Zungenschlag. Sie fühlt sich auch nach einem Liter Rotwein „normal").

Lukulisch klopft die Kolonialzeit an die Tür, diskret, aber deutlich, und ich denke, es gibt sicher viele ältere Laoten, die ihr nachweinen. Wären die Franzosen geblieben, wäre Phouvong vielleicht Architekt geworden. Wer weiß.

Übermorgen muss er sich von uns verabschieden, muss wieder zurück in sein Dorf, zurück zu Frau und Kindern, zurück in seine Schule in Vientiane. Er wird seine Neoprenhaut wieder schließen müssen, die er in unserer Anwesenheit schon offen hatte, die Dämonen werden ihn suchen, über ihn herfallen und durch die Hölle ziehen. Was soll er tun?

Er gießt sich Mineralwasser ins Glas und scheint einen Ausweg gefunden zu haben, aus dem Labyrinth, in welchem seine Gedanken noch immer herum irren. Er habe eine große Bitte, meint er, weil morgen müsste er ins Gefängnis, sich um seine Freundin kümmern, die sei ja dort hilflos, aber wir hätten morgen die Wasserfälle von Khoung Xi am Programm, die dürften wir nicht versäumen, originale Natur, und Armand, unser Fahrer wüsste bestens Bescheid, und ob..., ja, natürlich seien wir damit einverstanden, stimmten wir zu, und wir würden dies auch nicht der Agentur melden, wovor er Angst hat, unautorisierter Programmwechsel ist ein Kündigungsgrund, und er wolle den Job nicht verlieren...

Und inzwischen ist das Quecksilber des kleinen Sees im Park verblasst, der Widerschein von Fackeln bricht sich an der kreisförmigen Wellenbewegung, die am Ufer verebbt . Ein Fisch schnappt nach Insekten. Man hat uns eine Sitzgruppe ans Ufer gestellt. Unter dem blinkenden Sternenzelt kriecht Kälte hoch, die Hanna und mich in die Pullover zwingt. Phouvong hat den ganzen Abend hindurch sein Sakko nicht ausgezogen und die Krawatte nicht gelockert. DDR-Knigge. Unter seinem Perlon-Hemd hat er sicher geschwitzt.

„Verkühl dich nicht.", sorgt sich Hanna. „Soll ich dir eine Decke kommen lassen?"

„Nein danke", sagt er, er wolle keine Umstände machen.

Und dann fragt er beiläufig nach meinem Beruf.

„Ich?…", na klar, das hat kommen müssen, er ist neugierig…, „Ich schreib für eine Zeitung", antworte ich. „Und manchmal ein Buch." —

Buch? In Hannas Rotweinumwölkung gluckst es. Der Chateau de Chanzé entlässt ein Kichern, aus dem ich unschwer die Worte Aufschneider, Renommierer, Möchtegerner filtern kann. Habe ich abendländischen Geschlechterneid aktiviert, weil Hanna außer Tagebuch auch kurze Texte und Gedichte schreibt, aber noch keinen Verleger gefunden hat? Oder eine kleine Rache, weil der Kellner nach laotischem Brauch vor dem Essen selbstverständlich mir als erster den Stuhl gerichtet und die Stoffserviette auf den Schoß gebreitet hat… und danach erst ihr. —

Macho! Macho!

Der Wein spült also spöttisches Konkurrenzdenken hoch, welches Phouvong ziemlich ungewappnet trifft. Verlegen macht er wieder ein Foto von uns...

Geschlechterzwist am Reisehimmel? Oh Hanna, den schleppst du mit nach Asien wie eine Schweinegrippe? Binde den Laotinnen den Mundschutz um, damit kein Virus überhüpft. Die kriegen sonst Probleme mit ihrem Rollenverständnis, welches ihnen den Platz hinter dem Herd und hinter dem Manne zuweist. Oder?
Stößt es einer auf, wenn der Kellner sie links liegen lässt? Such mal! Du findest kein Beispiel. Und ich denke, Buddha war zwar für die Gleichheit der Geschlechter, zum Jubel unserer Emanzen, andererseits war er für eine klare Rollenverteilung mit Führungsanspruch des Mannes. Populistisch was? Aber wie passt das zusammen? Wollte er Chaos vermeiden, in der damaligen sozialen Ordnung, Orientierungslosigkeit und Verlust von traditionellen Werten, ein Abgleiten in dogmatische Rechthaberei und Verlust von Identitäten, bevor sich neue soziale Strukturen bilden? Weiß nicht.

Hanna stuft solche und ähnliche Überlegungen, die mich oft quälen, ja zermürben, sagte es schon, als mentale Onanie ein. Ausweglos und überflüssig, ohne Befriedigung und fern von täglichen Realitäten. Hirngespinste, meint sie, wofür es keine Lösungen gebe.
Phouvong jedenfalls merkt nichts von meinen verqueren Gedanken.
Und Sie?, fragt er Hanna, arbeiten Sie auch? –

Na klar, sagt sie, sonst würden wir ja verhungern. - Verhungern? –

Na ja, ich schau auf sein…, äh unser Geld (macht dabei aber eine bezeichnende Kopfbewegung zu mir her. Hinter ihrer Ironie versteckt sich meist ein Stück Wahrheit), bin auch so eine Art Architektin. Ich richte Wohnungen ein und restauriere alte Möbel. –

Alte Möbel. So-so... Alte Möbel. Er grübelt sichtlich.

„Kaufen Sie auch asiatische Möbel, Teakholzmöbel?"

Jawohl, tut sie. Fallweise.

Ein Visitenkärtchen wechselt den Besitzer. Asiatischer Geschäftssinn. Phouvong hat einen Cousin in Vientiane, welcher mit Möbeln handelt, wissen Sie?, original laotischen, Teakholz, sagt er, sind viel billiger als in Europa, schade, dass wir nicht nach Vientiane wollen, er könnte uns den Laden zeigen…

Es ist spät, als sich Phou verabschiedet. Wir wissen nicht, wo er sich eingemietet hat. Für den Notfall haben wir seine Handy-Nummer.

„Falls Sie mich brauchen, auch morgen." -

Am Weg zum Bungalow hängt Hanna schwer an meiner Schulter und drängelt mit den Hüften gegen mich. Säuerlich streift mich ihr Atem. Entgegen jeder Logik braut sich in mir Abwehr zusammen. Vielleicht wegen ihres Zweifels an meiner literarischen Fähigkeit. Möglich. Außerdem rauften sich Schreiberlinge zu Tausenden um den Markt, meint sie, was solle das denn bringen. Für sie habe ich keine Zeit, wenn ich an einem Buch sitze.

Ich muss sie auffangen als sie über die Türschwelle des Bungalows stolpert und behauptet, das komme nur von der Dunkelheit. Trällernd werkt sie durch die Räumlichkeiten. Ihr Ordnungstick leidet keineswegs unter überhöhtem Pegelstand, der, wie sie behauptet, ihren Kreislauf stütze und einer Venen-Thrombose vorbeuge. Auch im Flugzeug trinkt sie daher Rotwein, der die Bewegungsarmut ausgleiche und die Spritze in den Bauchspeck erspare, wie sie meint.

Jetzt bräuchte ich Sigmund Freud, meinen „Tiefenstierler", wie sie ihn nennt, der jetzt unnütz zuhause über meinen Schreibtisch hängt. Der könnte mich aufklären, warum ich lauwarm bleibe, ohne Beckenhitze, als sie im blauweißen Nachthemd aus dem Bad kommt, neckisch tänzelnd, Wechselschritt links, Wechselschritt rechts, eine Arabesque aus ihren Kindertagen formend, sie hatte mal Ballettunterricht…, die bayrische Hülle bis zu den Hüftknochen hoch gerafft, hmtata-hm…, ihren Birnen-Po im Glockenschwung, Pirouette rechtsherum, das stechende Auge auf das Opfer gerichtet, das schon im Bett liegt, also Beschwörung… Vielleicht hätte ich den teuren Rotwein statt des billigen Weißen trinken sollen. Warum hocke ich im Eiskübel, während sie sich über die Tischplatte zum Wandspiegel beugt, mich aus dem Spiegel heraus fixierend, spöttisch ihr Leitmotiv auf den Lippen, the Sound of Silence, von Simon & Garfunkel, und mir gleichzeitig ihre Kehrseite entgegen reckt, im Rhythmus schwingend…, und warum denke ich ausgerechnet jetzt an die Kapitänsschwester am Mekong - der Mensch ist nicht Herr seiner selbst, sagt Freud -, und versuche krampfhaft, zwischen Hitze und Frost einen neutralen Fluchtweg zu finden, auf dem ich Hanna nicht vor den Kopf stoßen brauche. Ach, lieber Sigmund, hilf mir doch mal…, es ist nicht das Ei des Kolumbus, was mir spontan als Ausflucht einfällt: Der Phou…, sage ich, also Phouvong hat den Sinn des Kapitalismus´ begriffen: Geschäfte machen und Geschäfte vermitteln. Das ist in Laos relativ neu. Da wird sich sein Cousin sicher erkenntlich zeigen….

Und außerdem hat er uns noch immer nicht deine teure Taschenlampe zurückgegeben.

Hanna ist über meine Kühlbox-Stimmung nicht erfreut, gibt aber ihre Betörungsversuche, einfühlend wie sie ist, auf und schläft dank der Rotweinfüllung bald ein. Bei mir kreisen aber im Hindämmern Gedanken durch den Kopf, journalistisch eingefärbt, die sich explizit für einen kleinen Exkurs eignen: Geschäfte machen und Geschäfte vermitteln, die Triebkräfte der Marktwirtschaft, haben im gelockerten Sozialismus ein Netzwerk geschafften, in welchem bis in seine feinen Verästelungen hinaus die Touristengelder fließen, auch wenn beim Schuster, der den abgerissenen Sandalenriemen anklebt, oder bei der Bäuerin, die <Khaipen>, getrocknete Flussalgen mit Sesam, Tomaten und Knoblauch verkauft, nur ein paar Cent hängenbleiben. Auch die Jagd auf Schlangen und Bambusratten, Delikatessen der einheimischen Küche, bringt den Jägern nicht viel ein, zumal Schlangen Saisonwaren sind und die Touristen um dieses Speiseangebot vorsichtige Bögen machen, vor allem wenn die Speise noch lebt und aus dem Korb züngelt, womöglich mit einem Kaninchen im Bauch. Schlangen kann man anlocken, indem man Kaninchen als Köder hält... oder Hängebauchferkel, also für ausgewachsene Schlangen, Königskobras oder so...

Rentiert sich allerdings nicht, weil die Köder meist teurer sind als der Erlös aus dem Schlangenverkauf. Kleinhäuslerisches Schlangenzüchten ist daher kein Geschäft. Nicht einmal die Schlangenfarmen, die professionell Giftzähne bearbeiten, sind bereit, Schlangen mit teurem Kleinvieh aufzupäppeln. Sie halten sich billigere Schlangenfänger.

Nichtsdestoweniger ist die laotische Speisekarte ins Netzwerk geknüpft und wirbt um die Touristen: Ragout aus Ratte, frischer Kobra und Affenhoden, oh Gott, ein würgender Brechreiz für westliche Gaumen, zumindest solange es nicht im Gaut Millau steht, als Rezept der Woche, garniert mit geräuchertem Hering, Maisstärke, Zitronensäure, Tinte vom Kalamar und Magenstabilisator (Einnahme von Metifex nicht vergessen).

Aber wenn erst einmal der Tipp der Woche ein MUST daraus macht, wenn ein entsprechender Award das MUST in die Hohlköpfe gewisser Genussmenschen stopft, G. M. weiß, was Gourmets wünschen, wenn am Menü-Plan eines Charity-Dinners - hamse schon mal Affenhoden...? - Essen für die Dritte Welt steht, dann wandeln sich die Geschmacksnerven in erstaunlicher Solidarität. Oder man heuchelt – weil man das Diktat eines neuen Trends, etwa Laos Special, nicht zugeben will - die wundersame Wandlung nur vor und kotzt nach dem sündteuren Genuss das Ganze in die vergoldete Klomuschel eines Fünf-Hauben-Tempels. Der Gaumen lässt sich umwandeln, das auf eklig und uneklig getrimmte Gehirn nicht. Der mildtätige Blick auf die asiatischen Armenhäuser wird stumpf und glasig und verschwimmt im verkrampften, stoßweißen Würgen, in dem nur noch die eigene Befindlichkeit zählt. Die ganze Heuchelei ausgekotzt.

Und inzwischen sind neue Lieferungen von Schlangen eingetroffen, im Gefriercontainer der Flugzeuge, Fairtrade-Schlangen , oder klimafreundlicher: Rainforest Alliance-Schlangen, weil mindestens ein Drittel des Schlangenlebensraumes Regenwald sein muss, der ja auch in Laos allmählich niedergeschlägert wird. Schlangen aus Tee- und Kautschukplantagen werden von den Tierschützern nicht empfohlen.

Wenn sich der Schlangentrend durchsetzt, werden die Schlangenhändler in Laos und Kambodscha nicht mehr die Labors der Serumerzeuger – Gift als Gegengift – beliefern, sondern die Fünf-Hauben-Restaurants in Europa. Schlangen-Fairtrade, weil die Gastronomie mehr bezahlt als die Labors. Auch Fair Trade wird zum Geschäft.

Auch über Phouvong spannt sich das Netz der Tourismuswirtschaft, welches seit der politischen „Öffnung" Ende der 80er Jahre immer neue Maschen knüpft. Das Nationalprodukt muss wachsen, natürlich, von oben verordnet und erhofft, um die Macht zu erhalten. Das Plansoll ist in Fünfjahresplänen gegossen, Drüber hat man ein bisschen Kapitalismus gestreut, privaten, wie den Rasendünger im Mai. Die Laoten hören nicht nur den Reis wachsen, wie die Franzosen sagen, sondern wollen auch das Wachsen der Wirtschaft hören. Sie haben deshalb ausländische Investoren angelockt, die vor allem aus Thailand kommen, und sind dadurch wieder in Abhängigkeit gelandet wie im alten Siam.

Das Regime lockert zwar die Zügel, lässt die Pferde mal laufen, die lange Leine ändert aber nichts am System: Es lässt locker, wenn die Planzahlen hinken, strafft aber die Zügel, wenn liberale Notausgänge gesucht werden. Keine politische Aufmüpfigkeit bitte. Nein, nur das nicht… Ja, lieber Phou, du als Träger des Systems bist darin gefangen, weiß ich, kann dir aber nicht helfen. Wenn du noch Zukunft haben willst, musst du raus aus diesem Land. Leicht gesagt, was? Deine Familie ein Klotz am Bein? Musst du selbst beantworten. Und ich denke, da hat dir deine Ex einen schönen Brocken in den Hals gesteckt.

Also, lieber Genosse Phou, kurbel am Nationalprodukt, hilf den Plan erfüllen, animier die Touristen zum Kauf, die umgesiedelten, laotisierten Hnom brauchen in ihren neuen Dörfern eine Erwerbsquelle, in diesen Siedlungen, jederzeit überwachbar, für das Militär leicht erreichbar. Handwerk für den Fünfjahresplan:

Kunsthandwerk, traditionelle Miniaturstickerei, Kissenbezüge, Tagesdecken, Schürzen, Taschen, handgeschöpftes Maulbeerpapier für Laternen, Wandschirme..., Busparkplätze inklusive, jawohl, betonierte Gehwege für die Regenzeit, der Staat investiert, im Töpferdorf, im Silk Weaving Village etc., jawohl.

Und du, lieber Phou, bist im Netzwerk drinn, wissen wir, bist angehalten, uns in die Produktionsstätten der Handwerker zu schleppen, zum Kauf zu animieren, bist Nutznießer der kapitalistischen Erfindung der Provision, des Handaufhaltens im Hinterstübchen. Denn während wir unschlüssig an den Buddha-Figuren, Töpferwaren, Schmucksachen, Seidenkreationen in dekorativer Vielfalt entlang schlendern, während wir am Begrüßungstee schlürfen und den freundlichen Verkäufer enttäuschen müssen, wartest du im Nebenraum hinter dem Kassatisch. Im Netzwerk wäscht zwar eine Hand die andere, wissen wir, lieber Phou, aber schleppe uns bitte nicht endlos durch heimische Handwerkskunst. Du musst dosieren. Hanna schnüffelt lieber allein durch die Bazare, ohne deine verkaufsfördernden Tipps, um ihre Silbertiegel und Silberschatullen für ihre Sammlung im Badezimmer zu suchen.

Sperma

Armand erinnert Hanna an diesen französischen Schauspieler, den sie sich gerne in alten Filmen, am liebsten in schwarz-weißen wie >Lohn der Angst< anschaut, und ich sagte schon: hinter seiner dicken Sonnenbrille und dem offenen Hemd, aus dem das Brusthaar heraus kräuselt, wirkt er wie der soignierte Chef von Phouvong und nicht wie dessen Fahrer.

Er hat den Honda am Eingang zum Nationalpark abgestellt und wandelt mit uns dem Dschungelpfad an den Wasserläufen entlang, die in verzweigten Rinnsalen über Terrassen stürzen, glasklar und frisch aus den Bergen heraus, vom Urwald überwuchert. Maleraugen und Dichterhirne würden bei diesem Anblick gegen jeden Zeitdruck eines Reiseprogramms trotzen.

Das Rauschen des Wassers, die darüber liegende Kühle, mehr empfunden als gespürt, die Wurzeln der Baumriesen, die wie Polypenarme in den Boden kriechen, handliche Lianen, Farnwucherungen, blühende, dicht gebündelte Weihnachtssterne, Bambusdickicht am Ufer, ein Mühlrad in der Nähe eines Dorfes, Holzstege, die Wasserläufe queren und nassglänzende Felsbuckel und Ufer verbinden… Wasserbecken, in denen sich nackte Knirpse tummeln, lachend, auf angeschwemmten Baumstämmen reitend, unter

Wasserkaskaden kreischend. Einige mutige, kleine Tarzane, schwingen von einem an einen Baumast gebundenen Seil über ein Becken, plumpsen ins aufspritzende Nass ...

Ansteckende Lebensfreude mehrt unsere Begeisterung, während Armand im Bewusstsein seiner neuen Rolle vor uns her trottet oder sinnend auf einer Baumwurzel wartet, wenn unsere Empfindungen zum Verweilen zwingen. Er ist für Hannas Sympathie empfänglich und wendet sich in seinen Bemerkungen vorwiegend an sie, und ich denke, dass er sich bei ihr eher ein Trinkgeld für seine Sonderaufgabe erhofft als bei mir.

Bei den Wasserfällen von Khoung Xi gibt es eine Überraschung. Ein Parkwächter wartet dort mit einem Picknickkorb und einer Warmhaltebox auf uns. Weiß der Teufel, wie Armand dies organisiert hat. Denke, ihm hat das touristische Netzwerk geholfen... für ein paar Dollar mehr. Wenige Parkwächter in den Naturparks entziehen sich solcher Verlockung.

Armand schwänzelt stolz um uns herum und drückt dem Mann ein paar Scheine in die Hand, demonstrativ, und er vergewissert sich, dass wir dies sehen. Mit Grandezza breitet er ein Tischtuch auf einem Holztisch am Rande des Wasserfalls aus, auf welches er ein mehrteiliges Menü zaubert. Ich komme mir vor wie Hemingway in Kenia, im Camp am Ufer der Mara, wo Willi, das Hausnilpferd plötzlich aus den Büschen bricht und den Picknicktisch über den Haufen rennt... Und tatsächlich: Wie in einer Realsatire kracht und splittert es plötzlich hinter uns und wir hören zwei spitze Schreie. Gleich darauf bricht aus den Büschen zwar kein Nilpferd, nein, aber ein schreckensbleiches Pärchen hervor, welches sich im Laufen noch die Hosen über die Hintern zieht. Zwei junge Amerikaner, von denen das Mädchen eine klaffende Platzwunde an der Stirn hat. Sie hätten gar nicht rennen müssen, denn die Baumgeister, die einen schenkeldicken Ast auf die sich im Baumschatten Liebenden hinunter geschmissen hatten, warfen kein zweites Exemplar hinterher. Aber das haben die beiden nicht wissen können und sind geflüchtet. Und so sitzen sie lebend, aber bleich und verstört an unserem Tisch.

I could be dead, sagt das Mädchen, trinkt einen Schluck Bier und ist dankbar, da Hanna mit einem dicken Pflaster zur Stelle ist und die blutende Wunde verarztet. Armand ruft den Parkwächter zurück. Die Wunde gehört genäht und der Mann fährt die beiden ins Dorf an den Wasserläufen, dort würde man ihnen weiterhelfen.
„Du sollst nicht nur bei Blitz und Donner Bäume meiden, sagt Hanna, sondern auch bei Sex in fremden Landen." –
Vor allem wenn die Baumgeister eine der moralischen Grundsätze Buddhas, die Enthaltung von widerrechtlichem Sex, was immer das heißen mag, so eng auslegen. Wir haben ja nicht gesehen auf welche Art es die beiden getrieben haben.

Während Hanna ihr Gesicht zur Beruhigung in den Sprühdunst des Wasserfalles hält, der stoßweise zu uns herüber weht, geschlossenen Auges tief atmend, soll ja gut gegen Asthma sein, obwohl sie kein Asthma hat, während wir Reis mit Hühnerfleisch und Gemüse essen, längst erkaltet, hinterher Bananen und zu Keksen Kaffee trinken, kommen wir auf Phouvongs Problem zu sprechen.

Armand habe Phous Freundin ja vom Flughafen abholen sollen, er hatte über eine Stunde vergeblich auf sie gewartet, aber sie war vom Zoll gleich zur Polizei gebracht worden. Sein Chef, der Autovermieter, hatte daraufhin Phouvongs Agentur verständigt, und diese habe die Buchungen im Hotel storniert. Die haben gewusst, dass sich ein Gerichtsverfahren bei einer Anklage über Monate, wenn nicht Jahre, hinziehen könne.

Vielleicht käme sie überhaupt nicht mehr aus dem Gefängnis, sagt Armand, in Indonesien zum Beispiel habe man jüngst zwei Australier erschossen, die man beim Heroin-Schmuggel erwischt hat. Die haben dort ähnliche Drogen-Gesetze wie die Laoten und Kambodschaner und weder die australische Botschaft noch die Regierung haben eine Amnestie erreichen können.

Als wir ins Resort zurückkamen, saß Phouvong in der Lobby, katzenbuckelig, die Hände zwischen den Schenkeln baumelnd, und stierte auf die Fliesen. Wahrscheinlich war er wieder im gedanklichen Irrgarten und suchte einen Ausgang. Als er uns sah, sprang er auf, entschuldigte sich nochmals für den heutigen

Tag, erkundigte sich nach dessen Verlauf, - „danke, danke, Armand war ein guter Ersatz" - , verfiel dann aber in sichtbare Verlegenheit, weil er, wie er meinte, morgen noch einmal ins Gefängnis müsse. „Verstehen Sie?"
Ich bemerkte, wie sich Hannas Stirnfalten kniffften, steil zwischen ihren Augen, nein, verstehen wir nicht, entnahm ich ihnen, einerseits, weil wir morgen wieder auf Pagodentour wollten, aber andererseits, wie geht es mit der Sache weiter?... Ihre Augen sahen mich groß an und schoben mir damit unausgesprochen die Entscheidung zu.

Und die hatte ich bereits getroffen, denn Pagoden hatten wir genug im Programm, aber ein laotisches Gefängnis nicht. Mein journalistischer Instinkt trickste das Kunstverständnis aus, es ging ja nicht nur um den Einblick in kommunistische Rechtspraktiken, sondern um ein Frauenschicksal. Vor dem ratlosen Phou konnte ich das Problem nicht mit Hanna ausdiskutieren, und ein Zurückziehen aufs Klo, zur kurzen Beratung wie bei einer Aufsichtsratsitzung, wo es um Millionen ging, schien mir nicht angebracht. Dort wären wir am Ende in einen Prioritätenstreit gelandet, ohne Ergebnis.
„O. k.", sagte ich zu Phou und erwiderte Hannas Blick, „wenn's nicht zu lange dauert fahren wir mit. Was ist überhaupt los mit deiner Freundin?"
„Danke, danke", murmelte er und küsste Hanna die Hand, das hat er sicher nicht in der DDR gelernt. Und dann schilderte er, dass seine Ex, Gudrun hieß sie,

wegen des Besitzes von 800 Gramm Kokain erwischt und verhaftet worden wäre.

„Das ist ja mehr als die schwangere Schwarze hatte", warf Hanna ein", ja, verhaftet am Flughafen, wo sie Armand abholen sollte.

Gudrun habe vom Kokain keine Ahnung gehabt, wie denn auch, denn wenn sie das Zeug hätte schmuggeln wollen, hätte sie es nicht in die Außentasche ihres Rucksackes gesteckt, oder? Und dann hat sie geheult: Das müsse ihr irgendjemand zugesteckt haben, schluchzte sie, vielleicht im Flugzeug, wer weiß schon, aber kein Mensch glaube ihr, das sei ja das Problem.

Und nein, außerdem habe sie keine Ahnung gehabt, dass darauf die Todesstrafe stehe, entsetzlich, da habe sie jemand hinein gezogen, und sie könne nicht einmal die deutsche Botschaft…, weil man ihr alles abgenommen habe, auch das Handy, jetzt sei sie hilflos der Willkür dieses Regimes ausgeliefert, oh Jesus, sie schaudere in Gedanken an das Kommende, ist ja wie in der DDR, gibt's denn hier eigentlich einen ordentlichen Rechtsweg?

Und dann erst die Zelle mit diesen gekritzelten Sauereien an der Wand und dem scharfen Uringeruch aus dem Zelleneck, wo neben der asiatischen Toilette zwar ein Wasserschlauch aus der Wand rage, aber die Wasserzufuhr meist gesperrt ist. Sie heulte wieder…

Wir hatten Getränke bestellt und Phouvong setzte stockend, in seinem leisen Deutsch, die verhängnisvolle Geschichte fort:

„Sie kriegt eine Anklage", sagte er bedrückt, „Es ist schrecklich, da kommt sie nicht wieder raus. Ich bin ratlos. Hab mit der deutschen Botschaft telefoniert. Die werden jemanden schicken. Aber wenn sie verurteilt wird, kann die Botschaft auch nicht helfen."-

„Sie kann einen Verteidiger stellen", werfe ich ein.

„Ja schon, aber dies wird nicht viel nützen. Das Gericht könnte ein Exempel statuieren, weil bei der Negerin in Vientiane waren sie ja nicht erfolgreich. Die ist schwanger geworden… Und unschuldig? Bei diesem Corpus delicti? Ich weiß nicht…"

Ja, die Negerin, schau mal, denke ich vorerst, diese Bezeichnung ist in Laos noch nicht verpönt, Phou hat sie als Andenken von der DDR mit nach Hause genommen, ohne dass er ein Fremdenhasser wäre. Gewisse Leute bei uns würden trotzdem mit dem Finger auf ihn zeigen, Rassist, Rassist, und die verletzte Menschenwürde anprangern, und Phou würde in naiver Unschuld nicht wissen, warum. Er weiß nicht, was bei uns politisch korrekt ist.

Nein, denke ich, der will die Schwarze nicht verletzen, im Gegenteil, er wird wohl anerkennen, wie gewitzt sie der Todesstrafe entronnen ist.

„Und wäre Schwangerschaft bei deiner Freundin eine Option?", frage ich, „ich meine, hast du ein Besuchsrecht?"

Er schaut mich groß an, als ob ich gerade vom Mond heimgekehrt wäre.

„Weiß nicht. Na ja, und wenn, dann kann ich nicht mit ihr allein sein. Wir waren ja heute auch nicht allein. Da war dauernd ein Polizist dabei. Der hat misstrauisch zugehört und wollte wissen, was wir gesprochen haben." –

„Was habt ihr denn gesprochen?"-

„Hab ich ja schon gesagt. Und... und...", er zögert und schaut verlegen auf Hanna, „und auch ob sie schwanger werden kann... Ja, ja, sie kann. Seit sie geschieden ist hat sie keine Pille mehr genommen. Und noch dazu hätte sie jetzt günstige Tage... Ach ja!!".

Und er seufzt, lehnt sich zurück und wischt sich die feuchte Stirn ab. Noch immer hat er ein Labyrinth im Kopf und weiß nicht wie er da raus kommt. Dämonen auf der Brust wären nichts dagegen.

Ein laotisches Gasthaus

Wir wollten an diesem Abend, nachdem Phou gegangen war, kein Aalragout á la... weiß nicht, auch keinen Beaujolais, Chateau de Chanzé bestellen, in Gedanken wäre Phou neben uns gesessen und hätte jedes festliche Menü beschattet. Und so gingen wir ein paar hundert Meter straßenabwärts zu einem Wirtshaus mit Gastgarten.

Kaum hatten wir bestellt, blitzte und zischte es, grammelte und fauchte, als ob wir in das buddhistische Neujahrsfest oder in einen Raketenbeschuss geraten wären. Funken sprühten in breiten Kaskaden zu Boden und die Leute rannten mit ihren Getränken schreiend ins Haus. Einige liefen gebückt auf die Straße, um ihre Autos und Mofas wegzufahren. Wir rann-

ten ebenfalls ins Innere, welches in heimeliges Halb-
dunkel gefallen war. Erregtes Stimmengewirr füllte
das Dunkel und steigerte sich zu Applaus, als die Kellner Kerzen brachten.

Der Elektrizitätsgeist habe zugeschlagen, erklärte uns
einer, achso, weil die Regierung die Strompreise er-
höht hat. Kleine Rache der Geister? Und ich denke,
dass die Geisterwelt vielleicht ein bisschen politisch
agiert, da im ganzen Viertel der Strom ausgefallen ist
und die Gläubigen in den Pagoden im Finstern sitzen
müssen. Das könne bis morgen dauern, ist die aufge-
regte Meinung ringsum. Der Mofageist habe sein
Mofa verschont, meint unser Kellner, obwohl er es
unter der spukenden Trafostation geparkt hatte.
Buddha sei Dank! Und er rennt mit einem halben
Grillhenderl hinaus zum Tempelhäuschen beim Gartentor, um ein rasches Opfer zu bringen. Ein Mädchen folgt ihm mit einem Krug Wasser und gießt die
Blumen, die links und rechts vom Altar üppig aus
aufgestellten Granathülsen sprießen.

Großes Kaliber, mit dem man auch Panzer umbringen
konnte, denke ich, wahrscheinlich aus einem Beschuss durch die Pathet Lao im Bürgerkrieg stam-
mend. Kann man daraus symbolhafte Deutungen
zulassen? Blumen wachsen aus Granaten? Jawohl,
kann man. Wie schön! Den geschundenen Laoten
sei's vergönnt. Aber lernen sie aus der Geschichte?
Glaube nicht. Tun wir Westler ja auch nicht. Zu Beginn der Weltkriege hatten jubelnde Menschenmas-
sen den ins Feld ziehenden Männern Blumen in die

Gewehrläufe gesteckt. Eine Paradoxie sondergleichen: Blumen in Gewehrläufe, quasi letzte Rosen für das Massengrab. Da sind Blumen aus abgeschossenen Granathülsen erfreulicher, nicht nur wegen der unverdorrten Ästhetik, sondern auch wegen des ungebrochenen Aufbauwillens der Laoten, der daraus spricht. Das große Sterben ist auch in Laos vorbei, geblieben ist die Mangelwirtschaft, die aus der materiellen Not eine Tugend macht. Kreativität und der Hang zur Improvisation ersetzen Blumentöpfe.

Wegen des vollgestopften Gastraumes müssen wir in den ersten Stock hinauf. Hier sitzen wir allein zwischen Teakholzwänden unter schrägen Dachstreben und sinnieren über Phouvongs Drogenfall nach. Das nostalgische Ambiente, Holzstühle von Thonet — wie kommen die hierher? - und Bilder aus der Kolonialzeit, können die Stirnfalten von Hanna nicht glätten. Sie ist sauer.

„Wie komm ich dazu", mault sie, „dass ich mich mit Gefängnissen beschäftigen muss. Ich habe eine Kulturreise gebucht und keinen Krimi. Sowas schau ich mir im Fernsehen an. Wie komm ich dazu, dass ich mein Geld in deine Angelegenheiten stecke, mein sauer verdientes. Nur weil du wieder mal Material sammeln willst für deine Geschichten. Wird eh nichts daraus."-
„Ist ja auch mein Geld", wage ich einen sanften Einwurf.
„Ja, und das schmeißt du zum Fenster hinaus. Und ich kann's hinterher zusammenklauben. Wer schaut

denn auf unser Budget? Wer? Wenn ich nicht wär…
Ich werde reklamieren bei der Agentur werde ich.
Phou erfüllt ja das Programm nicht. Da hätten wir
gleich Armand nehmen können."
Oje, denke ich, wir hätten doch eine Beratung am
Klo…, sie fühlt sich übergangen, und ich kann ihre
Erregung nicht stoppen, auch wenn ich in einem va-
gen Ablenkungsversuch die Bilder an der Wand stu-
diere: Der König mit einer Delegation französischer
Offiziere. Der König bei einem religiösen Fest. Der
König mit seiner Familie… Der König, der König… Die
Fotos, gelbstichig mit bröckelndem Rahmen, haben
sie vom Dachboden geholt, als sich die Regierung
dem Tourismus öffnete. Sie trauen sich wieder ihre
Vergangenheit zu zeigen. Offen.

Hanna, die sonst so interessierte, berührt dies heute
nicht. Erregt steigert sie sich:
„Glotz nicht an die Wand! Jetzt hör mir mal zu!", aber
da nähert sich der Kellner auf knarrenden Dielen und
serviert das auf gut Glück bestellte Menü: Kürbissup-
pe mit Gemüseeinschnitt, Karotten, Morcheln, Gur-
ken…, eine Art Rindsgulasch, Maniok und Gemüse,
Schüssel mit Reis, Hühnchen in Soße… Bananen.
Schon wieder Bananen.
Jetzt kann sie nicht mehr reden, da alles auf einmal
serviert wurde und wir uns sputen müssen, damit
nichts kalt wird, die Suppe zum Schluss, denn da ist
ein Deckel drauf.

Bis zur Suppe war ihre Erregung nur vorübergehend
gedämpft, aber die heiße Brühe verbrannte ihr, jeder

Vorsicht zuwider, nicht nur die Zunge, sondern auch die Rücksichtnahme auf den Kellner, der gerade Bier servierte.

Ich sei schuld, dass sie zu heiß gelöffelt habe, warf sie mir vor, weil ich ihre Gefühle verwirre, jawohl, und wir sollten uns ausklinken aus der Geschichte mit Phou, jawohl, und wir könnten ja mit Armand, unserem Fahrer…, und überhaupt, was macht er, dieser stille, salbungsvolle, äh, Mönch, wenn seine Ex frei geht? Der schleicht mit ihr ins nächste Hotel, und dann lässt er seine Frau sitzen und haut mit ihr, wie heißt sie geschwind?, nach Deutschland ab. „Ich kenne euch Männer ja".

Uns Männer also. Ja, ja! Ich könnte mich jetzt aus dieser Verallgemeinerung heraus nehmen, auch laotische Suppen werden nicht so heiß gegessen wie sie gekocht werden, außer bei Gefühlsverwirrung, aber dies hülfe einer Problemlösung nicht weiter. Bei solchen Disputen bringe ich sie selten auf den Punkt. Die fehlende Kausalität in ihren Antworten stürzt mich oft selbst in Gefühlsverwirrung.

Weiß nicht, versuche ich zu entgegnen, es geht nicht um seine Frau, seine Probleme sitzen tiefer. Und ich versuche zu erklären: Seine Freundin bringt ihm mehr als Liebe und das Auftauen einer eingefrorenen Verbindung nach der Scheidung. Sie hat seine Träume im Rucksack, seine Hoffnungen und Erwartungen, die er in Weimar zurücklassen musste. Die wird sie auspacken und vor ihm ausbreiten, wenn sie unschuldig ist.

Die Erinnerung daran hat ihn ja schon getroffen wie ein Blitz. Er wird aus seinem Taucheranzug raus wollen, den er seit seiner Heirat trägt, als Schutzkleidung für sein angepasstes Dasein. Wie hat er dies nur aushalten können? Er wird auftauchen wollen, wieder an die Oberfläche, ans Licht der Bestätigung und der Zukunft, freie Luft schnappen, an der Seite der Architektin aus Deutschland, in einer Welt, die auch die seine hätte sein können, in die er einst hinein geschwommen ist, wenngleich mit Schwimmgürtel. Er hatte die Schwimmhilfe schon abgelegt gehabt, war nach sechs Jahren Aufenthalt schon zum Freischwimmer geworden, als sie ihn zurück geholt haben nach Laos.

Nun muss er sich seiner Lebenslüge stellen, der verpfuschte Architekt, dieser mit Selbstzweifeln beladene Zwangslehrer aus einem Bauernkaff. Möglich, dass er Frau und Kind verlässt, wie es in den Bergdörfern gängige Praxis ist, wenn in den industriellen Webereien des Mekong-Deltas eine bezahlte Stelle lockt.

Kann man dies nicht so sehen, frage ich Hanna? Aber, obwohl ihre Empörung mit der Suppe abgekühlt ist, hat sie für meine konstruierte Logik, wie sie meint, kein Verständnis: „Das schaut euch Männern ähnlich, das bist ja du, von dem du fabulierst, du tät'st mich mit Frau und Kind sitzen lassen, wenn dir eine andere über den Weg liefe. So ist das. Red' dem Phou ja nichts ein!"

Also, da habe ich mir was eingebrockt. Bei einer laotischen Suppe soll man keine laotischen Schicksale diskutieren. Da leidet die Abstraktionsfähigkeit und die Suppe wird kalt.

Strategie

Trotz unserer Meinungsdifferenzen wurde der Abend noch recht romantisch. Der Stromgeist (oder das Hotelmanagement) hatte für Kerzen und eine Flasche Beaujolais gesorgt und wir konnten unsere Stimmungen, wie es sich halt so ergibt, im Bett auf die gleiche Tonart bringen, zweistimmig ohne Dissonanzen. Das hat unser Schöpfer genial eingerichtet, dass die menschliche Natur von sich aus gegensätzliche Meinungen ausbügelt, immer dann, wenn Eva den Apfel pflückt, vom Baum der Erkenntnis, und weiterreicht an Adam, und damit das Geheimnis der Sexualität offenbart. Sie hat sogar vom Apfel gegessen, wie böse. Und ich habe auch hineingebissen. Und wenn Hanna schnurrt und schmeichelt wie ein Kätzchen, und ich quasi in sie hinein kriechen möchte, so denke ich, dass allein diese Beglückung die Vertreibung aus dem Paradies rechtfertigt. Was sollte daran böse sein?

Schnurren und Schmeicheln ist nun mal die beste Voraussetzung für Kompromissbereitschaft, und so fädeln sich von Kopfpolster zu Kopfpolster Strategien für eine Problemlösung:
„Seine Ex darf nicht zum Tode verurteilt werden", sage ich im flackernden Kerzenschein, „versetz dich mal in ihre Lage."-
„Ja", raunt sie.

„Sie muss schwanger werden."-

„Ja", raunt sie.

„Aber wie kommt Phou an sie heran."-

„Ja", raunt sie, „ich meine ich weiß nicht."-

„Unbefleckte Empfängnis geht nicht. Wo finden wir einen Heiligen Geist?"-

„Ja", raunt sie, „es geht nur wie bei der schwarzen Engländerin in Vientiane.

„Wir müssen Liebestropfen ins Gefängnis schmuggeln."-

„Ja", raunt sie, „aber wie?"-

„Abzapfen und als Eiswürfel" –

„Ja", raunt sie, „du meinst im Froster hier?" Sie kichert.

„ Nein, das geht nur im Labor. Mit Stickstoff."-

„Aber wie war das mit dieser Fellatio im Besenkammerl, wo die Dame danach schwanger…?"-

„Na wie schon?" Hanna kichert.

Die Fellatio berührt Hanna wie der Stromgeist die Trafostation, macht sie im Nu blitzmunter und schlittert in eine Blödelei über Eiswürfel, Auftauen, Klistier und Lebensdauer von Sperma hinein; … also diese Tierchen befruchten noch nach drei bis vier Tagen, zäh wie die sind, aber bei körpergerechter Temperatur bitteschön, aber wer könnte stumm, mit vollem Mund ins Gefängnis eingelassen werden, und wie kann der Samenaustausch …?, also lassen wir das mal, denn Hanna hat eine Idee: sie hat im Koffer einen kleinen Warmhaltebehälter von unserem Chinesen um die Ecke zuhause, für irgendwelche Zwecke eingepackt, so wie sie meinen Elektrorasierer verstaut, obwohl ich mir auf Reisen einen Bart wachsen oder diesen von einem lokalen Barbier scheren lasse, kein Wunder, dass der Koffer so schwer ist, aber wie man sieht, braucht auch ein blindes Huhn manchmal eine Brille.

Der Warmhaltebehälter scheint so eine Art Ei des Kolumbus zu sein. Jetzt müssen wir das nur noch Phou nahe bringen.

Dysfunktion

Phou holt uns um neun Uhr ab. Während Armand französischen Charme versprüht und Hanna beflissen die Autotür aufhält, macht Phouvon ein Gesicht wie bei seiner eigenen Trauerrede.

Gudrun, ja so heißt seine Freundin, werde heute ganztägig verhört, sagt er. Es gebe keine Besuchserlaubnis. Erst morgen wieder.

„Morgen?" fragt Hanna und schaut mich irritiert an, „aber morgen fliegen wir ja nach Siem Reap. Da können wir nicht mehr helfen." –

„Helfen?", fragt Phou, „was helfen? –

„Na ja, wegen Gudrun und so."-

„Sie können nicht helfen. Ich kann auch nicht helfen. Bin ganz verzweifelt."-

„Na ja, du könntest schon," sage ich, und weiß nicht wie ich es sagen soll, „wir haben da einen Plan."-

„Plan?" fragt Phou verständnislos während wir losfahren.

Und während wir in den Tempelbezirk fahren, vorbei an den Geisterhäuschen, die vor jedem Gartentor stehen wie bei uns die Postkästen, während wir an grimmigen Wächterfiguren   vorbei steigen, die an den Stufen der Pagoden stehen, mit diabolischen Fratzen wie aus einem Horror-Video, und knüppelschwingend Dämonen abwehren, während wir Fabelwesen hinter uns lassen,   deren Krönchen mit

Blüten umkränzt sind, Opfergaben der Pilger zur See-lenrettung, während wir vor Gebetsmühlen stehen, Farborgien im Gegenlicht, Hanna ist ganz aus dem Häuschen…, da doziert Phouvong aus seiner Wissens-truhe, verhalten, der gleißenden Umgebung etwas entrückt, weiß nicht recht, wie er sich konzentrieren soll, und ich warte auf eine Gelegenheit, um ihm un-seren Plan zu erklären.

Vor einem kunstvoll geschnitzten Totenschrein erläu-tert er die Grabbeigaben für den Verstorbenen. Mein Gott, was hat ihm seine Familie auf die letzte Reise mitgegeben?
Einen Polster, eine gefüllte Thermosflasche, einen <baat>, dem Sammelbehälter der Mönche, einen Eimer mit Konserven und Süßigkeiten, Speisefavori-ten des Toten, eine Taschenlampe, damit er im fins-teren Jenseits nicht über Gebeine stolpert?… Und ich möchte schon fragen, wozu er das alles braucht, wo doch seine Seele in einen anderen Körper schlüpft. Landet er in einem Zwischenreich, wo er gelagert wird wie im Fegefeuer?, aber da wendet sich Hanna den Fresken an einer Wand zu, und ich ergreife die Gelegenheit, um Phou die Sache mit dem Frischhal-tebehälter zu erläutern, von Mann zu Mann sozusa-gen, da er im Beisein einer Frau in Verlegenheit kommen könnte.

Also, verlegen ist er auch bei mir und blickt grübelnd zu Boden.
„Frischhaltebehälter? Wie…". Er begreift nicht gleich, oder will nicht verstehen, also gibt's das bei euch

nicht?, frage ich, und dann denke ich, ich habe das Pferd von hinten aufgezäumt und erst als ich das Beispiel von der schwangeren Schwarzen in Vientiane bringe, sieht er die Zusammenhänge und grübelt noch tiefer in den Boden hinein. Und jetzt hat er sicher wieder Dämonen im Kopf, die im dortigen Irrgarten Auswege suchen, und die liegen im Streit miteinander, ob eine derartige Befruchtung, ohne dass seine Frau Bescheid wisse, Ehebruch sei - auch die Buddhisten haben einen sexuellen Moralkodex -, noch dazu wo aus diesem Akt ein Kind resultieren müsste, oder ob man Phous frühere Freundin ihrem Schicksal überlassen solle. Oh Buddha, warum ist Gudrun nach Laos gekommen?

Der Streit scheint sich zugunsten der Befruchtungsanhänger zu neigen, denn Phouvong druckst verlegen herum, wie ein Kind welches die Hose voll hat, äh, äh, weiß nicht, wie er es sagen soll, aber dann kommt es doch heraus, hm, wissen Sie?, und es ist ihm furchtbar peinlich, er könne nicht so einfach seinen Samen…, also ejakulieren, weil solo schaffe er das nicht, verstehen Sie?, er könne nur mit einer Frau so weit kommen…, also auch das noch, der gute Mann wird doch nicht meinen, dass ich das für ihn erledige, also nein, das wäre ein klassischer Fall von Rückdelegation.

Und bei diesem Stand der Dinge müssen wir jetzt unterbrechen, denn Hanna ist zurück und erzählt voll Begeisterung von Miniaturszenen aus dem bäuerlichen und höfischen Alltag des 16./17. Jahrhunderts,

den Gärten, den Villen, den Wasserträgern, Palast-
mädchen und Musikanten, in Gold auf schwarzem
Grund, entzückte Ausrufe, die aus ihrem Restaurato-
renherz drängen…

Ich muss also mein Gespräch mit Phou verschieben,
denn als wir an den Höllendarstellungen vorbei
kommen, wendet sich Hanna mit Abscheu ab, das sei
ja schlimmer als bei Hieronimus Bosch im Mittelalter,
sagt sie, hier offenbare sich die krankhafte Natur der
Menschheit, so etwas darzustellen, „gehen wir!", und
sie zieht uns zu den Stufen des Pagodenabgangs, wo
unten Armand mit dem Auto warten sollte.

Das Auto ist zwar da, aber Armand nicht. Hinter dem
Auto parkt ein grüner Polizei-Jeep und auf dem Tem-
pelvorplatz rennt Armand wie ein Windhund auf ein
Klostertor zu und verschwindet hinter dem barocken
Torbogen. So schnell hätte kein französischer Schauspieler rennen können. Und hinter ihm her zwei Polizisten, so dass eine Gruppe safrangelber Mönche
entsetzt auseinander stiebt. Ein Schauspiel wie aus
einem Abendkrimi zur Primetime.

Ratlos stehen wir da und wissen nicht, was sich hier
abspielt. Räuber und Gendarm, denke ich, aber der
charmante Armand kann doch nichts angestellt haben, in einer Volksdemokratie stellt man nichts an,
weil die Volkspolizei allgegenwärtig ist. Phou setzt
sich betroffen auf eine Stufe und verdaut vorerst das
Geschehen. Es ist zu viel, was an diesem Vormittag
auf ihn eingewirkt hat.

„Verzeihen Sie", sagt er, „die Polizei wird zurück kommen. Ich frage dann, was los war."

Und da kommen schon die zwei Volkspolizisten, und in ihrer Mitte Armand in Handschellen.
Gottes Willen, was ist denn los? Phou will von den Beamten in Olivgrün eine Antwort, kriegt aber nur ablehnendes Schweigen, nur Armand, als er in den Jeep geschoben wird, ruft ihm über die Schulter etwas zu.

Phou sitzt unter dem Knüppel schwingenden Wächterdämon mit einem Gesichtsausdruck, als ob er gleich einen Schlag erwarte, vielleicht hätte er beim Betreten des Tempels einen Blütenkranz um den Froschkönig hängen sollen, zur Abwehr von Unbill. Und dann sagt er uns tonlos, dass Armand als Drogendealer beschuldigt wird, vielleicht als Drogenkurier, weil er Gudrun vom Flughafen hätte abholen sollen, da hätte er leicht an das Päckchen in ihrer Rucksacktasche kommen können. Aber wer hat das Päckchen hinein gesteckt, falls Gudrun unschuldig ist? Und wer sind die Hintermänner? Der Fall zieht also seine Kreise.

Und was jetzt? Wir haben keinen Fahrer und Phouvong hat keinen Führerschein, er hat auch kein Auto, und so muss ich ans Steuer, Hanna hat ja meinen Führerschein in ihrer Tasche, also wirklich ahnungsvoll vorgesorgt, denn ich wollte ihn wegen Diebstahlrisikos nicht mitnehmen. Und so fahren wir zum Autoverleih, aber dessen Chef hat keinen Fahrer in Reserve und schimpft wie ein Rohrspatz auf die Drogenmafia und meint wohl auch uns, und so muss ich den Chauffeur spielen, den wir eh im Pauschalpreis bezahlt haben, worauf Hanna postwendend meint, da müsse sie wohl eine Rückforderung einbringen, „ich bezahl doch nicht für unsere eigenen Dienste. Und für dich schon gar nicht… Und wie man sich in einem Menschen täuschen kann."

Also der Garagenboss wird sich um Armand kümmern und wir fahren nach dem Lunch zum Tempelberg Luang Prabangs und steigen 329 Stufen hoch zum That Chomsi, laut Phou seit Jahrhunderten eine Stätte der Geisterverehrung, wo angeblich ein Mönch von den Anrainern lebendig eingemauert wurde, weil er ihnen einen Anteil am Tempelschatz der Berggeister verweigerte. Der damalige König verurteilte deshalb die Bevölkerung dazu, im Tempel alle drei Stunden die Zimbeln und Trommeln zu schlagen, um die erzürnten Geister zu versöhnen… Dies geschah bis weit ins 20. Jahrhundert hinein.

Als die Kommunisten das Trommeln und Zimbeln abgeschafft hatten, traf der Zorn der Geister nicht die Abschaffer, sondern den letzten König Savang Vatthana, der 1975 abdanken musste…
„Das war das Jahr, als die Roten Khmer die Macht in Kambodscha übernahmen," raune ich Hanna zu, „ die waren mit den Pathet Lao unter einer Decke. Kein Wunder dass die kambodschanischen Asylanten damals wieder heimgeschickt wurden. Und man hat nicht darauf geachtet, ob dies ein sicheres Herkunfts-

land war, wie bei uns. Die haben gewusst, dass die Flüchtlinge in die Todesfalle gingen. So war das."

Und ich denke, dass ich das Interview mit Phous kambodschanischer Familie hier nicht mehr brauche, da wir morgen in die betroffene Region reisen und sich dort bessere Möglichkeiten für Recherchen finden würden.

Hätte mir jetzt einer der Dämonen vor den Pagoden zugeflüstert, was uns im Land der Khmer erwartete, wäre ich in Zweifel gefallen, ob wir die Reise abbrechen oder uns über mystische Botschaften hinwegsetzen und Spuren von Aberglauben, die auch der aufgeklärteste Mensch im Bodensatz hat, ignorieren sollten.

Aber so setzte Phou seine Erzählung fort, nämlich dass der König zwei Mal am Tage hier heraufgestiegen sei, zum Beten und Meditieren, und bei diesen Fitnessübungen in guter körperlicher Verfassung war, und deshalb glaube er nicht, dass der König im Umerziehungslager an einer Krankheit gestorben sei, wie von offizieller Seite verlautbart, nicht lange nach seiner Einlieferung. Ein Teil der Internierten sei in einigen Monaten umerzogen gewesen, sagt er, die hatten es eilig gehabt mit der Anpassung, Wendehälse, denen der Schließmuskel flatterte wie nach dem Genuss von Chilli pur. Ein Teil war erst nach Jahren mehr oder weniger umerzogen gewesen. Rund ein Drittel sei aber an der Umerziehung gestorben... Nicht wahr?

Und während wir die Aussicht auf die Dächer der Stadt genießen, aus denen die Pagodengiebel und

Stupas schimmernd hervorstechen, auf die fernen Berge im Schönwetterdunst, Hanna mit einem Gesicht wie Flusskrebse im Kochkessel, Stufe um Stufe des anstrengenden Aufstieges abschnaufend, während wir einen jungen Mönch auf einer Flaklafette, Restbestand aus dem Bürgerkrieg, beobachten, der sich wie ein Primaner auf dem Schwenkarm hin und her bewegt, während wir wieder einen Fußabdruck Buddhas abtasten (wo der überall hin marschiert ist)…, hält sich Phou abseits, auf einer Balustrade abgestützt, versonnen vor sich hin schauend, in asiatischer Schwermut, mit einer Melancholie im Gesicht wie beim Anhören des <Traurigen Sonntags> in einem Zigeunerschuppen an der ungarischen Grenze.

Wahrscheinlich spukt der Warmhaltebehälter in seinem Kopf herum, denke ich, und er fragt sich, wie er dieses Ding, in dem u.a. Hühnerfleisch mit Ananas, mein Lieblingsgericht, transportiert werden kann, füllen könnte. Ob er das schaffen wird? Man wird sehen.

Und beim Abstieg erzähle ich Hanna, welche Probleme Phou angedeutet habe, und dass ich um unseren Plan fürchte, der bei Lichte besehen, wirklich aus dem Spielcasino stammen könnte, einer biologisch medizinischen Betrachtung nicht standhaltend. Aber Hanna verweist auf den Fall der Schwarzen in Vientiane, und was Phou betreffe, wäre dies zwar ein Fall für Siegmund Freud, dem „Tiefenstierler", wie ihn Hanna nennt, oder einem Urologen, wegen erektiler Dysfunktion oder so, aber sie könne sich fern von psychologischen Theorien schon was erektil Praktisches einfallen lassen, jawohl, bis morgen vor dem Abflug. Aber ich frage mich, was ist, wenn die Schwarz-Engländerin vom Gefängnisdirektor oder einem der Aufsichtsbeamten geschwängert worden, und die schöne Geschichte nur als Ausrede, zur Deckung von Beamtenvergehen, in die internationale Medienwelt gelangt ist?

Zweckmittel

Die Zeit heilt Wunden, sagt man. Von der Dauer der Heilung sagen die Sprücheklopfer aber nichts. Na gut, das muss man von Fall zu Fall abklären, sagen sie, jedenfalls war für Phou die Zeit von gestern auf heute offensichtlich zu kurz um die Wunde zu schließen, die er mir in der Pagode offenbart hatte. Er sah grau aus, als er am nächsten Morgen erschien, ungewaschen, wie eben blasse Laoten ausschauen und hatte die Augen schwarz unterlegt. Wahrscheinlich hat er schlecht geschlafen, oder die halbe Nacht trainiert, rein mechanisch, oder vielleicht in Gedanken an Gudrun, seine Freundin aus Jena, in lustvoller Erinnerung, oder ganz allgemein an ein Wunschbild, wie man sich halt eine Eva oder konkret eines Nachbars Weib zurecht denkt, welche just vom Baum der Erkenntnis gegessen hat und den angebissenen Apfel an Adam reicht, da sollte es nicht an ein bisschen Fantasie fehlen.

Wie-dem-auch-sei. Er war verlegen, aber dennoch erwartungsfroh, wenn man aus diesen beiden Worten einen gemeinsamen Zustand reimen kann, und er meinte, wir hätten noch viel Zeit, bis zu unserem Abflug nach Kambodscha. Das Taxi vor dem Resort könne warten.

„Das zahlen wir aber nicht separat", meldete sich Hanna mit ihrem Sinn für das Wirtschaftliche, sie hatte am Vorabend bis auf den Warmhaltebehälter und meinem Laptop schon gepackt, mit mir unseren Plan erörtert, und mir auch eine lange Hose zurechtgelegt .

„Hast du für heute einen Termin im Gefängnis bekommen?", fragte ich Phou. Er nickte und erkundigte sich nach dem Warmhaltebehälter.

„Willst du ihn mitnehmen?" fragte ich, und er nickte wieder.

„Nix da", wandte sich Hanna an mich, „ da wird nix daraus, bei seiner Dingsfunktion. Da geht er dann ins nächste Bordell mit meiner Box, da gibt's genug billige Frauen, nein, mit meiner Box geht er da nicht hin. Wir werden das Exempel statuieren."

Und so marschierten wir mit dem immer verlegener werdenden Phou hinauf auf unser Zimmer, er wird wohl nicht das Gefühl gehabt haben, zur Schlachtbank geführt zu werden, nein, das nicht, eher zu einer ambulanten OP, wo man nicht weiß, wie sie ausgehen wird, gossen ihm den Rest von unserem Beaujolais in ein Glas, bis oben hin voll, dem vom Alkohol entwöhnten, „Prost! Auf Gudrun und einen guten Ausgang des Verfahrens", offenbarten ihm die filmischen Möglichkeiten westlicher Dekadenz, die ihm jetzt helfen sollten ohne Frau zur Erektion zu kommen, nämlich das Herunterladen von Pornovideos, als Ersatz für die freudsche Psychologen-Couch, was im asiatischen Kommunismus gleich nach dem Drogenschmuggel kommt, und dann ging ich mit ihm und dem Laptop ins Bad.

„Stell den Ton nicht zu laut", rief mir Hanna hinterher.

Ich hatte bald eine passende Com-Seite auf dem Bildschirm, klickte einige Videos an, sah, dass Phou von Aschgrau in dunkles Rot wechselte, weiß nicht, ob vor Scham oder Erregung, richtete eines ein, klopfte ihm auf die Schulter und ließ ihn dann allein.

Wir hörten, wie er die Badezimmertür verriegelte, und dann hörten wir außer den Videolauten lange Zeit nichts. Hanna stand am Fenster, blickte nachdenklich auf die Landschaftsidylle draußen, also auch in dieser Situation kann man einer Idylle etwas abgewinnen, Handke hat mit seiner Leugnung von Idyllen nicht recht…, sagte dann, ich Dösi habe vergessen das Badezimmerfenster zu schließen, das sei ja wieder typisch für mich, weil unten eine Gruppe Touristen stünde und heraufschaute, einige Frauen empört, die Männer grinsend, das werfe ein schiefes Bild auf sie, Hanna, nicht wahr, da könnten wir heute Abend nicht mehr zum Essen gehen, sie würde niemanden ins Gesicht schauen können, aber es sei eh wurscht, weil wir ja zum Flughafen müssten, hoffentlich ist Phou bald fertig.

Unten wollten einige Frauen ihre Männer wegzerren, man hört ja nicht gerne intime Laute, die einem selbst auch entschlüpfen können, als Preisgabe eines versteckten Ichs, gleichsam einer Unterwerfung, aber die Herren wollten bleiben und machten ihre Witze, und aus dem Bad kam bald ein gelöster Phou, der uns nicht in die Augen schauen wollte, in der Hand die zweckentfremdete Box haltend , feinsäuberlich in ein Handtuch gewickelt, der es plötzlich sehr eilig hatte.

„Alles o.k.?", fragte ich ihn, und er nickte.

II Ernte des Bösen

Die Vision

Wenn ich ehrlich bin, könnte ich auf das Fliegen verzichten. Es ist für einen Laien schwer verständlich, dass es physikalische und technische Gesetzmäßigkeiten gibt, die so einen tonnenschweren Vogel in der Luft halten, noch dazu ohne Flügelschlag und so weit oben, wo die Luft immer dünner wird. Du liebes Lieschen, unter dir ist nur Luft, nichts als Luft und wieder Luft. Ich hab ja schon Höhenangst, wenn ich am 10-Meter-Brett eines Schwimmbeckens stehe und von dort runter springen soll.

Wer hat dies schon erlebt, wie schnell man da unten ist, kaum zu glauben, dass es einen Luftwiderstand geben soll, den es zu überwinden gilt. Da kannst du noch so mit den Händen wacheln, du sackst ab wie ein Stein und kannst der Schwerkraft kein Schnippchen schlagen. Die Schöpfung hat den Menschen halt mal Hände wachsen lassen und keine Flügel, und wird sich etwas dabei gedacht haben. Kein Wunder, dass mein Freund Stan aus London nie ein Flugzeug benützt, wenn er nicht selbst am Steuer sitzt, sondern immer mit dem Zug fährt, wenn er mich in Salzburg besucht. Und dabei ist er kein Angsthase, war Pilot bei der Royal Airforce und hat Kampfeinsätze in Afghanistan geflogen.

Wie gesagt, ich bin kein Techniker, ahne aber seine Beweggründe, jetzt, wo wir in einer Maschine der <Lao Air> sitzen und unter uns die Ebene der Tonkrüge und die laotische Hauptstadt Vientiane vorbeiziehen. Es knackst und ächzt und rumpelt, obwohl wir strahlendes Wetter und kein Gewitter haben wie es Phouvong erlebte, als er nach Houay Xai an der Grenze zu Thailand flog, um uns von dort abzuholen.

„Hoffentlich haben die den Vogel nicht mit Uhu zusammen geleimt", meint Hanna. „In Turbulenzen möchte ich mit dem nicht kommen." Und nach einigem Sinnieren:
„Hoffentlich klappt das Hineinschmuggeln meiner Frischhalte-Box. Und was mir jetzt einfällt: Der liebe Phou hat meine Taschenlampe kassiert, der Schlawiner, die hätten wir noch gut gebrauchen können, das teure Ding. Dabei hab ich ihm doch anständig Trinkgeld gegeben."-
„Na ja, der hat schon gewusst warum, so eine Multifunktionslampe kriegst du in ganz Laos nicht, in dieser Planwirtschaft. Und wenn er nicht auf den Kopf gefallen ist, vor lauter Aufregung, besticht er damit den Gefängnisbeamten. Nicht wahr? Die sind ja alle korrupt und so ein technisches Spielzeug ist für sie

eine Sensation. Und während der Beamte SOS blinkt und den Richtstrahl an der Wand ausprobiert, die sind ja wie die Kinder, schiebt Phou die Box über den Tisch zu Gudrun. Nicht wahr?"-

„Ja, das sind deine Planspiele. Aber ob Phou das macht?" bleibt Hanna skeptisch.

„So schlau wird er schon sein. Ich denke, deine Lampe und deine Box retten ein Leben. Du packst wirklich nichts umsonst in den Koffer."-

„Sag ich ja. Also mecker nicht mehr, dass die Koffer zu schwer sind." Sie hat aber noch immer Bedenken.

„ Aber was ist mit der Befruchtung?", überlegt sie.

„Ich hab eine Freundin, die hat Medizin studiert und wollte Gynäkologin werden. Aber das ging nicht, weil ihre Finger zu kurz sind. Stell dir das mal vor. Hast du so eine Begründung schon mal gehört? Die Finger zu kurz. Hoffentlich hat Gudrun lange Finger."

Also: So schnell kann eine Maschine gar nicht fliegen, dass wir die Gedanken an die Geschehnisse der vergangenen Tage einfach abhängen können.

„Ich hoffe, dass uns Phou anrufen wird, wie das Ganze ausgegangen ist."-

„Ja, ich auch!"

Und während wir nun die Wasserwelt des Mekong an der laotisch-kambodschanischen Grenze überfliegen, das Land der <Viertausend Inseln> mit den Stromschnellen Somphanit und Khon Phapheng, während Hanna durchs Bullauge guckt, Landkarte und Reiseführer auf den Knien, „der Blick ist wie in Google-Earth", sie bucht immer Reihe 11, „warum?", „weil's vorne ist", die dreizehnte gibt's ja nicht, sonst würde sie die Dreizehnte buchen, während neben uns ein Reisender >Sakrileg> von Dan Brown liest, also thematisch etwas abseits liegend, da sehe ich noch immer Phouvong vor mir, wie er am Flughafen vor der Zollkontrolle steht und uns nachwinkt, mit normalisierter Gesichtsfarbe, der eingewickelten Box und meiner Visitenkarte in der Hand, weil er uns über den Ausgang des Verfahrens informieren will.

Und wieder einmal bin ich ein Opfer für Probleme geworden, die andere angehen, wie Hanna meint, und mich nur belasten. Ich bin ein empfänglicher Typ für so etwas, meint sie, denn schon in meiner Studienzeit hätten sich Freunde bei mir ausgeweint und dadurch einen Teil ihrer Probleme umgeladen wie Schmuggelgut an der Grenze. Und ich habe mich damit abgeschleppt. Ich als Mülleimer, wo man seine Probleme hineinschmeißt. So sei das noch immer, und ein bisschen mitschleppen müsse sie dann auch, weil sie sensible Antennen habe. Ich ziehe auch die Bettler an wie der Honig die Fliegen, mit mir könne sie nicht durch die Stadt gehen, ohne dass mir einer die Hand hinhalte. Hab ich ein Gesicht wie ein Fliegenfänger am Plafond? Weiß nicht.

Wie-dem-auch-sei: Mit zunehmender Distanz zur Königsstadt der Laoten wendet sich der Blickwinkel auf Kambodscha und den Auftrag meiner Zeitung zu: Mach ein paar Interviews mit Leuten, denen man Verwandte erschlagen hat! Wie steht's mit der Befindlichkeit der Bevölkerung, jetzt 30 Jahre nach dem Ende der Roten Khmer? Und da fällt mein Blick auf die Headline der Zeitung eines Nachbarn neben mir, es ist die <Cambodia Daily>, zwar die gestrige Ausgabe, aber dafür prangt in großer Aufmachung die Information auf der Titelseite, dass dem Chefhenker der Roten Khmer, Duch, endlich der Prozess gemacht wird.

Ein thematischer Einstieg in die Materie wie bestellt.

Flughafen Siem Riap:

Die Anlaufstätte für das Weltkulturerbe Angkor, der Metropole des ehemaligen Khmer-Reiches. Wie bei den meisten Airports merkt man auch hier nichts vom nationalen Charakter des besuchten Landes. Nicht nur der Kommunismus frisst Traditionen, auch die bauliche Globalisierung. Die fällt brutal über die Länder her. Schau mal nach China. Die reißen dort historische Stadtviertel nieder und bauen Wolkentürme hin. Das ist nicht das unsere. Aber nicht nur die Architektur wird zum Einheitsbrei. „Irgendwann rennen alle Menschen rum wie Phouvong, sagt Hanna, Flanellhosen und bügelfreie Hemden. Wie öd, wenn auch Inder und Araber so rumlaufen, oder in Jeans, und Mc Donald essen… Bin schon neugierig auf das Hotel." -

Sie hat lange in den Katalogen und im Google gesucht, bis sie auf etwas Bodenständiges mit Ambiente, wie sie sagt, gestoßen ist. In einem fremden Land will sie ein historisches Wohngefühl, will sie eintauchen in authentische Exotik und nicht in einer internationalen Bettenburg wohnen. Raus aus der Uniformität und in Geschichte und Kultur einwickeln, meint sie, und sie mag recht haben, denn so ein Panier hält die Einförmigkeit der Globalisierung doch ein bisschen draußen.

Indochina tut's ihr nicht unterm   Kolonialstil. Am liebsten wäre ihr ein Appartement mit Jacuzzi in einem örtlichen Heimatmuseum. Und das Personal sollte in historischen Kostümen herumlaufen.

„Kennst du den Film *„Der König und ich"*, mit Yul Brynner und Deborah Kerr? War unlängst in der TV-Primetime." -

„Ja, auch den mit Judy Forster, aber die spielen im alten Siam, nicht in Kambodscha." -

Ja eben, sagt sie, eben, die Gegend hier war ja Siam, die war von den Siamesen besetzt. Erst die Franzosen haben das Gebiet wieder zurückverhandelt. –

Über ihre auf die Nasenspitze gerutschte Sonnenbrille blitzt Triumph. Nicht umsonst hat sie sich ein halbes Jahr lang auf diese Reise vorbereitet.

„Es gibt tolle Resorts hier", sagt sie, „romantisch wie aus Robinson Crusoe, aber mit Swimmingpool und allem... Aber die kannst du nicht bezahlen: € 260,00 pro Nacht und Person. Warum bist du nicht der Bill Gates geworden?" -

„Weil du nicht Angelina Jolie geworden bist. Fürs Übernachten hätte es auch ein normales Guesthouse getan. Da hast du lokales Ambiente und einen Spottpreis." –

„Ja klar, das schaut dir ähnlich, so ne Art Obdachlose…: Hocktoilette und Dusche am Gang, Klopapier an der Rezeption … Du kannst mich…" -

„Na ja, haben wir ja nicht." –
„Hätten wir aber, wenn`s nach dir gegangen wäre. Du sparst immer dort, wo´s m i r weh tut."

Meine Absicht einer empörten Replik verpufft zu einem erzwungenen Lächeln, denn wir sind an den Zollschaltern angekommen, hinter denen sich eine geballte, finstere Staatsmacht ausbreitet. Acht oder zehn Uniformen.
Na Servus, sagt Hanna, die stecken die Arbeitslosen in diese scheußliche Kluft. Wie im Ostblock. -
Schau nicht so grantig, sag ich, die durchwühlen sonst die Koffer.-
Ich schau nicht grantig, sagt sie, das ist mein trockener Charme, und reicht, weil ich wie ein Packesel beladen bin, dem ersten Beamten beide Pässe hin.
Schiache Uniformen, aber sympathische Orden, flüstert sie. –
„Was für Orden?" –
„Na, den mit Herz und Blumen." –
„Herz und Blumen? …"

Ach so! Die haben Sticker an der Brust: Valentin´s Day… So ein fröhlicher Sticker sollte eigentlich die frostigen Amtsmienen aufhellen. Tut er aber nicht.
Der Beamte reicht einen Pass zurück und studiert das Einreiseformular, welches wir im Flugzeug ausgefüllt haben. Ich habe nicht Journalist als Beruf angegeben, Vorsicht sei angebracht, meinte Hanna, sondern Angestellter.   Der zweite Beamte dirigiert Hanna vor dem Kameraauge des Registriercomputers hin und her.

Nicht lächeln, sage ich, sonst erkennt man dich nicht am Foto. -
Der dritte Beamte, der das Passfoto mit dem Computerbild vergleicht, erkennt sie tatsächlich nicht, jawohl, aber nicht wegen ihrer giftigen Seitenblicke auf mich, sondern weil er den falschen Pass, es ist meiner, in den Händen hält und prüfend über seinen Brillenrand schaut.

Jetzt sind wir in allen Fahndungscomputern der Welt drinnen, sagt sie, und ich war nicht beim Frisör. Muss man sich das gefallen lassen?
Jawohl, muss man, sonst würde der vierte Beamte keinen Visumvermerk in den Pass kleben. Der fünfte trägt Name und Passnummer in den Vermerk ein, blättert im Pass und vergleicht mit dem Einreiseformular. –
In Thailand sind sie wenigstens freundlich, murmelt Hanna. Wir bringen denen eine Menge Geld, und dann behandeln sie einen wie einen Mülleimer. Schau ich aus wie ein Kolonialherrscher? –

Der sechste Beamte kassiert die Visagebühren, der siebte stempelt den Visumvermerk ab, used, und händigt die Pässe aus... Aufatmen. Geschafft... Ohne Drogenkontrolle.

Nein, noch nicht. Wir müssen zum achten Richtung Exit, zu einem Doppelschalter, an dessen rechter Seite schon eine lange Reihe Reisender wartet. Toll, denke ich, nimmst' den freien Schalter links, sehe aber zu spät, dass der Beamte hinter der Glaswand schläft. Sein Kopf hängt grotesk verdreht über die Stuhllehne nach hinten und der offene Mund röchelt über der gelockerten Krawatte gen Himmel. Auch er hat einen Valentinssticker am Rockaufschlag. Ich warte und denke, das kann doch nicht wahr sein, hier geht die buddhistische Gelassenheit zu weit...

Auf der rechten Seite grinsen einige Reisende schadenfroh, weil sie vor mir abgefertigt werden. Ist mir ein bisschen peinlich, aber jetzt wechsle ich justament nicht in die andere Reihe. Fremde Häme stärkt das eigene Beharrungsvermögen... Erst als Hanna, die auf der anderen Seite schon durch die Sperre ist, „was ist?" ruft, klopfe ich zaghaft an die Scheibe. Schließlich hat der Kerl ein mongolisches Gesicht, vierschrötig verquollen, obwohl vom Schlafe entspannt, und wer weiß, die Roten Khmer sind ja meist in die Beamtenschaft und die Armee integriert worden, möchte mich hier nicht mit den Autoritäten anlegen, klopfe daher noch mal zaghaft..., aber da hat ihm ein Kollege schon einen Tritt ans Schienbein gegeben und er fertigt mich, jäh aufgeschreckt, finster und angewidert ab. Jawohl, angewidert, wenn nicht hasserfüllt, weit entfernt vom berühmten „Sourir Khmer", dem Lächeln der Khmer.

Menschen wecken beim ersten Anblick ja unterschiedliche Emotionen. Die eigene Gefühlspalette ist breit wie eine Klaviertastatur und dein Gegenüber kann die unterschiedlichsten Seiten anschlagen, von Sympathie bis zur spontanen Abneigung. Und ich weiß nicht warum: dieses Gesicht vermittelt mir das

Gefühl einer Bedrohung, ich fühle ein ziehendes Unbehagen im Bauch, als ob ich vor einer zähnefletschenden Dogge stünde und nicht weiß, wie ich mich verhalten soll. Ist es der Blick, dieser hasserfüllte, der mich daran erinnert, dass ich diesem Mann schon einmal begegnet bin?

Verfolgt mich jetzt ein Traumbild oder bestätigt sich nur angelesene Voreingenommenheit, die einem bei bestimmten Lektüren vermittelt wird? Ich bin sicher: Die Nummer acht am Ende des bürokratischen Hindernislaufes muss ein Roter Khmer gewesen sein. Jawohl!

„So ein Bulldoggen-Gesicht hat eine böse Vergangenheit", sage ich nach der Abfertigung zu Hanna, „so ein Bulldoggen-Gesicht." –

„Sei nicht albern. Der Mann kann nichts für sein Gesicht", und sie verweist auf das Foto von <Duch>, dem Chefhenker der Roten Khmer, dem, 66-jährig, der längst fällige Prozess gemacht wird (wir haben die Zeitung aus dem Flugzeug mitgenommen). Schaut sympathisch aus, bisschen nach pensioniertem Oberlehrer, aber jugendlich frisch wie Peter Kraus vor einem Auftritt. Und dabei hat der Mann vor dem UN-Tribunal zugegeben, dass in seinem Gefängnis Babys gegen die Wand geschlagen wurden.

„Ja, nicht zu fassen", sage ich, „aber dieser Zöllner hat auch Leute umgebracht. Der schaut nicht nur so aus." –

„Quatsch, nur weil er wie eine Bulldogge aussieht?"

„Nein, weiß nicht. Bin ganz wirr. Hab sein Bild vor mir, wie er eine Machete schwingt."-

„Blödsinn. Hast du das zweite Gesicht oder träumst du jetzt schon am Tag?"-

„Weiß nicht. Bin im Zweifel. Hab ja den Film <Killing Fields> gesehen. Vielleicht war da eine Szene...
Nein, es war wie eine Erscheinung."-

Hanna schaut mich spöttisch an und stellt ihr Beauty-Case ab.

„Pass mal auf und träum nicht. Ich muss mal..." -

„Ich hab's gesehen," sage ich, „das mit der Machete."-

„Na ja, der wird einen Kürbis oder eine Kokosnuss gespalten haben," sagt sie und eilt davon.

„Nein, es war ein Schädel", sage ich „ein lebendiger", aber das hat sie nicht mehr gehört.

Gegenläufig

Die freundlichere Seite des Empfanges im Königreich Kambodscha – jawohl, wir sind in einer Monarchie - steht als zierliches Persönchen vor dem Flughafengebäude und hält ein Schild mit Hannas Namen in die Luft.
Welche Überraschung: Eine Frau... Also unser, äh... unsere Guide (gibt's eine weibliche Form von Guide? She-Guide?), Sokkeo Seng, wie auf ihrer Brust steht, macht im beigen Hemd und dunkelblauer Hose eine gute Figur. Unterhalb des Namensschildes heftet ein Sticker am Hemd: Ein Herz mit Blumen. Valentinstag.

Schon wieder Valentinstag? In Kambodscha? In Laos haben wir keinen solchen Hinweis gesehen. –
Ja, sagt die Guide auf Englisch mit einer Stimme wie aus einem Megaphon, das sei ein großer Festtag. Familientag. Fest der Liebe. Am Samstag. Nicht vergessen: Ich müsste meiner Frau rote Rosen schenken, und dabei zwinkert sie mir zu, Fest der Liebe, you know? Schau mal an, denke ich, wie schnell hier westliche Sitten einkehren, die haben wohl enormen Nachholbedarf gehabt nach der Steinzeit der Roten Khmer.
I´m Beach, stellt sich die Guide dann vor, like Palm Beach, you know?, wir sollten sie Beach nennen. Das wäre leichter zu merken als Sokkeo. Es lebe Amerika.

Sie spreizt Mittel- und Zeigefinger zum Victory-Zeichen.

Erstaunlich, welch amerikanischer Slang aus dem zarten Körper orgelt. Gewaltig. Das ist kein vorsichtiges Abtasten zwischen Fremden, die eine längere Zeit zusammen verbringen sollen, hellhörig, neugierig; Gehaben und Ton sind das Abstecken einer Position: Wumm! Neutral, geschäftsmäßig, unpersönlich. Und sie schaut uns nicht offen in die Augen, sie schaut unverbindlich an uns vorbei. Da wird sie bei Hanna schlecht ankommen. Ich sehe Gewitter am Horizont anrollen.

Sie winkt energisch dem Fahrer eines Honda, der sich um unser Gepäck kümmert. Schon am Wege zum Auto hat sie ihr Handy am Ohr und streicht sich imaginäre Haarsträhne aus dem Gesicht, obwohl diese schwarz und glatt am Kopf anliegen und in einem Rossschweif enden. Sie hängt halb mit dem Oberkörper aus dem Beifahrerfenster, als wir an der Reihe wartender Taxis vorbeifahren, spreizt ihr Victory-Zeichen hinaus und spart nicht mit burschikosen Bemerkungen. Sie scheint alle Taxifahrer zu kennen.

Routinierte Sätze richtet sie auch an uns im Fond, mit halber Kopfwendung und Amtsmiene, als ob sie eine Busladung von Pensionisten vor sich hätte, die sie bis morgen durch die Tempel des Angkor-Areals treiben müsste. Ziemlich abgebrüht, denke ich, obwohl sie nicht älter als Mitte zwanzig sein kann.

Welch Unterschied zu Phouvong, diesem zurückhaltenden, leisen, angepassten Laoten, der auf Samtsohlen durchs Leben wandelt, hoffentlich hat seine Samenspende gefruchtet.

Und nun dieses zugespitzte Persönchen mit der aufgesetzten Selbstsicherheit. Das Profil passt nicht zur Amtsmiene, denke ich, hübsch mit Stupsnase und Kussmund. Und auch nicht zu dieser dozentenhaften, professionellen Einführung in die Ortsgeschichte. 1, 2 Mio Einwohner soll Siem Reap haben. Na schön, aber da übertreibt sie wohl ein bisschen.

Unsere Neugier auf die vorbeigleitende Umgebung, die sich links und rechts anbietet, opponiert gegen den Informationsschwall, der uns zuschüttet.

Sie soll ruhig sein, raunt Hanna, ich möcht nur schauen, die Eindrücke verarbeiten. Wir haben die kommenden Tage genug Zeit zum Zuhören. Offensichtlich will die Guide ihre Einführung auf Knopfdruck loswerden. Sie sprudelt wie die Info-Box in einer Kirche.

Schau mal, sagt Hanna deshalb laut und demonstrativ in den Redefluss hinein, ein Neubau neben dem anderen.

Der Weg in die Stadt offenbart, wie schon der Flughafen, keinen nationalen Charakter. Der Tourismus klont Hotelungetüme für den Gruppenbedarf (könnten auch in Bibione, Antalya oder La Palma stehen) an die Straßenränder und schleust Bildungshungrige in Herden durch die Zeugen der Vergangenheit. Was sie mit nach Hause nehmen ist meist nur der aufpolierte Bildungsstatus, denke ich, damit sie zu Hause sagen

125

können, klar, haben wir auch gesehen, und kein halt-bares Wissen. Der Andrang nach Angkor Wat, dem größten religiösen Kulturdenkmal der Erde ist enorm. Wie die Pilze nach dem Regen schießen die Hotels aus dem Boden, halbfertig und schon halb belegt, im überhitzten Bauboom, mit wenig Ausnahmen ge-sichts- und geschichtslos, oft mit kitschiger Asia-Imitation im Foyer.

Also, in dieser Art haben wir in Laos keinen Boom gesehen. Entweder wollen sie dort den sanften Weg des Tourismus gehen, oder die Volksdemokratie bremst kapitalistische Auswüchse ein.

Und was mir sonst noch so durch den Kopf geht, oft verquer, ist in eine kurze Autofahrt nicht zu verpa-cken, und deshalb nicht für reine Kulturtouristen geeignet: denn wann, sagen die Globalisierer, wenn nicht jetzt, musst du investieren und veranlagen auf Pump, dass sich die Gerüste biegen, auch wenn die bereits bestehenden Bettenkapazitäten nur halb aus-gelastet sind. Asiatische und westliche Investoren stopfen die Auslastungslöcher mit überhöhten Prei-sen zu und bedienen damit locker ihre Kapitalkosten, Yachten und Villen in Sihanoukville oder sonstwo. Westpreise zu Ostkosten: eine ideale Voraussetzung für Gewinnmaximierung. Und die Regierung nascht fröhlich mit. Seit 2006 verpachtet sie Insel um Insel an internationale Konzerne, welche die romantischen Idyllen in Luxushotels mit Golfplätzen verwandeln. Ebenso geizt sie nicht an Lizenzen für internationale Ölkonzerne, welche vor der Küste nach Gas und Öl bohren. Als Gegenleistung fließen Millionen von US-Dollar in einen nebulösen „Fonds zur sozialen Entwicklung", der von der Regierung verwaltet wird. Möchte gerne wissen, welche Taschen da offen stehen. Und die Weltbank finanziert auch fleißig mit hinein.

Beach findet nichts Negatives dabei – wie sie uns später in Gesprächen sagte - , die Touristen- und Lizenzgelder flößen zwar weitgehend in die Taschen der Investoren und Politiker, you know, aber es würden auch Jobs geschaffen. Sie sei das beste Beispiel dafür, denn sie sei nicht nur Touristenführerin, sondern war auch schon im Hotelgewerbe tätig.

Beach will uns zum Hotel bringen und anschließend sofort zu den Tempeln von Roluos. Koffer abgeben und zurück zum Auto, sonst schaffen wir das Programm nicht bis zur Dämmerung. Gemach, gemach! Lauter Protest von Hanna. Kommt nicht in Frage, bei dieser schweißtreibenden Hitze. Sie will auspacken, nachmittags relaxen, sich in die neue Umgebung einstimmen, abkühlen, Pool-liegen und lesen. Wir hätten ja Zeit, sagt sie, wir haben die Guide für drei Wochen gebucht. Wir seien keine Gruppe, die Ostasien in acht Tagen macht, sechs Uhr wecken, sieben Uhr Koffer vor der Tür, ab die Post.

„Wir können das individuell absprechen. Oder?"-
Wenn sie erregt ist, holpert ihr Englisch.
Aber nicht nur sperrige Sprachbarrieren hindern den Kontakt, sondern auch das Abstecken von Positionen.

Jetzt steckt Hanna ab. Wie Knistern vor dem Gewitter bahnt sich Missstimmung an. Ich bin dabei nur hilfloser Trittbrettfahrer, dem beruhigende Versuche der Schlichtung nicht in den Zug helfen. Ein leidvoller Zustand zwischen weiblichen Fronten. Müssen kapriziöse Wesen die Loks in verschiedene Richtungen leiten? Da rührt sich ja kein Zug vom Fleck.

Also: Beach hebt den Fehdehandschuh auf: Keine Widerrede, meint sie sinngemäß, Roluos ist bezahlter Programmbaustein der Agentur, Teil des all inclusive: Wir müssten heute noch besagten Tempelbezirk abhaken, aus Zeitgründen, da am Samstag Valentinstag ist und der sei ihr, weil Familientag, heilig. Ganz großes Ereignis, kommt in Kambodscha gleich nach dem Lichterfest und Wasserfest zu Neujahr, you know!

Familientag? Nein, wir knowen nicht. Was geht uns der Valentinstag an, sagt Hanna zu mir, auf Deutsch natürlich, es ist i h r Valentinstag, nicht meiner. Wir haben den Valentinstag zu Hause auch nie gefeiert, diese Geschäftemacherei. Und du – ihre sprunghaften Seitenhiebe sind jederzeit abrufbar – von wegen Rosen schenken… Du schenkst mir zu Hause ja auch keine… Sind wir in Amerika oder Kambodscha? Wir haben die Guide wochenweise gebucht und sie muss sich nach uns richten. Basta! –
Hannas Ton verlangt nach keiner Übersetzung.
Mein Beschwichtigungsversuch, nämlich Roluos am Sonntag nachzuholen, fruchtet nicht, denn Beach führt am Sonntag eine Gruppe Japaner.

Müssen wir Roluos überhaupt machen?, frage ich, wir sehen ja genug Tempel. Sind ja lange genug hier.

Natürlich müssen wir, sagt Hanna, sind ja die ältesten Tempel der Khmer. Hat Indravarman I im 9. Jhdt. erbaut, als er seine Hauptstadt Hariharalaya – mein Gott, was für Zungenbrecher – erbauen ließ. Sie zitiert, was Beache gar nicht recht ist, aus dem DuMont: Die Struktur der drei Stadtbezirke basiert auf der hinduistischen Kosmologie. So symbolisiert der innere Wassergraben, der die Tempel umfriedet...

Mensch Hanna, hör auf, dies wird uns Beach ja noch erzählen, pfuscht ihr ja ins Handwerk, denke du willst nach draußen schauen..., mach ich ja, sagt sie, also der Wassergraben symbolisiert das Urmeer, verstehst du? Nein, natürlich nicht. Als verhinderter Militarist glaubst du, der Graben sei eine Verteidigungsanlage. Nein, ist er nicht... –

Die erste Stufe ins Reich der Khmer ist also ein Ausrutscher. Unsere Guide verlässt uns missgestimmt vor einem klobigen Hotel – wir fahren also nicht nach Roluos -, angeblich muss sie sich von einer Reisegruppe verabschieden. Der Ansatz übler Laune hängt ihr im Gesicht. Sie wolle uns um 19.00 Uhr zum Dinner abholen, sagt sie noch und ist weg. Also es nieselt grau über Siem Riap.

Der Fahrer bringt uns in unser Resort und Hanna köchelt ihre Empörung (was erlaubt sich die?) auf einer Stufe höher, so eine missmutige Miene kenne sie ja, sagt sie, das ist wie in Russland, dort habe man die Leue auch als Untertanen behandelt, jeder Kellner habe von oben herab… Sofort, jawohl postwendend, sollten wir bei der hiesigen Agentur eine andere Betreuung anfordern. Sie wolle einen Mann mit anständigem Oxford-Englisch. Diese Beach spreche ein ordinäres Amerikanisch, wieso heißt sie eigentlich Beach?, und mit ihrem Victory-Zeichen könne sie die Tuk-Tuk-Fahrer beeindrucken, aber nicht globalisierte Traveller wie unsereins.

Außerdem haben wir Halbpension gebucht. Ganz absichtlich. Wenn man den ganzen Tag lang durch die Landesgeschichte gewandelt wird, möchte man am Abend sesshaft bleiben. Wir haben ein Hotel mit lokalem Flair, wieso zum Essen in irgendein anderes Lokal wechseln? In ein billigeres am Ende. Sie unterstellt der hiesigen Agentur kleinliches Profitstreben. Gewinnmaximierung wie gehabt: die kassieren die teure Halbpension für das Hotel und speisen uns in einem billigeren ab.

„Schimpf nicht so", versuche ich zu beruhigen, „du verdirbst uns den Urlaub."-

„Nein, das ist Kommunismus."-

„Sei still", sage ich, „der Fahrer schaut schon aus dem Rückspiegel, sieht auch nach Rotem Khmer aus. Und die stecken alle unter einer Decke. Und die Decke ist dünn, da hört man alles durch."

Also ich fürchte, meine Ironie könnte Ernst werden, und da krieg ich den kleinen Schreck, weil ich mir einbilde, dass aus dem Rückspiegel plötzlich das Gesicht des Zöllners blickt, das Gespenst vom Flughafen. Und ich spüre wieder dieses Ziehen im Bauch, als ob die zähnefletschende Dogge wieder vor mir stünde.

Unser Hotel, das Angkor Village Resort, gleicht einer Filmkulisse aus <Der König und ich>. Na also, sage ich, dein Heimatmuseum mit Marmor-Jacuzzi: Spitzgiebelige Holzpavillons, verwinkelte Treppen und Holzstege über Teichen mit Wasserrosen, Schilf und Lotusblumen. Ein Wasserfall im Gegenlicht. Der Schrei eines Geckos unter dichtem Palmendach. Das Quaken eines Frosches. Insel in der Stadt.
In der Wasserfläche spiegeln sich Libellen, die im schnellen Flug nach Mücken schnappen.

Es spiegelt sich die Geschichte, die in die Tiefe taucht und im kolonialen Zeitalter versinkt. Sie wühlt eine vergangene und verdrängte Welt auf, die durch die Kriege des 20. Jhdts. weitgehend zerstört wurde. Damals knabberte der Kolonialismus, der Kommunismus und der Bürgerkrieg an den kulturellen Wurzeln der Nation. Die Franzosen konnten die Wurzeln nicht abtöten, die Traditionen hatten genug Kraft zum Blühen. Erst die Roten Khmer schufen in vier Jahren das, was den Franzosen in 90 Jahren nicht gelang: nämlich das Auslöschen ihrer kulturellen Identität. In einer Radikallösung, in welcher nur wenige Wurzeln überlebten. Aber auch daraus sprossen neue Triebe, denen auch der Bürgerkrieg nichts anhaben konnte. Spiritualität scheint ein geeigneter Dünger für das Zusammenführen von Tradition und Moderne zu sein. Mittlerweile gibt es wieder tausende Klöster mit rund 60.000 Mönchen in Kambodscha.

Nostalgisch trauernd sitzen wir also in Korbsesseln der offenen Launch, über Teakholzdielen, unter denen das Wasser plätschert und schlürfen am Welcome-Drink. Das Ambiente hat Hannas Köcheln abgekühlt. Beach samt Valentinstag ist im Moment kein Thema. Wir warten, dass Yul Brynner und Deborah Kerr vorbeikommen, in historischen Kostümen, versteht sich, begleitet von einer munteren Kinderschar an Prinzchen und Prinzesschen, die neugierig auf uns Besucher blicken.

Der König von Siam, Mongkut, Rama IV, soll nicht nur etliche legale Frauen, sondern auch hunderte Konkubinen gehabt haben. Vor seiner Thronbesteigung verbrachte er 27 Jahre im Kloster.
„Der arme Kerl", meint Hanna, „nach Jahrzehnten in klösterlicher Beschaulichkeit und Keuschheit war das ein Sprung ins eisige Wasser. Das überlebt man entweder nicht oder entwickelt sportlichen Ehrgeiz. Stell dir vor: vier Ehefrauen und hundert Apsaras." -
„Na ja, der hatte viel nachzuholen. Muss damals so über 40 gewesen sein. Das kann man schon organisieren."-
„Du wärst wohl auch gern so ein König. Was? Du tät'st nicht Regieren, sondern nur Organisieren."
Also lassen wir das. Tatsache ist, dass der Film <Der König und ich> bis heute in Thailand verboten ist, wegen der Darstellung des Königs a la Hollywood. In Kambodscha, ehemals von Siam besetzt, natürlich nicht.

Unser Warten ist vergeblich. Der König kommt nicht. Stattdessen kommt eine junge Frau im geblümten Sarong und gelben Jäckchen, einen Korb voll Lotusblumen in den Händen, und lächelt uns an. Mit dem samtenen Lächeln der Asiatin, sourir khmer. Die Franzosen haben diesen Begriff offensichtlich erfunden, um ihren Kolonisten die Zuwanderung schmackhafter zu machen. Eine verständliche Werbemaßnahme. Viele sind dem sanften, natürlichen Charme der hiesigen Frauen erlegen, ohne ethnische Berührungsängste oder Arroganz wie die Engländer in ihren Kolonien.

Schwül erotische Kolonialszenen der Franzosenzeit geistern noch immer durch manche Touristenfantasie. Etwa wie aus dem Film <Der Liebhaber>, in dem sich eine fünfzehnjährige Französin, Internatsschülerin, einem Chinesen hingibt.

Hanna hat sich den Film nicht angeschaut, obwohl ich ihr das gleichnamige Buch von Marguerite Duras geschenkt habe. Eine koloniale Autobiografie. –

Nun ja, wie dem auch sei, sagt sie, meine Freundin Heidi fährt nicht mehr in diese Länder, wo die Kinder in den Abwasserrinnsalen plantschen. Da kann sie nicht hinschauen. Das tut ihr weh. So schöne Menschen in diesem Dreck, sagt sie. Das ist menschenunwürdig, sagt sie. Und dann die Kinderprostitution... Sie erträgt diese Armut nicht. Armut stinkt. –

Ja, zum Himmel... Aber der hilft ihnen nicht. Da können sie noch so viel Räucherstäbchen abbrennen, Glocken schlagen und Bananen opfern... Der Himmel klebt nur Trostpflästerchen. Die klebt er auf das Leid der Menschen. Das ist Buddhismus. Das Leid der Menschen kriegt eine Etikette: Dukkha, die erste der vier Edlen Wahrheiten Buddhas; du musst das Leben so hinnehmen, wie es ist. Es besteht aus Leid. Und Buddha hat genau gewusst, dass er nichts daran ändern kann. Deshalb verschob er die Hoffnung auf Besserung auf das nächste Leben. Das haben die Buddhisten den Christen voraus, die können sich nicht verbessern, wenn sie mal abtreten müssen. Trostpflästerchen können keine Armut beseitigen,… Kinderprostitution, Kinderarbeit in diesem Leben… Helfen kann nur Geld.

Deine Freundin hat recht: Armut stinkt. Jawohl! Geld stinkt nicht, wie schon Kaiser Vespasian gesagt hat, als er die Latrinensteuer eingeführt hat… –

„Und was ziehen Herr Professor für Lehren daraus?" spöttelt Hanna, weil ich, ihrer Meinung nach, wieder mal am hohen Podest sitze.

„Vespasian hin, Vespasian her. Wir müssen mehr Entwicklungshilfe geben." –

„Ja, aber wohin?"-

„ Der König Yul Brynner würde vielleicht sagen: Schmeißt keine Entwicklungshilfe in die Slums, das ist ein Fass ohne Boden, ihr müsst investieren, investieren… in meine Wirtschaft investieren, die wächst dann in die Slums hinein und saugt die Kinderprostitution weg. Sag deiner Freundin Heidi, sie soll wieder nach Asien fahren und ihr Geld da lassen, sie soll halt die Nase zuhalten, wenn ihr die Armut stinkt. Ihr Geld stinkt nicht. Nicht einmal die Gewinnabschöpfung durch die Globalisierer stinkt. Das ist ja der Jammer, das Geld saugt nicht nur die Slums weg, sondern auch die Exotik."

Wer hat bloß gesagt, dass er wegen der Kinderarbeit nicht mehr nach Asien fährt, oder dass er kein T-Shirt mehr kauft, wo Kinderarbeit drinnen steckt? Ist dies Hochmut unserer Ersten Welt, oder will man damit schlechte Gewissen beruhigen? Ich denke, es ist Unsinn. Weniger Pauschalieren, mehr Differenzieren, würde der König von Siam sagen.

Besser Kinderarbeit als Verhungern, hat uns ein Zigarrenproduzent in Burma gesagt, als wir nach dem Alter seiner Tabakdreherinnen fragten.

Sie seien vierzehn, hatte er geantwortet, obwohl die Mädchen, unserer Schätzung nach, höchstens zehn, zwölf Jahre alt waren. Einige vielleicht auch jünger. Besser als im Freudenhaus landen. Zwei Dollar verdienen sie täglich, womit sie ihre Familie über Wasser halten können, bei 8 Stunden Tagesarbeit. So sagte der Zigarrenproduzent und lächelte verbindlich. Wir können seine Aussagen in Zweifel ziehen, jawohl, aber sollen wir deshalb keine burmesischen Zigarren mehr kaufen?

Zeugen der Vergangenheit

Über den Lotusteichen steht noch leichter Dunst, als uns Beach abholt. In dieser Jahreszeit kühlt es nachts doch etwas ab, am Morgen hat die flachwinkelige Sonne Mühe mit dem milchigen Flimmern. Erst gegen Mittag brütet sie ungehindert über dem Land.
Ihr habt jetzt Winter, sagt Beach, ha?, very cold, ha? Much snow, ha? Kambodscha habe keine Jahreszeiten wie in Europa. Nur Regen- und Trockenzeit. Das ganze Jahr Blumenzeit, you know?-
Warum brauchen wir dann Valentinstag?, murmelt Hanna.

Ihre Empörung über den gestrigen Einstand ist abgekühlt, weil uns Beach am Abend ins Restaurant Indochina geführt hatte, mit einem Ambiente wie aus dem Film Der Liebhaber und etlichen Franzosen als Gäste. Ein Hauch Kolonialzeit ohne Aircondition. Ventilatoren an der Decke. Offene Holzveranda zur lärmenden Straße. Lampions an den Stiegenaufgängen. Gedämpfte Gespräche der Franzosen. Reminiszensen. Ich hätte Beach gerne zum Essen eingeladen, wegen meiner Neugier auf Land und Leute, aber sie hatte abgelehnt und sich verabschiedet.

Gräme dich nicht, hatte Hanna getröstet, sei froh, dass wir nicht in einer germanischen Reisegruppe sitzen, im eisgekühlten Speisesaal, grell beleuchtet bei internationaler Küche: Lachs aus Norwegen, Lobster aus Kanada, - echt globalisiert, was? -, und statt Yul Brynner eine Verkühlung, Magenverstimmung oder Kreislauf der Tischnachbarn als Würze... Pack lieber dein notleidendes Französisch aus!

Während wir nun Richtung Angkor fahren, Kolonnen von Bussen, Motos, Tuk-Tuks und Pick Ups, vollbepackt mit Touristen, überholend — im Gegensatz zu Indien und Burma sehen wir keine Fahrradrikschas und Ochsenkarren - , während wir bei noch milder Außentemperatur wie im frostigen Biofach sitzen, - hast du den Seidenschal dabei? -, während wir ein Krankenhaus passieren, vor dessen Eingang eine Menschenmenge mit Kindern lagert, aus mitgebrachten Reisschüsseln mampfend, Frühstück, auf die Nummern ihrer Zählkarten lauschend, - sie sitzen schon die ganze Nacht, sagt Beach, vielleicht auch den ganzen Vortag -, während wir an einem Männerhaufen vorbeifahren, der ergeben auf Gelegenheitsjobs wartet, da stopft uns Beach wieder unsere unwilligen, von fremdartigen Eindrücken abgelenkten Ohren voll. Nicht alle Sinne sind simultan auf Aufnahme geschaltet, und so bleiben vom Großreich der Khmer, dem Aufstieg Angkors, Indravarman I und seinen Nachfolgern, dem Niedergang der Khmer und dem Aufstieg der Thais, wenig hängen. Das hätte sie uns besser in einer stillen Tempelecke erzählen sollen.

Als wir vor Angkor Wat, diesem gewaltigen Baukomplex, der Aircondition entschlüpfen, offenbart sie uns, dass sie am Samstag – trotz familiärer Einwände, vor allem heftigster Gegnerschaft ihres Freundes - auf die Valentinsfeiern verzichten und mit uns den Roluos-Bezirk nachholen wolle, diesen Abschnitt mit den ältesten Monumenten der Khmer. Quasi Aufopferung. Und ich stelle mir jetzt ihren Freund vor, so als zartgliedrigen Khmer, wahrscheinlich einem Kollegen aus ihrer Agentur, der wohl auch mit einem Valentinssticker herum läuft, und ich kann verstehen, dass er verärgert ist.

Gut. Sie hatte wohl ihren gestrigen Ärger überschlafen und im nüchternen Kalkül den weiteren Verlauf unserer gemeinsamen Zeit abgeschätzt, denn bei anhaltender Missstimmung kann man nicht nach Trinkgeld schielen. So macht sie (wie alle Dienstleister dieser Welt) ihre Verbeugung vor der Macht des Geldes und dem Ratingformular der Agentur, das wir am Ende der Reise ausfüllen sollen. Das ist wohl einen Verzicht auf die Valentinsfeiern wert.

Also 1:0 für Hanna. Wir Menschen brauchen unsere täglichen kleinen Siege wie das Atmen.
Ich weiß nicht, welches Triumphgefühl sie deshalb über die Steinquader der 200 Meter langen Brücke zur Tempelanlage schleppte, jedenfalls brach sie in Begeisterungsrufe aus, als die fünf Türme des bekannten Postkartenmotivs immer größer wurden. Da schob wohl der Triumph die Begeisterung etwas an.
Weltkulturerbe seit 1992. Dies ist ein Foto wert. Nein, wir brauchen keine Postkarten, auch wenn die Kinder vor den Tempeleingängen ihre Bilderketten noch so

aufdrängen. Wir machen unsere eigenen Fotos. Die Türme schauen aus wie zu hoch geratene Eierhandgranaten, sage ich, mit knipsenden Japanern im Vordergrund. Und unscharf im Morgendunst des Urmeeres. –
Du hast kein Gefühl für romantische Stimmungen. Außerdem können wir's löschen.

Realistisch gesehen war diese breite Wasserfläche um den Tempel, der Baray, ein Speicher für die Bewässerung des Umlandes und eine Verteidigungsanlage. Wie kommen die Historiker auf das Symbol für Urmeer? Da muss einer nach der zwanzigsten Inkarnation in seinem ersten Leben geblättert haben. Oder gibt's darüber Aufzeichnungen? – Beach wusste es nicht.

Aber sie wusste, dass das Wasserhindernis während des Bürgerkrieges auch von Regierungstruppen nicht überwunden werden konnte, denn im Tempel hatten sich Rote Khmer verschanzt. You know? Sie hatten darin ein Munitionslager eingerichtet. Während Beach uns Einschusslöcher am Gopuram, dem ersten Vorwerk der Tempelanlage zeigte, fiel ihre Stimme ins Flüstern, und über vorgehaltener Hand sicherten ihre Augen in die Runde. Jeder Tempelwärter konnte ein Roter Khmer gewesen sein. Bruder Nummer soundso...
Pol Pot, der 1998 ablebte, war Bruder Nummer 1. Nuon Chea war Nummer 2. Er wurde 2007 verhaftet, beteuert aber noch immer seine Unschuld. Die Masse

der ehemaligen Roten Khmer beteuert keine Unschuld, weil sie nicht nach Schuld gefragt wird.

Die Führungsclique der Roten Khmer versteckte sich in der Anonymität eines Kollektivorgans, dem zentralen Komitee <Angkar> von 13 Mitgliedern: 11 Brüder und zwei Schwestern. Dieses Gremium konnte durch solidarische Beschlüsse nicht nur zwei Millionen Mitbürger umbringen lassen, sondern auch 20.000 Parteigenossen samt deren Familien, weil man Widerstand fürchtete oder lästige Mitwisser entsorgen wollte. Säuberung. Massengrab als Müllhalde.
Kann man einzelnen Personen des Komitees die Schuld an Massenmorden anhängen? Weiß nicht. Jede wird sich der Schuldzuweisung entziehen. Schuld waren immer die anderen... Selbst war man ja dagegen, aber... Ein Prinzip, welches auch unsere Demokratien ziert, wenn auch in abgeschwächter Tragweite und moralischer Brisanz: Verantwortung wird in Kollektivorgane abgeschoben, in Komitees und Kommissionen.

„Wir hatten drei Jahre, acht Monate und 20 Tage keine Banknoten, keine Briefmarken, keine Konten, keine Schulen, kein Weißnichtwas", sagt Beach. Alles abgeschafft. Wir vegetierten mit Tauschhandel und Schwarzmarkt. Kommunistische Mängel: Mangel an Lebensmitteln, Medikamenten, Kleidung, Baumaterial, öffentlichen Verkehrsmitteln, weiß nicht was noch. Allerdings kein Mangel an Funktionären und willfährigen Mördern, welche die Beschlüsse des obersten Kollektivorgans umsetzten.

Präzis drei Jahre, acht Monate und 20 Tage!
Eine eingelernte Floskel? Nein, ein Trauma, welches
Beach von der Mutter in die Windeln gelegt worden
war wie ein Kuckucksei. Ihre Verwandtschaft väterli-
cherseits war damals ausgerottet worden. Fünf Onkeln, eine Tante, samt Familien. Ein Onkel war Lehrer
auf der Universität. Der hat im Foltergefängnis von
Phnom Penh Klos reinigen müssen. Auf einer Hocktoilette hat man ihn schließlich im Abflussloch ertränkt.
Auch der Vater war nach seiner Verschleppung nicht
mehr heimgekehrt… Jawohl, es ist ihr persönliches
Trauma, hier raunt sich kein kollektives Bewusstsein
frei. Das kollektive Bewusstsein ist frei von Schuld.

Und damit habe ich schon einen schönen Einstieg in
mein Auftragsthema bekommen, „Hanna, hurra, ich
hab den Zugang": die Befindlichkeit der Leute erheben, denen man Verwandte erschlagen hat.   Ich
brauche nur noch einige individuelle Beispiele. Meine
Recherchen über die damalige Zeit sind nur Hinter-
grundmalereien wie eine minimale Theaterkulisse.
Sie illustrieren nur die Handlung.

Sinnend starre ich auf die Einschusslöcher neben
einem furchterregenden Dämon. Die Schüsse haben
ihn verfehlt. Nur einer zierlichen Tänzerin wurde eine
Schulter abgeschossen. Der Laterit-Stein ist bis auf
die Ziegelschichte dahinter abgebrochen. Könnte ich
als Allegorie auf die Kulturschande dieser finsteren
Zeit verwenden.

Schon wieder nehme ich Anteil an einem Schicksal, ob ich will oder nicht. Also Beach, du brauchst nicht hinter vorgehaltener Hand flüstern. Niemand hört dich, niemand wird dir was tun. Eure Mörder verstecken sich, sind froh, dass sie unter die Decke schlüpfen konnten, die soziale, die politische, so wie euer Ministerpräsident, der in Ehren ein höchstes Amt erklettern durfte. So wie auch unsere Nazis froh waren, dass sie nach dem Krieg unter die Decke schlüpfen konnten, die ihnen unsere Gesellschaft lüftete. Was sagten 1949 die Parteiführer unserer jungen Republik? Die Nazis? Die holen wir in unser eigenes Boot, bevor sie die anderen holen! Also, soll ich dir das Hohelied einer gelungenen Integration singen? In den Chor der heuchlerisch Sanftmütigen einstimmen? Bei euch brachten sie zwei Millionen Mitbürger um, bei uns sechs Millionen Juden. Mehr oder weniger. Was deutest du als schlimmer?

Das Gelände zwischen den Tempeln der Ebene war verminte Kampfstätte gewesen, aber sei jetzt sicher, sagt Beach. Das Kriegsgerümpel hat man zum Teil in ein Kriegsmuseum entsorgt. You know? Dort rostet es unter freiem Himmel vor sich hin. Nein, das bräuchten wir nicht anzuschauen, das ist Sperrmüll, um welchen sich die Regierung nicht kümmere. You are interested in?… Uns dort hin zu führen, dazu habe sie keinen Auftrag. Diese Zeit solle weg aus dem kollektiven Gedächtnis. Man wolle keine Relikte der jüngeren Vergangenheit hätscheln, wolle für die ehemaligen Roten Khmer in Politik und Beamtenschaft keine Reizobjekte pflegen… Es gäbe genug historische

Kleinode in der Umgebung. Nur Richtung Thailand sollten wir nicht allein fahren, weil zehn Millionen Landminen nicht von heute auf morgen entsorgt werden könnten. Es gebe keine Verzeichnisse über die genaue Lage der Minenfelder. Meist könne erst eines wieder identifiziert werden, wenn ein Bauer oder ein Kind in die Luft fliegt. Wir haben schon über 40.000 Krüppel, flüstert sie.

Kambodscha: Land der Tempel und Prothesen. Diesen Text sollte man in die Nationalhymne aufnehmen, denn weltweit gibt es in keinem Land mehr Prothesen als hier. Beach will (oder soll) nicht darüber reden. Sie windet sich wie eine Bambusnatter, als ich sie befrage.
Aber dann erzählt sie doch von ihrer Cousine in einem Dorf nahe der thailändischen Grenze.
Dort gäbe es schon 10 oder 12 Minenopfer, vorwiegend Frauen, die auf den Feldern arbeiteten, und Kinder. Die Cousine habe es an Hand und Gesicht erwischt. Beach holt ihr Handy aus der Tasche: You will see?... Die linke Gesichtshälfte des Mädchens sieht aus wie eine Kraterlandschaft aus Kupfergestein. Rechts quält es sich ein Lächeln ab. Der Zweck der Landminen ist erreicht. Sie sollen eher verstümmeln als töten.

Hanna ist entsetzt. – Kann man da nichts machen? Plastische Chirurgie? –
Wer soll das bezahlen?, fragt Beach. Der Staat zahle nicht. Und die Familie sei sowieso verschuldet. Zu-

sätzliche Tragik: Der Freund der Cousine sei kurz vor der Hochzeit davongelaufen.

Und das alles lassen eure Götter zu?, fragt Hanna, als wir an der Statue von <Vishnu>, dem der Tempel geweiht ist, vorbei wollen. Wir müssen über die Beine der knieenden Gläubigen steigen, die Räucherstäbchen anzünden und Blumen spenden. – Warum Vishnu geweiht, dem Hindugott? Ihr seid doch Buddhisten. –

Im Halbschatten einer Nische vor einem Apsara-Relief verdreht Beach nachsichtig die Augen und doziert unbeteiligt, ein bisschen abweisend, als ob sie neben sich selber stünde. Außer uns und den Apsaras, diesen anmutigen Nymphen, hört nur noch ein zerknitterter Greis zu, der hinter einer Türschwelle sitzt. Trotzdem wahrt Beach weiterhin ihre Amtsmiene und orgelt mit ihrer Baritonstimme:
Also Buddha war Hindu, bevor er sich selbst erleuchtete. Er hatte nichts gegen den verwirrenden, wenn nicht chaotischen Pantheon der Hindus, wo es ähnlich zuging wie im Olymp der alten Griechen (sie sagt in EUREM Olymp). Nichts Menschliches war den Göttern fremd. Buddha lehnte nur das Kastenwesen ab, als erster Sozialisierer der Geschichte sozusagen. Und *Funan*, das alte Kambodscha, wurde von indischen Brahmanen im 1. Jhdt. missioniert. You know? So war das. Und die haben den Hindu-Kosmos im Gepäck gehabt. Deshalb die in Stein gemeißelten Mythen der indischen Götterwelt in allen Tempeln. You know?

144

Muss man ja ein bisschen kennen, um das Interesse an den unzähligen Besichtigungsstätten zu wahren. Sonst wird's ja stinkfad. Religion als Triebrad für Architektur und Bildhauerei. Bis zum Niedergang des Khmer-Reiches war der Hinduismus vorherrschend. Die beiden Religionen schaukelten wie auf einer Waage. Mal war die eine oben, mal die andere, je nachdem, welcher König die Waage hielt.

Beach kann ein bisschen Stolz nicht verbergen. Oder ist's ein Hauch von Hochmut, der in der Blütezeit der Khmer wurzelt? Oder eine Art Überlegenheit über die Unwissenheit westlicher oder japanischer Touristen, die wie die Schafherden durch die Reste dieser Epoche getrieben werden? Touristen, welche den Stolperfallen des Bodens mehr Aufmerksamkeit widmen als den Wandreliefs. Spricht aus Beach ein bisschen Verachtung für uns, wie Hanna meint? Weiß nicht. Vielleicht von allem ein bisschen.

Sie wird von einem Gebet unterbrochen, welches der zerknitterte Alte hinter der Türschwelle monoton angestimmt hat. Leicht vorgebeugt greift sie den Refrain auf, im Duo mit dem rezitierenden Alten, und macht abschließend ihr Victory-Zeichen. Haben wir in der Klosterschule gelernt, sagt sie stolz. Trotz Amerikanisierung wurzelt sie in der Tradition.

Am Wege zum Haupttempel, 350 Meter auf zyklopenhaften Steinplatten, begrenzt von Naga-Balustraden, dem immer wiederkehrenden Schlangenmotiv, fließt ein Ausschnitt persönlicher Biografie aus ihrer maskenhaften Verschlossenheit. Die Amtsmiene taut auf: Natürlich sei sie in die Klosterschule gegangen, erzählt sie, ist ja am Lande die ausschließliche Bildungsstätte, aber auch für die Armen in der Stadt. Kostet nichts. Erstes Englisch also durch die Mönche. Später privates College. Kostet ein Vermögen. Amerikanerin als Englischlehrerin. Die englische Sprache als Schlüssel für den sozialen Aufstieg. We like America, you know? Victory-Zeichen. Französisch sprechen nur noch einige Alte.

Am Ende des Steindammes zerrt sie uns zu einer Plattform: Guter Platz für gutes Foto. You know? –
„Ich mache meine Fotos wo ich will", murmelt Hanna, zum Beispiel dort drüben: Besseres Licht. Besseres Motiv. Reitpferd unterm Bodhi-Baum. Schade, dass Buddha nicht drunter sitzt. Es sitzen nur Tempelwärter dort. Könnte aber doch Buddha dabei sein, wer weiß, man wartet noch, oder schon wieder, auf eine seiner Wiedergeburten. Er hat ja auf das Nirwana verzichtet. Kommt immer wieder zu uns.
„Vielleicht gefällt es ihm hier besser als im Nirwana", meint Hanna. -
„Er weiß ja auch nicht wie's drüben ausschaut. Mohamed hat da besser Bescheid gewusst mit seinen 70 Jungfrauen."
Dann knipst uns Beach - you like? – mit unserer Kamera.
„Na ja", meint Hanna, „musste nicht sein. Dein verbeulter Tschako und die ausgefranste Hose. Du verschandelst das Bild. Ich muss dir die Fransen abschneiden."

Dann knipst uns Beach mit ihrem Handy. Victory-Zeichen. Wir lachen, weil unsere Köpfe abgeschnitten sind und nicht die Fransen. Also Beach!
Und dann drängt sie zum Weitergehen. Wir kommen sonst in die Mittagshitze. Macht nichts, sagt Hanna, wir brauchen keine Mittagspause. Mittag sind wir allein hier, weil alle Touristen bei ihrer Vollpension sitzen. Wart mal ein bisschen, wir wollen den Anblick der Türme auf uns wirken lassen. Unterscheiden sich von den laotischen Pagoden gewaltig.-
„Beach und Amin wollen sicher essen gehen", wende ich ein.
„Sollen sie, wir bleiben hier, sie können uns nachher abholen. Außerdem will ich abnehmen."
„Die beiden können beim Wirt umsonst essen, aber nur, wenn sie uns hin lotsen, damit wir konsumieren." –
„Dann zahlen wir ihnen halt das Essen. Der Wirt würde uns ihr Essen sowieso verrechnen."

Schon wieder ihr Widerspruchsgeist. Hanna ist eine Anti-Zyklerin mit einem Hang zur Opposition, immer außerhalb touristischer Trampelpfade. Auch sonst steht sie quer und sperrig: Sie trägt im Sommer eine Mütze und bei Frost geht sie ohne. Sie trägt ein Männersakko, weil sie anders herum knöpfen will. Sie hängt das Klopapier verkehrt herum auf, so dass man den Abriss nicht findet. Sie bestellt ein Wiener Schnitzel, aber ohne Kartoffeln, sie bestellt ein Cordon bleu, aber ohne bleu...

Beach tut etwas gelangweilt, blättert am Handy-Display herum.-

My familly, sagt sie, wollen sehen? - Die Mutter, der Bruder, zwei Schwestern. Familienfoto vom letzten Valentinstag. Nur der Vater ist nicht dabei, der ist ja umgekommen.

Sie müsse zum Familienunterhalt beitragen, sagt sie beiläufig, außerdem unterstütze sie eine Freundin bei ihrer Ausbildung, armes Mädchen vom Lande. Wollen sehen? Die Unterstützte ist eine Schönheit im knöchellangen Sarong und Jäckchen, dem Aow. Sie will Sängerin werden, ganz große Begabung, aber die Ausbildung kostet... Privatschule. –

„Opernsängerin? Ihr habt ja keine Oper." –

„Keine Oper? Schon, haben wir. Aber nicht westliche. Wir haben Khmersche. War von den Roten Khmern abgeschafft, Sänger und Schauspieler wurden..., na ihr wisst schon."

Und siehe, da brauchen diese Gräueltaten nur angetippt zu werden, lösen sie bei mir schon eine Vision aus, in welcher der Zöllner vom Flughafen mit der Machete einen Schädel spaltet. Ich erzähle Hanna nichts davon, sonst schickt sie mich zum Psychiater. Ich bin über dieses bullige Mongolengesicht beunruhigt. Es nistet im Gedächtnis wie ein Lied, dessen Melodie man durch den Tag schleppt, ohne dass man weiß, wieso oder in welchem Zusammenhang.

Beach möchte außer ihrer Freundin auch der verunstalteten Cousine helfen. Vielleicht kriegt sie das Geld für eine plastische Operation zusammen…

„In Varanasi war's die Sterbehilfe für den totkranken Opa", raunt mir Hanna zu, „in Kerala das Schulgeld für die Geschwister, in Laos, nein, Phouvong hat nicht gejammert,… und hier sind's die Freundin und die Cousine. Für ein Füllhorn drücken sie ganz schön auf unsere Tränensäcke." –
Tränendrüsen!" –
„Ja, Drüsen. Und hinterher wird die Sterbehilfe verkokst oder verhurt." –
„Ja, aber nicht von Beach. Sei nicht so voreingenommen!"

Also weiter in die Galerien des Tempelareales. Begeisternde Fotomotive. Beach hält uns noch immer für eine Busladung Rentner, lümmelt schläfrig auf einer Steinstufe, die Wasserflasche zwischen den Knien, und drängt zum Weitergehen. Gemach, gemach! Ich warte auf drei Mönche in Safran, die langsam an den Schlachtenszenen der Könige vorbeiwandeln. Welch Farbkontrast.
Erst als Hanna in ihrem DuMont blättert und ich ein Motiv fokussiere, in welches die Mönche hinein wandeln sollen, wacht sie auf. Statt der Mönche habe ich jetzt ihr Victory-Zeichen in der Linse und dahinter ihr halbamtliches Gesicht in Großformat. Das Motiv ist im Eimer. Das Lächeln auf ihren Lippen hilft aber über meinen Ärger hinweg. Sinnlich… Sie funkelt mich an und erläutert das Relief: *Krishna* im Kampf gegen den Dämonengott *Bana*. You know? Krischna mit acht Armen und mehreren Köpfen treibt sein Reittier *Ga-*

ruda gegen Bana, der sich mit einer Feuersbrunst umgibt… „You are interested in?"
Schaurig, schaurig, wie sie im orgelnden Bariton dramatisiert. Das kannst du mit einem Mal gar nicht fassen, sagt Hanna, da müssen wir ein zweites Mal her, mit dem DuMont, aber ohne die ungeduldige Beach. Ich lass mich doch von ihr nicht drängen. Wozu hab ich drei Semester Kunstgeschichte studiert?

Auf dem Weg zur Galerie der Tausend Buddhas bröckelt Beachs strenge, eingeübte Amtsmiene zunehmend ab, obwohl sie öfter auf mich warten muss. Wie einen schnüffelnden Hund beim Gassi gehen treibt mich die Suche nach Fotomotiven in alle möglichen Winkel. Eine erregende Erfahrung. Beach hat offensichtlich meine Leidenschaft erkannt und drängt nicht mehr. Ich merke wie sie mich beobachtet und die Augen niederschlägt, wenn ich sie dabei ertappe. Sie will nicht, dass ich es merke, aber zwischen zwei Säulen hindurch schaut sie wieder her.

Die Galerie der Tausend Buddhas trägt ihren Namen zu Unrecht, denn es existieren nur noch Reste des ehemaligen Bestandes. Die meisten Statuen wurden von den Roten Khmern als handliche Zielscheiben benützt oder blindwütig zerdroschen. Ein Ausleben persönlicher Zerstörungswut und religiösem Fanatismus', wie wir es ja auch in Europa kannten, beispielsweise in den Bilderstürmen der Protestanten und der Französischen Revolution. Je geringer die Bildung, desto größer halt der Fanatismus.

Sie vernichteten also ihre Symbole und hackten damit ihre kulturellen Wurzeln ab. Wie die Nationalsozialisten wollten sie ihre Geschichte neu schreiben, für die nächsten 1000 Jahre, und haben damit ihre Identität vernichtet. So wie die Nazis die Identität der Deutschen vernichteten. Beide haben ihre Ziele nicht erreicht. Das Rote Regime überlebte nur vier Jahre. In vier Jahren baut man keine neue Identität auf, auch wenn man zwei Millionen der alten Identitätsträger umbringt. Geschichte lässt sich nicht planen. Geschichte passiert. Pol Pot und seine Kumpane haben in ihrer Pariser Studienzeit zwar die Aufklärung und die Radikalität des Marxismus studiert, aber darüber das Wort Buddhas vergessen: Das Leben ist Wandel. Alles ist vergänglich. Oder haben sie es als Aufforderung zur Umsetzung ihrer revolutionären Ideen begriffen? Möglich.

In der Echohalle am Ende der Galerie kann uns Beach dazu keine Antwort geben. Sie sagt nur: Stellt euch an die Wand und trommelt mit den Fäusten gegen die Brust.
Wie? Was? Drei Mal gegen die Brust trommeln bringe Glück? Da stehen die Leute in der Runde und trommeln wie die Orang Utans auf Brautschau. Glück bedeutet für Asiaten meist Geld, und deshalb trommeln einige, als ob sie fünf Weibchen umwerben wollten. Schönes Panoptikum. Für sowas pilgern Leute aus halb Asien hierher. Daheim wirkt es nicht, da kann man so lange trommeln wie man will.

Hört ihr, wie das hallt? Das hört man noch drei Säle weiter, als ob man daneben stünde. Raffinierte Technik der alten Khmer. Könnt ihr was singen?...
Was? I-in diesen hei-ligen Ha-allen... Nein!
„Weißt du ein Gedicht?", fragt Hanna, die den Dingen gerne auf den Grund geht. „Bleib hier! Wir gehen hinüber in den anderen Saal." -
„Ein Gedicht? Weiß nicht..." –
„Ach was, dir fällt schon was ein." Und weg sind sie, die beiden, und ich stehe da wie Sankt Nikolaus mit der Apfeltüte in der Hand, aber die Kinder sind schon gegangen.
Also was fällt mir in der Eile ein? ... Ein Freund dichtet Limericks...

Bei Annegret aus Kopenhagen
Geht die Liebe durch den Magen.
Sie hat nach jeder Liebesnacht
Ihre Lover umgebracht
Und verspeist sie mit Behagen.

Als ich zu rezitieren beginne, hört schlagartig das Trommeln auf und das Panoptikum starrt mich an, als ob ich der leibhaftige Buddha nach der Wiedergeburt wäre. Schöner Erfolg.
Nur Hanna meint später: „Tolle Akustik, hab alles verstanden. Aber was du da verzapft hast war ein Käse. In diesen heiligen Hallen hätt'st lieber etwas Klassisches..., Erlkönig oder so... Oder ein Gedicht der Vergänglichkeit..."

Ja, sie hat leicht reden. Aber wurscht. Vergänglich ist sowieso alles, dazu brauch ich kein Gedicht. Und Buddha sagt: alles ist Wandel. Dynastien und ihre Reiche kommen und gehen. Was sind wir Menschlein für Funken im Weltenbrand. Kaum dass wir zur Zündung reichen. Wir kommen und verlöschen.

Tatorte

Alles ist Wandel. Das Römische Reich war schon längst unter dem Ansturm von Vandalen, Goten, Langobarden und anderen Völkern gefallen als, Jahrhunderte später, der Aufstieg der Khmer erst begann. Auch das Reich Karls des Großen war schon zerfallen, als Jayavarman II sich zum Gott-König erhob und die Religion zur Triebfeder für die Errichtung dieser Bauwerke machte, für die Ewigkeit gedacht. Staatstempel in denen der König nach seinem Tode mit Vishnu, der Widmungsgottheit, verschmelzen sollte.

Und jetzt stehen wir – nach dem Mittagessen – mit großen Augen vor dem Bayon, dem um die Wende vom 12. zum 13. Jhdt. erbauten Zentraltempel der einstigen Hauptstadt Angkor Tom, von dem 200 monumentale Laterit-Gesichter in alle Himmelsrichtungen lächeln. Wow! Von 54 Türmen aus. Für den Fotofreund bietet daher jeder Sonnenstand das passende Gesicht. Das Sourir Khmer hat es schon vor 700 Jahren gegeben: ein sattes, rätselhaftes, unergründliches Lächeln. Ausdruck der Erhabenheit eines tiefverehrten Gottkönigs oder simple Selbstzufriedenheit? Weiß nicht. Schaut aus wie unser Finanzminister, sagt Hanna, der hat auch so ein sattes Lächeln.-

Sinnend, aus den Augenwinkeln heraus beobachtet mich Beach und schwenkt wieder ab, wenn ich sie dabei ertappe. Aber allmählich werden die Blickkontakte länger. Sie hält meinen Blick aus. Sie scheint uns nicht mehr als große Busladung zu betrachten, sondern als überschaubare kleine. Wo bleibt Gert, fragt sie Hanna öfter, wenn ich mich zwischen den lächelnden Gesichtern, den Reliefs, Säulen und Nischen verliere und dem Besucherstrom in einer stillen Gebetskammer trotze. Auch wenn es dort nach Pisse riecht. Eine Frechheit, meint Hanna, diese Saubären von Männern müssten überall hin..., wie die Hunde im Revier, ohne Respekt vor Kultur. Ich sei deshalb pervers.

Leider habe ich einen lebhaften Geist, den der Geruch nicht ekelt, sondern eher in historische Welten versetzt, in die damaligen Slums, worüber keine Reiseführer berichten.

Der Geruch der Armut durchzog also auch die Metropole des Khmer-Reiches, vor allem dort, wo die Wohnviertel an die Stadtmauer grenzten. Dort, wo die Hütten der Handwerker und Tagelöhner die Gerüche der Küchen, Kloaken, tierischen und menschlichen Ausdünstungen speicherten und tagsüber, unter der stechenden Sonne, ins Flimmern der Luft mischten. Nur nachts verdünnten sich die Gerüche und erleichterten den Schlaf der Bewohner, die am Tage die Fronarbeit an den Tempeln leisteten. Auch die Bauern der Ebene leisteten Frondienste, obwohl sie im Jahr drei Reisernten einfahren mussten. Die Bewässerungssysteme, gespeist von den Urmeeren der Tempelanlagen ermöglichten die Ernährung von nahezu einer Million Bewohner rund um die Hauptstadt, worunter 70.000 Frondienstler, die große Armee und der Hofstaat waren. Dies hat Hanna im DuMont mit breitem Filzstift markiert und prüft – als eine Art interne Revision – Beachs Aussagen an den Abenden oder am Pool penibel ab. Beach, nimm dich in Acht! Hanna zerlegt dir deine Worte, wenn auch unkalkuliert, so wie sie auch meine zerlegen kann, wenn wir links und rechts an Problemlösungen vorbeireden ohne auf den Punkt zu kommen.

Auf ein paar tausend Bewohner auf oder ab, kommt es mir bei Statistiken nicht an, die Exaktheit der Zahlen überlasse ich gerne Hannas buchhalterischem Geist, und ich denke, die Buchhalter der Gottkönige werden ihren Herren auch einiges vorgeschwindelt haben, in korrupter Absicht, um sich ein Körberlgeld zu verschaffen; besser im Diesseits bereichern, mit dem Risiko der Verschlechterung nach der Wiedergeburt, als brav zu sein und im Zweifel zu leben, ob es im nächsten Leben besser wird. Was man hat, das hat man, außerdem kann man durch das Spenden eines Tempels seine Aussichten gewaltig verbessern, auch wenn's durch erschwindeltes Geld geschieht. Die Priester haben den materiellen, die Spender den spirituellen Vorteil. Ein System wie der Ablasshandel in unserem Mittelalter. Wer will moralisch werten?

Mit solchen Gedanken schwindele ich mich in verschwitzten, unruhigen Schlaf – wir scheuen nächtliche Aircondition -, und ich zähle dabei keine Schäfchen, die über den Zaun hupfen, sondern gefallene

Khmer im Krieg gegen die moslemischen Cham: ein Krieger weniger, wieder einer, wieder einer…

Und aus den Reliefs der Tempeln steigen Truppen heraus und metzeln sich gegenseitig ab, wieder ein Krieger weniger, wieder einer…, und die kurzgeschorenen Soldaten des Königs haben plötzlich grüne Schirmmützen mit rotem Stern auf und metzeln die eigene Bevölkerung nieder, wieder einer weniger, wieder eine…, - bis zwei Millionen kann man sich nicht in den Schlaf zählen, das reichte für die Schlafe eines ganzen Lebens -, und plötzlich ist die Relieffläche leer, alle Figuren weggemetzelt, und über das verbliebene relieflose Grau rennt unsere Führerin Beach, mit zerfetzten Kleidern, ihren gebündelten Rossschwanz aufgelöst im Wind, ihr schwarzes Dreieck notdürftig verdeckt, und schreit: Die Roten Khmer, die Roten Khmer…, meine ganze Familie, meine ganze Familie…, und da füllt sich die Fläche wieder, diesmal mit der Bevölkerung des Gottkönigs, und vorneweg rennt einer mit einer Tafel wie ein Fremdenführer, und auf der Tafel steht statt der Gruppennummer die Zahl 1177, dem Siegesjahr der Khmer über die Cham, und die Menschenmenge jubelt über den Sieg. Die königlichen Duftmeister versprühen raffinierte Mischungen aus Rose, Weihrauch, Jasmin, Amber, Moschus und Rosenholz, die den Geruch der Armut an die Stadtmauer verbannen. Der Jubel seiner Untertanen, das Gepränge des Festzuges und der Triumph des Sieges hätten auch den König fröhlich stimmen können. Aber seine Stellung lässt keine Fröhlichkeit zu. Macht macht einsam. Ein Gott in Menschengestalt lacht nicht. Mit unbewegtem Gesicht sitzt er unter drei Reihen Sonnenschirmen auf seinem Elefanten und versucht die Würde seiner Brahmanen und Mönche zu übertreffen.

Sie ziehen über den Steindamm durch das Elefantentor. Hinter dem König die Heerführer und Würdenträger auf ihren Elefanten. Dann Soldatenabordnungen: Fußtruppen im verhaltenen Gleichschritt, barhäuptig, pflegeleicht kurzgeschoren, mit Schild und Speer. Standartenträger. Ungesattelte Kavallerie mit Musikbegleitung. Dahinter gefangene Cham, mit Schnurrbärten und blumenartigen Helmbüschen. Dann wieder Fußtruppen. Eine Demonstration militärischer Macht für die Diplomaten aus China, Siam, Vietnam und anderen Ländern. Heimliche Drohung in einem Festzug verpackt.

Erst nach dem Tor bricht organisierte Fröhlichkeit los: Musiker, Spaßmacher, Jongleure und Tänzerinnen, Feuerschlucker beiderlei Geschlechts. Vom Ufer des Urmeeres kommen Frauen gelaufen, Witwen und Unverheiratete, aus dem abgegrenzten Areal, wo sie auf Freier gewartet haben. Und da ist wieder Beach dabei, und die Kapitänstochter vom Mekong, sieh einmal an, und Hanna, die mir wie eine Wilde zuwinkt.
An den Bäumen bis zum *Bayon* hängen Lampions, Girlanden und beleuchtete Fische, Symbole des Fischreichtums des *Tonle Sap*. Die Prozession der Palastdamen und Tänzerinnen, es sind hunderte, schließt sich dem Zug an. Das Volk wirft sich vor dem König

auf die Erde. Und im Gewühl der Menschen fasst mich jemand an der Hand; es ist Beach, die mich in einen Tempeleingang zieht, vom Tageslicht ins Dunkle, an einer Säulenhalle entlang, in einen Raum, in welchem Tempeltänzerinnen frommen Pilgern zur Verfügung stehen. Es sitzen sogar Mönche an den Wänden entlang, obwohl ihnen die Freuden des Fleisches verwehrt sind. Aber ein Sieg über die Moslems verherrlicht allemal die Mittel der Freude…, und Beach reiht sich in den Reigen der Frauen ein, die zierlich in anmutigen Bewegungen, in ihren prächtigen Kostümen mit den goldenen Stupa-Hauben…, aber, kruzitürken, da bröselt der Traum auseinander wie ein Zuckerguss, weil mir das Kreuz weh tut. Im bleischweren Dämmern geistert plötzlich das Bild vom Flughafen-Zöllner herum und zerstört zusätzlich den lieblichen Reigen. Im Priestergewand schwingt er die Machete und wiederholt ständig: Lasst uns den Abendgruß entrichten, lasst uns den Abendgruß entrichten, lasst uns…

Um seine Füße häufen sich gespaltete Schädel. Menschenschädel. Bei diesem Anblick werde ich wach und suche eine andere Schlafposition, damit ich weiterträumen kann. Und ich zähle: Ein Roter Khmer weniger, noch einer weniger, noch einer…, vergeblich suche ich Beach im Reigen der Apsaras, aber nur die Visage des Zöllners grinst mich spöttisch an.

Vertrauen

Amin der Fahrer hat die Klimaanlage abgestellt. Auf unseren Wunsch. Hanna hat eine Halsentzündung und hustet. Wir fahren Richtung *Banteay Srei*, dem an aufwendiger und kunstvoller Steinmetzkunst wohl reichsten Tempel der Angkor Ebene, 10. Jhdt., 30 km nordöstlich von Siem Riap.

Die vorbeigleitende Landschaft spiegelt die Zeit des Tempelbaues: Leuchtendes, frühlingshaftes Grün bewässerter Reisfelder wechselt mit ausgedörrtem Braun der Trockenzeit. Reiskammer des Khmer-Reiches. Ein Dorf nach dem anderen fädelt sich an der Straße entlang, an dieser pulsierenden Lebensader, die schon vor tausend Jahren die Tempelstädte der Khmer verband.

Wie schon vor tausend Jahren breitet sich im Schatten von Bäumen gemächliches Leben aus, zwischen Ferkeln, Hühnern, Kühen und kinderhütenden Großmüttern. Ohne viel Änderung, genügsam im Schongang, aber ohne Hunger.

Generationen an Wiedergeborenen war kein sozialer Aufstieg möglich, sind im Kreislauf der Inkarnation hängen geblieben. Ich meine, sie wurden immer wieder in ihr Milieu hineingeboren. Ihre guten Taten haben nicht für mehr gereicht. Nur einzelnen gelang es, auszubrechen und die Karriereleiter zu erklimmen, wie zum Beispiel Pol Pot, dem Bruder Nummer eins. Oder? –

Nein, sagt Beach, wenn du im Leben genug gute Taten vollbracht hast, kannst du auch aus dem Dorf hinaus geboren werden, zum Beispiel zu euch nach Europa. You know? Und Pol Pot hat kein verbessertes Karma gehabt, er wurde von den eigenen Leuten umgebracht. Aufstieg und Fall. Der Fall zählt mehr.

Die schattenspendenden Baumalleen ziehen sich durch die offene Kulturlandschaft. Eukalyptus, Pamok, Cashew, Mango, Pistazie, Palme… , Avocado-Plantagen mit unreifen Früchten, manchmal ein uralter Edelholzbaum. Wie in allen landschaftlichen Niederungen Indochinas bieten die Stelzenhäuser Schutz vor Schlamm und Wasser der Monsunzeit, vor Tieren und Ungeziefer. Sie öffnen den Blick auf die hinter den Häusern liegenden Felder. Das war schon vor tausend Jahren so.

Zwischen Bananenstauden hinter einem Dorf erfahren wir wie Beach zu ihrem Spitznamen gekommen ist. Sie hat nach ihrer Schulzeit zuerst als Biermädchen im Dienste einer Brauerei in Bars und Nachtklubs gearbeitet. Da hat sie den Umgang mit der anzüglichen Männerwelt gelernt. Danach sei sie Animateurin in einem Resort in Sihanoukville geworden, direkt am Strand. Dort war sie für Wassersport zuständig gewesen. Seither nennen sie ihre Freunde Beach. You know? Der Name sei ihr hängengeblieben, auch als sie die teure Ausbildung zur Fremdenführerin machte.

Sie wirkt heute locker, empfindet uns immer weniger als Busladung, lernt am Umgang mit uns, wiffes Mädchen. Ich hätte sie gerne mit aufgelöstem Haar gesehen, wie in meinem Traum, in dem sie vor den Roten Khmern flüchtete. Zunehmendes Vertrauen mindert den strengen Zug um ihre Mundwinkel.
Nur Hanna bleibt skeptisch: Biermädchen sei Animiermädchen, sagt sie, auch wenn man eine schöne Uniform trägt!

„Nun ja, der Job ist ein bisschen anrüchig, klar," sagt Beach offen, aber auf der sozialen Leiter stünde man nicht so weit unten wie in Europa, ein bisschen schon, vielleicht zweite oder dritte Sprosse, aber nicht letzte. Du brauchst Geld, bist am Umsatz beteiligt. Geld schafft Prestige, auch auf den unteren Sprossen der Leiter. Natürlich musst du mit den Männern mithalten, Frauen gehen bei uns nicht in die Bars, da hast du am Ende des Tages einen Anständigen sitzen, du kannst ja dein Bier nicht immer in den Ausguss oder Blumentopf…, you know? Aber die Brauerei passe auf, sorgt für deinen Heimtransport und stellt dich unbeschädigt vor Mutters Tür. Hicks… Du machst auch als Tanzpartnerin Körberlgeld, als Eintänzerin. Wirst zum Tanz aufgefordert und schreibst die Gebühr hinterher auf die Bierrechnung. Ist nicht sehr lukrativ, weil der Wirt mitnascht. Nur wenige Gäste regen sich darüber auf. Trauen sich nicht.

„Eine schwüle Angelegenheit", meint Hanna, „der Weg in die Prostitution ist dabei nah und verführerisch." −

„Nun ja, seien wir mal ehrlich: kannst ja auch Spaß dabei haben, wenn's nicht zur Pflicht wird, und bringt schnelles Geld." −

Beach wehrt sich energisch, dass sie in die Nähe eines verrufenen Ecks gestellt wird. Sie habe dies immer abgelehnt, sagt Beach, schon deshalb, weil sie einen festen Freund habe.

Hanna bleibt grundsätzlich misstrauisch. Sie wandelt am moralischen Pfad, der − ihrer Meinung nach - ja nicht sehr weit vom Edlen Achtfachen Pfad Buddhas abweichen kann.

„Hier gibt's keinen Sozialstaat", sage ich, „die müssen ums Überleben kämpfen. Da nimmt man jeden Job." −

„Da hätt sie ja Putzen gehen können und nicht Animieren oder am Strich."

Ach Hanna!

Im Dorf, rund um die Brunnenanlage, drängeln Menschen in uniformen, meist blauen Arbeitskitteln. Kein buntes Bild wie in Indien.

Hat die Regierung gebaut, sagt Beach. Hinter dem Brunnen prangt ein überdimensionales Propaganda-Plakat der CCP: Cambodian Peoples Party, der Mehrheitspartei im Parlament. Sind die Kommunisten, sagt Beach, da stecken die Khmers Rouges drinn. Auch der Ministerpräsident Hun Sen. Da steckt vielleicht auch der Täter drinn, der meinen Onkel in das Fäkalloch gestopft hat. You know? Und vor Neuwahlen, also wenn die Parlamentsmehrheit gefährdet scheint, schrecke man nicht vor politischen Morden zurück.

Mutiges Mädchen, denke ich, wenn sie so etwas äußert, auch wenn nur halblaut in unsere gespitzten Ohren. So etwas würde sie einer Busladung Touristen nicht einmal flüstern.

Aber auch Bambuswände haben Ohren. In manchem Dorf gibt es harmlos tuende Parteispitzel, die sie um ihren Job bringen könnten, denn die Guides sind wie in Laos für Baudenkmäler und Folklore zuständig und nicht für politische Aufklärung. Kambodscha als seltener Fall: Monarchie mit kommunistischer Regierung.

Oh Beach, ich bin froh, dass du deinen Maulkorb etwas lockern darfst, dass du Vertrauen gewinnst, du sollst uns aber zum Banteay Srei, dem Tempel aus rosa Sandstein bringen, der sich mittlerweile aus dem Morgendunst schälen wird, aber mit zunehmendem Sonnenstand an Leuchtkraft verliert, aber du solltest uns keine Schauermärchen erzählen.

Oh Beach, suchst du in uns Therapeuten, denen du dein Trauma umhängen kannst wie einen abgewetzten Lodenmantel für den Flohmarkt? Würden wir verstehen, d.h. ich spreche hier für mich, denn Hanna hat diesbezüglich, wie in vielen Dingen, eine andere Auffassung. Sie meint, du willst dich nur in Szene setzen, damit du im Vordergrund stehen und deine Amtsmiene wahren kannst.

Nein, das glaube ich nicht. Ich glaube, dass deine Seele einen Ausfluss sucht, einen Ausfluss, der von deinen Landsleuten nicht verstopft werden kann, eine Klagemauer, sonst staut sich deine Verbitterung bis zum Herzen und prägt deine Mundfalten. Oh Beach, lass die Worte fließen, ich verstehe dich, kann aber nur den Zuhörer mimen, der dich nach dieser Reise wieder verlassen muss. Könnte als Ersatz allenfalls den Sigmund Freud schicken, der daheim über meinem Schreibtisch hängt. Der würde deine Anklage stumm und tröstlich in sich aufnehmen. Hanna meint zwar, er jage ihr Schauer über den Rücken, mit dem erotischen Mal auf seiner Stirn und den stechenden Augen, wie er sie fixiert, jeder Bewegung folgend, aber er würde dir helfen. Würde gut über deinen häuslichen Buddha-Altar, eurem Herrgottswinkel, passen, als dämonischer Samariter, vor dem du Räucherstäbchen anzünden und eine Eierspeis spenden könntest.

Und Hanna meint, dass ich dich nur mit einem erotischen Auge sehe, das andere sei blind.

Ja, mag sein, du hast einen verführerischen Mund und deine Augen sind tief wie schwarze Seen, etwas kalte zwar, aber das kommt von deinem Karma, denke ich,… also wenn ich an deinen Onkel denke, an seine Halskrause unterm Kinn, die Halskrause aus rostigem Blech mit abgesplittertem Email, von unten aus der stinkenden Kloake heraus betrachtet…

Tatsächlich. Beach hat nicht zu viel versprochen. Banteay Srei ist ein Kleinod. Der irisierende Morgenschleier ist zwar weg, dafür spiegeln sich die Konturen kontrastreich im Urmeer. Das zwingt zum Fotoshooting wie beim Preber-Schießen im Lungau. Du zielst auf die Wasserfläche und triffst trotzdem die Scheibe. Du musst nur aufpassen, dass Frösche oder Wasserschlangen keine Wellen schlagen.

Gibt es viele Schlangen? –

Natürlich, ca. 250 Arten. –

Was? So viele? – Ja, davon seien aber nur die Hälfte giftig, you know, zum Beispiel die Bambusnatter oder die Kobra. –

Sehr tröstlich!, sagt Hanna, mehr als beruhigend. –

Jetzt im Februar seien sie nicht aktiv, sagt Beach, ist zu kalt. Außerdem seien sie nicht so gefährlich wie die Landminen. Wahrscheinlich gibt's mehr Schlangen als Landminen, aber die Schlangen laufen weg, wenn du kommst, die Landminen nicht. –

Tröstlich, tröstlich! Wie schnell können Schlangen laufen?

Die aufgewärmte Luft ist von eigenartiger Musik gesättigt. Verschnörkelt wie die Steinmetzkunst, wellenförmig im Auf und Ab der Fiedeln und des *Raneats*, einem xylophonartigen Instrument, nur zerhackt durch die Trommel. Eigenartiger, wenn auch ins Blut gehender Rhythmus, am Schönklang orientierten westlichen Ohren nicht bekömmlich. Kommt aus dem Dschungel hinter dem Tempel.

„Wo is'n da ein Dschungel?", fragt Hanna, „die paar Bäumchen sollen Dschungel sein?" -

„Die Franzosen haben die Tempel dem Dschungel abgerungen, steht in den Reisehandbüchern." –

„Ja, im 19. Jhdt., seither hat man gerodet und mit dem Holz gute Geschäfte gemacht."

Besser abholzen als brandroden wie in den Bergen.
Besser stehen lassen, wie diesen Alibi-Dschungel mit den paar Baumriesen, unter denen emsig und unverdrossen ein Invalidenorchester werkt. Non Stop. Jawohl, Amputiertenorchester mit makabrem Zierrat: Krücken, abgeschnallte Beinprothesen. Geschälte Gesichter, zugenähte Augen, fehlende Unterkiefer. Keine Schminktricks oder Requisiten. Alles original. Ein Panoptikum verunstalteter Minenopfer vor gaffenden Touristen.

Erna, stell dich mal davor hin. Dürfen wir? Zeig mal auf das Schild, „Landmine victims, Traditional cambodian music", bisschen mehr nach links, noch'n bisschen, jawohl, schau nicht so gequält, die tun dir nichts. Lächle mal! … So, jetzt schmeiß was in die Sammelschale! –
Auch Krüppel müssen leben. Der Staat schert sich nicht um seine Kriegs- und Minenopfer. Und die haben unerschöpflichen Nachwuchs. Monat für Monat fliegen Menschen in die Luft.
Beach will nicht, dass wir spenden. Die Gruppe sei nicht so gut, habe aber einen lukrativen Standort. Das sichert ihr Überleben. Invalidenmusiker raufen um die besten Plätze, wie die Platzhirsche um ihre Reviere. Sie will uns später eine andere Gruppe zeigen. –
„Da kriegt sie Provision", murmelt Hanna.

Zahn der Zeit

Beach bietet uns Urwald. Allerdings mauerumhegt wie der Lainzer Tiergarten, ein botanischer Zoo sozusagen, auf dem Gelände des ehemaligen buddhistischen Klosters *Ta Prohm*, geweiht 1186, zu einer Zeit also, als bei uns Barbarossa den dritten Kreuzzug im visionären Auge hatte.

Während mir das Schlachtengetümmel um das Heilige Land Vergleiche aufdrängt, dort Christen gegen Moslems, hier Buddhisten gegen Moslems, den Cham, Machtansprüche im nahen wie im fernen Osten..., zerkugeln sich Beach und der Fahrer über Hanna. Sie sagt Pom - heißt auf Deutsch Vagina - statt Prohm.
Sie kann auch Spaghetti salmonella sagen, statt salmone, oder die Katamorane fliegen über die Lugano, statt die Kormorane fliegen über die Lagune, oder die Kadaver hängen, statt Kandelaber, oder Tränensack statt Drüse... Sie sagt wurscht, wenn ich darüber spöttele.
Die Heiterkeit endet bei einer Invalidenband am Wege zur Tempelanlage. Es ist die von Beach empfohlene Gruppe , welche wild zu fiedeln anfängt, als sie uns sieht. Wir kaufen eine CD. Beach macht ihr Victory-Zeichen, obwohl sie keine Provision kassiert.
„Na ja", sagt Hanna, „die kassiert zum Monatsende."-

Als wir 20 Meter weit weg sind, bricht die Gruppe ihre Darbietung abrupt ab. Kein Non Stop. Sie funktioniert wie eine ferngesteuerte Musikbox: wenn ein Tourist auftaucht, legt sie eine Platte auf.

Ta Prohm: Steinerne Zeugen spiritueller Hochblüte im Würgegriff des Urwaldes. Da drängt sich wieder epische Breite auf. Die Archäologen haben die Anlage im Urzustand der Entdeckung gelassen. Der Wald hat sich wie eine Riesenkrake über die Monumente geschoben, mit gewaltigen Polypenarmen in die Gebäudeöffnungen greifend... Tastend, umarmend, bewahrend.

Hunderte von Jahren hindurch krabbelten seine Wurzeln in die Tiefe, im blinden Trieb, Jahr für Jahr..., krochen über Hüften, Brüste, Schultern anmutiger Apsaras, wie im Liebesspiel, schmiegten sich über die Wölbungen der Körper, über Könige und Bramahnen, Gottheiten und Dämonen. Der modernde, immer wieder erneuerte Blattwurf der 50 bis 60 Meter hohen Würgefeigen sorgte für Schutz und Nahrung. So zogen die Jahrhunderte den Schleier des Vergessens über diese Wunderwelt und lüfteten ihn erst als die Franzosen kamen, als ob sie geglaubt hätten, Henri Mouhot, der Entdecker Angkors, sei der wiedergeborene Buddha, der seine begrabene Welt zurückfordern wolle.

Vergessene Tempel im Dschungel, die verlassen wurden, nachdem die Thai, anno 1432, Angkor Tom erobert und zerstört hatten. König und Hofstaat verließen Stadt und Region und machten Phnom Penh zur neuen Hauptstadt, sagen Beach und DuMont. Das

Großreich der Khmer zerbröckelte. Durch die Zerstörung der Bewässerungssysteme und die Versumpfung weiter Landstriche war auch die Bevölkerung zur Abwanderung gezwungen. Buddhistisches Credo: alles ist vergänglich, alles ist Wandel. Der Wald kroch über die Zivilisation.

Und du wandelst auf den Spuren der Forscher, dringst in die auferstandene Welt ein, im kindlichen Entdeckerdrang, schlüpfst durch geteilte Wurzeln in dunkle Gangsysteme und kommst nach einer halben Stunde oder mehr ans Tageslicht, wo Hanna und Beach erschöpft in der schwülen Hitze sitzen, im Schatten einer Mauer.

„Hey! Wo bleibst du?", fragen sie. Hast du dich wieder in die Gegenwart gebeamt?"-
Schau, sagt Hanna, und zeigt auf den Stamm einer Würgefeige, dessen Wurzeln wie überdimensionale Elefantenrüssel in die Steinplatten greifen. Würde mich nicht wundern, wenn da jetzt Mogli, aus dem Dschungelbuch Kiplings, aus der Öffnung käme, mit seinen Wölfen.

Es kommen aber nicht Mogli und die Wölfe heraus, sondern zwei Mönche im knalligen Orange, wie aus fünfhundertjährigem Dornröschenschlaf erwacht. So eine Regie funktioniert kein zweites Mal. Mit rasch gezückter Kamera will ich ein Foto…, aber da haben sie mich schon gesehen und stellen sich in Positur, ach nein, ich will keine gestellten Fotos, doch sie stehen ernst und hölzern im Bewusstsein ihrer Würde.

"Nice", sagt der eine, "where are you coming from?"
Er verwechselt Austria nicht mit Australia, weiß sogar
wo Wien liegt. Durch die strenge Würde seines Ge-
sichtes bahnt sich ein leichter Schelm und die Neu-
gierde auf das Fremde, Unerreichbare. Als Mönch
kommt er ja leichter ins Nirwana als nach Europa.

Hinter der Würde verstecken sie ihre Neugier, sagt
Beach später. In den Klöstern gibt es keine Erwerbs-
tätigkeit, keine Computer, keine Handys, keine Fernseher, kein Nichts. Doch, ein bisschen Nichts schon,
sagt sie, wenn die Mönche von vier Uhr morgens bis
zum Tagesgrauen, vor ihrem täglichen Bittgang ums
Essen, meditieren.
Auch am Tag über wird meditiert. Ich hab ja auch
meditieren müssen, sagt sie, in der Klosterschule, bin
dabei aber immer vor dem Nichts gesessen, meist
hungrig, hab den Achtfachen Pfad der Erlösung nicht
gefunden. Natürlich haben die Mönche auf uns Mädchen geschielt, viele waren in der Pubertät, aber in
den Klöstern gilt die Keuschheitsregel. Keine Frau
darf angerührt werden. –

„Die Männer schon?", fragt Hanna, „wird nicht anders sein als in unseren Klöstern." Beach zuckt die
Achseln.
„Eigentlich nicht. Sex ist ein Grund für den Ausschluss
aus dem Orden." –
„Aber wer kann dies überprüfen?"- Beach zuckt wieder die Achseln.
Wenn einem Mönch nach einer Frau ist, könne er
jederzeit austreten, sagt sie, es gibt keine lebenslange

Bindung an das Kloster. Er darf auch wieder eintreten, wenn er will.

Ja, wir wissen schon: Die meisten Buddhisten sind Mönche auf Zeit, haben ihre Pflichtmonate im Kloster verbracht. Sie brauchen diesen Präsenzdienst - eine Art Voucher, wie bei den Katholiken einst der Ablass - für ein besseres Leben nach der Wiedergeburt. Sie sind also nicht in der Isolation der Klostermauern eingesperrt und kommunizieren, wie die meisten jungen Leute unserer Welt, mit Hilfe moderner Informationstechnologie. Nur der Abt darf sie nicht dabei erwischen, z. B. mit einem Handy. Deshalb sitzen die jungen Teilzeitmönche – sie absolvieren ihre Pflichtmonate meist in der Regenzeit - in den Internetshops und – Cafés an den Computern, mit einem Auge beim Surfen, mit dem anderen beim Eingang, wachsam gegen Denunzianten, und gucken in die Welt außerhalb der Spiritualität.

Die beiden Mönche haben Meditationspause, oder schwänzen die Meditation, spüren im behauenen Gestein ihren geistigen Wurzeln nach. Müssen aber um elf Uhr im Kloster sein, sagt Beach, sonst kriegen sie kein Mittagessen.
Es gebe 227 Regeln, an die sie sich halten müssen. Die merkst du dir erst nach Jahren, auch wenn sie zu jedem Voll- und Neumondtag in den Klöstern rezitiert werden. Aber nur vier davon führen zum Ausschluss aus dem Orden, wenn dagegen verstoßen wird: Geschlechtsverkehr, Diebstahl, Mord und Anstiftung

zum Mord, sowie das Anmaßen von übersinnlichen Fähigkeiten.

Jesus wäre aus dem Orden ausgeschlossen worden. Oder? Diese Regeln machen die Orden zu einer Institution, die keiner Führung von außen bedarf. Die Buddhisten haben kein Rom wie die Katholiken. Schon Kinder treten als Novizen ins Kloster ein, um ihre „Voucher" fürs nächste Leben zu sammeln. Ein Junge kann einem Orden beitreten, „wenn er alt genug ist, Krähen zu verscheuchen", sagt sie. Für uns schafft dies kuriose Anblicke im Straßenleben: Knirpse in Mönchsrobe.

Beach stopfte uns also unsere Köpfe mit Antworten voll, während wir beim Mittagessen saßen und sie neugierig befragten. Ihren Niederschlag fanden sie meist am Abend in Hannas Tagebuch und meinem Laptop. Was hatte Hanna über den weiteren Verlauf dieses Tages notiert?

14.00 Uhr: B. will uns in Shops für Kunsthandwerk schleppen: Schnitzerei, Flechterei, Weberei. Wollen wir nicht. Sie kriegt Provision. Einkaufen geh ich allein. O.k., Pool.

19.00 Uhr: B. bringt uns zu einer Apsara-Vorstellung. Open Air. Steriler Hotelkasten. Besser wäre das historische Apsara-Theater bei unserem Hotel gewesen. Siehe Internet. Sie hat unser Dinner im Hotel storniert und hierher verlegt, ohne uns zu fragen. Großer Ärger. Provision?

Schales Essen. Gute Sängerin. Gute Tanztruppe. Nur Touristen neben uns stören. Tänzerinnen haben Busen bedeckt. Warum? S. Reliefs in den Tempeln mit oben ohne.

21.00 Uhr: B. bringt uns zurück. Lampionherzen in den Bäumen. Sieht aus wie Advent im Wiener Rathauspark. Ausgaben: Getränke $ 15.00. Morgen Valentinstag. Unverständliche Aufregung darüber.

Valentinstag

Fiebrig erwartetes Fest.

Wie jeden Tag, wenn uns Beach abholt, hält sich der Dunst noch über den Wassern, lässt Seerosen und Lotusblumen im Halbschlaf und mildert Emotionen des Vortages. Das weibliche Personal hat Blüten im Haar. Ich wünsche Beach alles Gute zum Valentinstag und überreiche ihr eine von einem Strauch gepflückte Hibiskus. Als kleine Entschuldigung quasi, da sie heute den Tag nicht mit ihrem Freund verbringen kann. Mehr als ich es sehe, spüre ich, wie sie unter ihrer olivfarbenen Haut errötet. Sie schluckt zuerst und poltert dann mit ihrer Baritonstimme über aufsteigende Verlegenheit hinweg. Sie hoffe, dass ich Hanna schon vor dem Frühstück Blumen geschenkt habe. Wenn nicht, solle ich dies alsbald nachholen. Sie wisse, wo man preiswerte Rosen kaufen könne.

Lass dir einen Kuss geben, sage ich, und umarme sie spontan. Sie wehrt sich nicht, vergewissert sich aber, dass niemand herschaut. Später erfahre ich, dass ich ihr soeben eine Liebeserklärung gemacht habe. Am Valentinstag überreichen die jungen Kambodschaner ihren Freundinnen Blumen und buchen hinterher eine Absteige. In ganz Siem Riap kriegt man am Valentinstag kaum Zimmer in den Guesthouses.
Valentinstag: Also Tag der Verliebten, Narzissentag: sie liebt mich, sie liebt mich nicht, liebt mich… Ein

Vogel wollte Hochzeit halten... Tag der Entjungferungen, Fidiralaja...

In den teuren Hotels kriegt man eher ein Zimmer. Dort überreichen ältere Herren ihren jungen Freundinnen Blumen. Die Mätresse als Statussymbol. Schülerinnen schwänzen die Schule, um sich von spendablen „Onkeln" in Shoppingmalls, in schicke Restaurants und hinterher ins Fünf-Sterne-Hotel schleppen zu lassen. Oder junge Angeber, die Eindruck schinden wollen und ein halbes Jahr darauf gespart haben. Fidiralaja... Fast hätte ich vergessen: Valentinstag, Tag der Floristen. Wer denkt da an den Bischof Valentin von Terni, der von den Römern geköpft wurde, weil er eine Christin mit einem Römer verheiratet hatte, oder an Jesus, dem himmlischen Bräutigam?

Wie man im *Cambodge Soir* und in anderen Zeitungen nachlesen kann, zeigen sich das Bildungs- und das Gesundheitsministerium besorgt über diese aus dem Westen eingeschleppte Landplage, die von Jahr zu Jahr seuchenhafter wird. Besorgnis aus kulturellen, sozialen und gesundheitlichen Gründen. Der Bildungsminister klagt, dass an diesem Tag ein großer Teil der pubertierenden Schüler den Unterricht schwänze. Was tut er dagegen? Der Schlaumeier lässt die Semesterprüfungen für die oberen Schulklassen gezielt am Valentinstag abhalten. Ein einfacher, aber wirkungsvoller Trick. Und der Minister für Gesundheit? Er lässt Kondome verteilen, weil 12,3 Prozent der Oberschüler am Valentinstag ihre Unschuld verloren haben und die Aidsraste steigt, wie immer diese Statistik zustande gekommen ist.

Der Cambodge Soir liest sich nach dem Valentinstag wie der *Playboy* in seinen besten Zeiten. In Interviews wird breit und offen ausgewalzt, was z. B. die Sandy, die Rany, der James und der Nhanh, 19 bis 24 Jahre alt, in der Valentinsnacht so getrieben haben. Hohe Auflagen sind gesichert.
„Wie weit geht bei euch die Pressefreiheit?", fragte ich Beach deshalb.
„In englisch- und französischsprachigen Blättern kann alles geschrieben werden." –
„Und in Khmerschen Blättern?" –
„Hm!"

Was haben wir also am Tagesprogramm? Vormittag den Tonle Sap See, nachmittag die Roluos Tempel, welche wir am ersten Tag nicht besuchen wollten. Liegt nicht weit auseinander.
Beach, mit meiner Hibiskusblüte hinterm Ohr, scheint nachdenklich, als sie mit uns eine große Runde durch die Stadt fährt. Einsilbig fallen daher Erklärungen ab: Geschäftsstraßen, Markt, Basar, Frisör, boomende Massagesalons, SOS Kinderdorf (das gibt's hier?, fragt Hanna erstaunt), das Krankenhaus, an dem wir schon einige Mal vorbei sind. Es sitzen wieder übernächtige Frauen mit ihren Kindern davor. Privates Kinderkrankenhaus, aber koste nichts, sagt Beach. Wird von Spenden finanziert und von einem Schweizer Arzt geführt. Gibt heute Abend, wie jeden Samstag, ein Konzert. Charity. Cello-Musik von Johann Sebastian

Bach. Der Doktor spielt selbst. Könntet ihr heute hingehen.-

Also nein, in Asien brauchen wir keinen Bach, den haben wir daheim auch, und da tippt mich Hanna an und flüstert:

„Schau geschwind! Da draußen, da draußen… der Zöllner vom Flughafen.", aber ich sehe ihn nicht mehr und ich frage mich, ob der Kerl aus meinen Visionen raus gestiegen ist und zur realen Verfolgung wird. Das kann doch nicht wahr sein. Narren mich Geister aus der Unterwelt? Hab ich einen absurden Verfolgungswahn, der hinter mir her ist, wie die Fliegen hinter einer schwitzenden Kuh?

Beach hat nichts bemerkt und meint zögernd, dass wir heute Abend auch zu ihr nach Hause kommen könnten, wenn´s beliebt, zur Valentinsfeier mit ihrer Familie. Ihre Mutter würde sich freuen, und sieht mich dabei fragend an.

Also das kommt überraschend, und ich freue mich auch, aber Hanna freut sich nicht und drückt an durchsichtigen Ausflüchten herum.

„Das willst du wirklich? In eine Familienfeier hineinplatzen? Weiß nicht."

Sie ist zwar neugierig, aber nicht abenteuerlustig. Könnte für sie eine Falle des Unbehagens werden. Es wäre ihr peinlich, in ein Milieu einzudringen, welches der Gastgeber nur aus Pflichtgefühl herzeigen möchte, berufsbedingt…

„Mensch, wann kriegen wir wieder so eine Gelegenheit?", sage ich, „Familienanschluss, Gespräche...Wenn das kein Vertrauen ist...", -

„Weißt ja nicht wie sie wohnt". –

„Ja, eben. Woll'n wir ja wissen." –

„Vielleicht hat sie nur Hocktoilette und Waschen am Brunnen." -

„Also Quatsch!" –

„Wer weiß, was wir serviert kriegen. Mein Darm rebelliert sowieso. Müssen die Eier vom Frühstück sein..." –

„Nimm noch ein Metifex." -

„Wer weiß, ob es Beach aufrichtig meint, vielleicht spekuliert sie nur auf Trinkgeld... Die Einladung als Mittel zum Zweck?"

Beach hört uns mit unbeweglichem Gesicht zu. Nur ihre Augen folgen unserem Disput wie bei einem Ping-Pong-Spiel...

Und dann meint Hanna, sie wolle lieber in eine Karaoke Bar, mal dieses Milieu kennenlernen, in dem die Jugend an importierten Wurzeln saugt, bis hinauf nach Burma, gehört ja zu Land und Leuten dazu, genau wie das Shoppen. Nicht wahr?

Eine Art schweigsame Peinlichkeit überbrückt nun die Fahrt bis zu einem Blumenstand. Hat Beach durch unsere Ablehnung ihr Gesicht verloren? Das kann Tage dauern, bis sie es wieder findet. Aber sie ist Profi, sie muss gute Miene zum bösen Spiel machen. Bei uns sieht's anders aus. Offene Uneinigkeit halten keine Gesichter aus. Mein Ärger richtet sich gegen Hanna, der Verursacherin , aber ich darf ihn nicht zeigen. Abgewürgter Zorn nagt im Gedärm. Jeder Darmnager ist ein Sargnagel. Hanna versteht das nicht. Also bleibt nur peinliches Schweigen, eine Art Trotz gegen Unverständnis. Wer kann nun wem in die Augen schauen?

Beach beendet das Unbehagen, indem sie uns zwei Mädchen vorstellt, welche hinter dem Blumenstand mit einem Schwarm Burschen herumalbern. Die Mädchen sind Beachs jüngere Cousinen, welche die Schule schwänzen um den Valentinstag erwerbswirtschaftlich zu nutzen. Sie verkaufen rote Rosen. Aha, das sind die preiswerten Blumen, die Beach angekündigt hatte. Sie stellt uns auch einen jungen Mann vor, der neben einem Auto lehnt. Es ist ihr Bruder, welcher uns ab morgen, weil sie eine japanische Reisegruppe übernimmt, als Guide und Fahrer zur Verfügung stünde, für $ 25,00 per Tag.-
Siehst du, nette Leute, die gut Englisch sprechen, sage ich zu Hanna. Machen einen bürgerlichen Eindruck. Wir hätten die Einladung annehmen sollen, grantele ich. –
„Die ganze Familie eine Firma", sagt sie skeptisch , „es geht nur ums Geld." –
Ich kaufe Hanna trotzdem eine rote Rose, aber eher Beach und ihren Cousinen zuliebe. Amin, unser Fahrer, kauft auch eine. Ich zögerte, ob ich auch Beach…, tue es aber nicht. Sie behält ihre Hibiskus im Haar.

Tonle Sap. Eine Reihe von Langbooten am Zufahrtskanal, in Blau wie ein kitschiger Winterhimmel. Die Trockenzeit hinterlässt Niedrigwasser, braungrau wie der Neusiedler See, welches eine Busch- und Insellandschaft aus der Flut wachsen lässt.

Daraus würde ich keinen Fisch essen, sagt Hanna.

Fischerdörfer entlang der Ufer. Stelzenhäuser, Bootshäuser: rostiges Wellblech, Palmenblätter, Kokosmatten, Plastikplanen, Fischnetze, Treibholzstapel, Blechtonnen, Blumentöpfe, Wäschebaumeln, Kinderpinkeln… Ein Traumbild von lokalem Kolorit.

Auf der einen Seite eines Bambusfloßes sitzt ein Mann auf dem Loch eines Brettes und beobachtet uns aus den Augenwinkeln. Er hat die Hose auf die Knöchel gehäuft, und entleert sich genüsslich. Erste Reihe fußfrei wie im Theater, wo wir an der Bühne vorbeigleiten und nicht wissen, wo wir hinschauen sollen. Auf der anderen Seite des Floßes putzt eine Frau ihre Zähne.

Entschuldigt, liebe Mitmenschen, dass wir so unangekündigt durch euren Sanitärbereich schippern, gaffend wie die Zoobesucher, euch als Schauobjekte missbrauchend, jawohl, denn ihr seid authentische Volkskultur, wegen der wir zu euch gekommen sind, deren Bild wir mit nach Hause nehmen, um uns auf unseren zivilisierten Klos vergleichende Schauer über die Rücken laufen zu lassen. Hoffentlich hat dich, lieber Freund, niemand beim Scheißen fotografiert. Jedenfalls alles Gute zum Valentinstag! –

Sind fast lauter Vietnamesen hier in den schwimmenden Dörfern, sagt Beach. Die Kambodschaner lieben sie nicht, weil sie sich nicht integrieren. Jawohl, es gibt Hass. Die Roten Khmer haben deshalb einen Teil ausgerottet, obwohl sie nur Bauern und Fischer waren.- ...

In der Regenzeit ist ihr Land überschwemmt. Der Wasserspiegel ist dann um zehn Meter höher als jetzt.

Fischer stehen im Wasser an den Netzen entlang. Ihre Köpfe ragen aus der schlammigen Brühe wie abgeschlagene Häupter der Roten Khmer-Zeit. Fröhliche Knirpse auf Booten. Paddelnde Frauen mit Chinesenhüten und Handschuhen (Sonnenschutz, sagt Beach). Schule und Turnhalle auf Booten. Halbwüchsige spielen Basketball.

Hier haben die Khmer im 12. Jhdt. die Seeschlacht gegen die Cham gewonnen (ihr habt die Reliefs im Bayon gesehen, sagt Beach).

Beach, in besticktem, rosa Seidenhemd und schwarzer Hose wankt bei einem Bootsschwenk und taumelt gegen mich. Sie trägt keinen BH und duftet nach Jasmin. Nach den ersten Lachern wird sie ernst, löst sich abrupt und richtet ihre verrutschte Hibiskus im Haar. Sie bleibt auch ernst und zurückhaltend auf einer Ansammlung von Schiffen mit Souvenierläden, Krokodilgehege und Restaurant. Überall Aufschriften: Child sex tourism is unacceptable. If you see anything suspicious, call the number above. Eine Anzeige von World Vision.

Auf der Rückfahrt eine Hochzeit in einem Vorort von Siem Riap. Valentinstag: Hochzeitstag Schulschwänztag, Liebestag. Durch alle anlassbedingten Gelegenheiten flicht sich das Blumenband des Kommerzes. Vor dem Eingang des Lokales blinken Lichter trotz Sonnenzenits. Herzen als Lampions. Gäste im Blumenschmuck.

Halsrecken von Hanna. „Stopp!", ruft sie, Hochzeit-Schauen. Foto. Trachtenhochzeit. Amin kann nicht anhalten, weil er im schrittweisen Verkehr eingekeilt ist.

Nein, keine Trachtenhochzeit, sagt Beach, sei nicht mehr gebräuchlich, ist ganz normale Hochzeit, wären ja nur ein paar Frauen im Sarong und Aow dabei gewesen, alle anderen in westlichen Kostümen. Einheimische Frauen seien eher klein gewachsen, stöckeln daher lieber in modischen Schuhen daher, käme der Po besser zur Geltung, you know. Sie sagt es ernsthaft, fast etwas verächtlich, ohne kokette Anspielung oder Schmunzeln, sei daher nicht wert, stehen zu bleiben. Vielleicht hat sie recht, die Hochzeitsgesellschaft erinnert an Ostblockzeiten... Hanna schmollt trotzdem ein bisschen, sie hätte gerne eine Hochzeit..., weil sie überall, wo wir reisen und sich eine Gelegenheit ergibt Hochzeit-Schauen geht. Ostblock hin oder her. In solchen Fällen sitzt sie in sich vergraben, im stillen Lächeln, mit glänzenden Augen in Sichtweite des Brautpaares und schaut mich mit hochgezogenen Brauen an; mit stummer Frage im Blick, so dass ich ganz verlegen werde: Wann wirst du mich heiraten?

Beach scheint unter Zeitdruck zu sein oder den restlichen Valentinstag erwartungsfroh im Kopf zu haben,

denn sie dirigiert Amin von der verstopften Haupt-
straße in die Seitengassen der Slums um schneller
vorwärts zu kommen...

Können Roluos-Gruppe nicht mehr machen, meint
sie, „Roluos zu groß, Zeit zu klein, you know?" Sie
wolle uns statt dessen den *Preah Khan* zeigen, o.k.?
Verfallener, ziemlich zugewachsener Tempel, der
gebaut wurde, nachdem die Cham die Hauptstadt
Angkor Tom geplündert und zerstört hatten…
„Was heißt, die Zeit zu klein? Wieso ist die Zeit zu
klein? Wer hat denn die Zeit zu klein gemacht?", empört sich Hanna, „und was ist mit Roluos, den ältesten Tempeln der Khmer?" –
Die könnten wir morgen auf eigene Faust…, meint
Beach, ihr Bruder hätte sich den Tag freigehalten,
schönes Auto mit Aircondition, er kenne die Route
bestens, ein Angebot um nur $ 25,00 inklusive Mine-
ralwasser und fließendem Englisch… Wir würden uns
am Montag wieder sehen.

„Sag ich seit Tagen", wendet sich Hanna an mich, „die
ganze Familie ist eine Firma. Der Tausch, ein abgekar-
tetes Spiel, das uns $ 25,00 kostet." -
„Für die Einladung zu Muttern heute Abend hätten
wir ein Gastgeschenk gebraucht", sag ich. „Hätt auch
was gekostet. Das ersparen wir uns jetzt dafür." -
„ Beach will zum Valentinstag . Deshalb ist die Zeit zu
klein. Oder? Wer weiß, in welchem Guesthouse sie
noch rumkugeln will... Mit ihrem Freund." –

Das heilige Schwert, so die Übersetzung des Tempelnamens, soll über Hanna kommen, verdammt noch mal, wenn ich wieder zwischen weibliche Fronten gerate, im leidvollen Zustand, wie am Tage unserer Ankunft, wo es doch nicht um ein existentielles Ringen, um Sieg oder Niederlage, sondern nur um den Tausch zweier Halbtage geht. Also nun.

Aber es sei gelobt: Ihr manchmal kleinliches Beharrungsvermögen lässt sich durch ihre Begeisterungsfähigkeit leicht übertünchen:
Die halb verfallenen, menschenleeren Gänge, durch die wir nun stolpern, durch klaffende Lichtscharten erhellt, wie durch das heilige Schwert geschlagen, wandelt ihren Missmut zu Enthusiasmus.

Versöhnt, besänftigt klettern wir über zyklopenhafte Steinplatten und spähen, von Abenteuerlust getrieben, hinter Absperrungen in Seitenkorridore. Aus von Vegetation überwucherten Reliefs beobachten uns Götter aus dem Hindu-Himmel.
Sie beobachten auch ein Touristenpärchen, hast du nicht gesehen, auf welches wir unvermittelt stoßen, aus dem Dunkeln heraus, geblendet von der Sonne und auf diesen Anblick nicht gefasst.

Ich muss mir die Augen reiben, denn hinter einer Türeinfassung eines ehemaligen Kultraumes sitzt eine Frau, splitternackt, auf dem Lingam, dem Penis von *Shiva*, des Gottes der Schöpfung und Zerstörung, und vor ihr, hinter einem Stativ mit Fotoapparat gibt ihr der Begleiter seine Regie-Anweisungen. Und ich muss sagen, Respekt, der Mann hat einen guten Blick für Motive und Perspektiven: In gleißendem Sonnenlicht rekelt sich ihr Körper vor der schwarzen Türöffnung der Gegenseite. Bisschen obszön vielleicht, aber für ein Playboy-Casting geeignet, und ich greife schon zu meiner Kamera, als sich der Mann umdreht, und ich meinen Augen nicht traue, den kenne ich ja. Ja, natürlich. Es ist der männliche Teil des amerikanischen Studentenpaares, auf welches die Baumgeister beim laotischen Wasserfall Khoung Xi den Anschlag mit dem Baum-Ast ausführten.

Vorerst gibt's einmal ein großes Hallo, jeder beteuert dem anderen, wie klein die Welt sei und immer wieder Überraschungen und Anlässe für den Austausch von Neuigkeiten und spontaner Heiterkeit biete.
Also bitteschön, liebe Studenten, fabriziert keine Liebesspielchen hier in einem der versteckten Winkel des Tempels, sonst könnte diesmal das eifersüchtige Schwert des Gottkönigs zuschlagen und nicht der Baumgeist. Und Beach meint, die Tempelaufsicht, falls sie nicht schlafe, dürfe die beiden nicht erwischen, in diesem Zustande, so ein Casting störe das Heiligtum, und voriges Jahr seien zwei Amerikanerinnen verhaftet worden, die in Angkor Wat Nacktfotos von sich gemacht hätten. Was steckt da für Reiz dahinter? Und sie seien zu sechs Monaten Haft auf Bewährung verurteilt worden und dürften vier Jahre lang nicht mehr in Kambodscha einreisen.
Die Studentin, die nackte Mary, hatte sich inzwischen angezogen, denn die beiden wollten nicht verhaftet und ausgewiesen werden, weil sie einige Monate als

„Voluntouristen", also Leute, die ihren Urlaub mit einem wohltätigen Einsatz verbinden, in der <Underprivileged Children's School> für Arme untergekommen seien, als Englischlehrer ohne Entgelt. Und da lacht Beach laut auf, so ein Zufall, sagt sie, denn diese Schule habe sie einige Jahre lang besucht, habe dann aber zur International School gewechselt, weil sie der Herr Direktor an Freier vermitteln wollte als sie sechzehn war. Die Schule sei privat geführt und müsse sich selbst erhalten. Da sei jedes Mittel der Finanzierung recht. Sie lacht bitter: Die meisten Voluntouristen zahlten sogar für ihre Tätigkeit, in selbstloser Hilfsbereitschaft, ohne Gegenleistung wie etwa Schäferstündchen mit Schülerinnen im Hause des Direktors.

„Ist ja furchtbar", sagt Hanna, „und gibt's da keine Anzeigen?"-

„Nein," sagt Beach, „die Mädchen fliegen sonst von der Schule. Und wenn's mal eine Anzeige gibt, wird der Polizeioberst mit ein paar Schäferstündchen bestochen. So ist das."

Vom Heiligen Schwert erzählte sie nur noch, dass es im Königspalast von Phom Penh unter Verschluss sei, wir könnten es daher nicht besichtigen. Der jeweilige Besitzer habe den rechtmäßigen Anspruch auf den Königsthron, und von König Sihanouk sei es, als er abdankte, auf dessen Sohn Sihamoni übergegangen, einem ehemaligen Balletttänzer. Diese Nachfolge sei zwar in Zweifel gezogen worden, aber Sihanouk hatte keine andere Wahl, weil seine vier anderen Söhne,

sagen wir mal so, unter den Roten Khmern umgekommen waren.

Wir tauschten mit den beiden Amerikanern unsere
Telefonnummern und Beach brachte uns zum Hotel
um sich bis Montag zu verabschieden. Ich umarmte
sie, spürte den sanften Druck ihrer Wange und ihres
knabenhaften Körpers und kämpfte vergeblich gegen
den Drang längeren Verharrens an. Auch Hanna umarmte sie spontan. Das hätte ich nicht erwartet. Die
Kratzbürste Hanna küsste also diese Frau mit der
starken Persönlichkeit und dem mädchenhaften
Charme, deren Körperwärme nachhaltig an mir haftete, und ich wusste nicht, welchen Trick sie dabei im
Sinne hatte. War es nur der Nachahmungstrieb oder
wollte sie trotz Rivalitätsdenkens ihren Eindruck auf
Beach verbessern?

Ich muss aufpassen, dass ich nicht unter den Herr-
schertrieb Hannas falle, dachte ich, er ist für mich
eine permanente Herausforderung.
Na ja, ihre Eigenwilligkeit steht ihr ja gut, sie entspricht ihrer ebenfalls starken Persönlichkeit,
schwappt aber manchmal an die Grenze des Erträgli-
chen. Sie steht ihr manchmal selbst im Wege, vor
allem wenn sie nach einem Streit schon mal einsehen
muss, dass sie ein Problem zerredet hat, ohne dass es
zu einer Lösung gekommen ist.

Offenbarung

Schräg gegenüber unserem Hotel ist eine Karaoke Bar. Vom Baum neben dem Eingang rieseln bunte Lichter zu Boden und blinken im Wettstreit mit den Valentinsherzen an der Hausfassade. Vor dem Eingang, unter Reklameschildern von Angkor Beer, sitzen kichernde Mädchen in Miniröcken und verstummen als wir eintreten. Große Augen verfolgen uns. Keine sogenannte anständige Kambodschanerin geht in eine Bar, hat Beach gesagt. Hanna trägt daher über erhobenem Kinn europäische Emanzipation zur Schau. Die Mädchen, die mit ihren Begleitern an einigen Tischen sitzen, machen einen ganz normalen Eindruck, meine ich, auch wenn sie heute nur Treibgut des auslaufenden Valentinstages sind.

Gehören die zu den 12.3 %, die heute entjungfert worden sind?, fragt Hanna. Sind alle noch sehr jung.
Weiß nicht. Jedenfalls jene, die auf den Barhockern sitzen, haben das schon hinter sich. Die schauen zu mir her. Eine tänzelt auf uns zu. Schaut aus wie eine Pezz-Reklame, nur dass Angkor Beer quer über Brust und Rücken steht. Ihr asiatisches Lächeln, wie von einem Kind, das gläubig zu mir aufschaut, weil ich ihm ein Eis gekauft habe. Irgendwie fühle ich mich als Vertrauensperson.
Hanna mag kein Bier, aber es gibt Rotwein. Auch die Mädchen von den Barhockern lächeln asiatisch her-

über. Besonders die eine mit dem frischen Mongolengesicht.

„Gut, dass ich mit bin", sagt Hanna, „die würden im
Nu bei dir sitzen. Da tät'st wieder mal versumpern."-
Ich komme nicht zum Protestieren, da auf einem
großen Bildschirm an der Wand ein Musikvideo zu
laufen beginnt. Einige Paare tanzen. Thailändischer
Pop? Weiß nicht. Es wird umgeschaltet. Die jungen
Leute lachen und scherzen, klatschen als einige das
Mikro nehmen.

Auf der Videowand fordern Songtexte auf Khmer zum
Nachsingen auf. Wie die Ziselierungen in den Tempeln und der auf- und abschwellende Singsang der
Musik sind auch die Buchstaben blumig verschnörkelt. Wir können den Text nicht lesen. –
Saray Ondet -, sagt plötzlich eine bekannte Stimme
neben uns und mischt sich in die Melodie. War wo-
chenlang auf der heimischen Hitliste… Und, also nein,
welche Überraschung, „Beach, du bist hier? Wir
dachten…"

Verhalten lächelt sie uns an, - soll ich sagen gequält?
Nein! – aber mit einem Anflug von Trotz in den
Mundwinkeln. Sie sagt, sie habe sich´s überlegt, sie
wolle uns am Valentinsabend nicht allein lassen. Hat
Hannas Umarmung vom Nachmittag gefruchtet?
Aber was ist mit deiner Valentinsfeier?, wollen wir
wissen. Seit unserem Empfang am Flughafen
schwärmte sie uns vom Valentinstag vor, heute hatte
sie unsere Begleitung vorzeitig abgebrochen, die Zeit

für die Roluos-Gruppe war ihr zu kurz geworden…. Und nun?

Ihre geschürzten Lippen ziehen ein Schnoferl. Sie zuckt die Achseln. Nicht so wichtig.

Ach komm schon Beach, du hast Stunk gehabt, denke ich, erzähl mal. Sage aber nichts.

Ihre burschikosen Gesten und das V-Zeichen locken das Pezz-Mädchen an unseren Tisch. Beach bestellt Bier und geht ans Mikrofon. Sie wählt Sinatras „I´ve got you under my skin…", singt routiniert mit großer Geste und prüft aus den Augenwinkeln, ob sie bei uns Eindruck macht. Hanna schaut misstrauisch, sie meint das Lied sei auf mich gemünzt…

Sichtlich genießt Beach den Applaus und singt noch zwei Nummern.

„Ein bisschen hektisch", sagt Hanna, „ich glaube, sie will das Trinkgeld schon heute." –

„Nein, sie hat Krach gehabt."-

„Wegen uns?" –

„Weiß nicht. Denke schon. Sie hat die Valentinsfeier geschmissen…

Hast du Probleme?", frage ich Beach.-

Nein, wiederholt sie, sie sei gekommen, weil sie sich um uns kümmern will. Wir seien ihre ersten Einzelreisenden, für deren Behandlung gäbe es keine Verhaltensregeln wie für die Mönche im Kloster. Die müsse sie, Beach, erst lernen.

Hab mit euch einiges gelernt. War ´ne schöne Woche. Verzeiht, wenn ich manchmal Druck gemacht habe.

Für Gruppen gebe es Regeln: Da sei der Guide am Abend ein Störelement. Die Gruppe will unter sich sein. Die habe ein eigenes Verhaltensmuster, ein gruppendynamisches. Da gibt es welche, die wollen Alphatiere sein, die leiden keine Guide, die wollen immer „Erste" sein, tonangebend... Die drängeln bei der Schlüsselverteilung im Hotel, damit sie das beste Zimmer erobern, wechseln hinterher zwei Mal das Zimmer, weil ´was nicht passt, sitzen als erste beim Abendessen, um den besten Platz zu belegen und als erste beim Buffet zu sein, sitzen am Morgen als erste im Bus oder Jeep, wegen der Platzwahl ..., kommen aber zu den vereinbarten Abfahrtszeiten nach den Besichtigungen zu spät... -

Stell dir vor, du hast eine Gruppe mit lauter „Ersten", da lebst du nach einer Woche in Feindschaft mit ihr. Darfst es aber nicht zeigen. - Immer nur lächeln und immer vergnügt. Und dann schürzt Beach wieder trotzig ihre Lippen und sagt: Aber ich bin hart geworden. Zwei Mal dürfen sie zu spät kommen, zum Bus. Zwei Mal. Beim dritten Mal warte ich nicht mehr. Ich fahre ab! Und immer diese Pinkelpausen. Haben alle Europäer Blasen wie die Frösche? Oder Wasser in den Beinen?

Es läuft wieder ein Musikvideo. Die Lichterketten am Plafond blinken im Rhythmus der Tänzer. Das stöckelnde Pezz-Mädchen schwingt mit ausladendem Hintern auf uns zu und stellt uns ungefragt wieder Bier auf den Tisch. Sie lächelt. –
Nein, sagt Hanna, für mich Wein. –
Von den Barhockern her fixieren uns die Mädchen. Zwei Thai-Gesichter und dieses mongolische. Das

192

mongolische lächelt, wenn sich unsere Blicke treffen. Trotz der ausgeprägten Backenknochen hat es nichts Grobes an sich. Das Mädchen mag unter 20 sein. Aber bei asiatischen Frauen kann man sich täuschen. Ihr naiver Liebreiz, entfernt vom jedem Emanzipationsgehabe, ist ein Dauerbrenner bis zu ihrem Dickwerden im Alter. Oh, da können sie auch zänkisch werden. Jawohl! Vielleicht rennen ihnen deshalb die westlichen Männer hinterher, also den jungen, als ob sie Baldrian geschluckt hätten.

Das sinnliche Gesicht der Mongolin passt gut zum Minirock, der die überkreuzten Beine beinahe bis zum Slip zeigt. Als sie zu ihrem Cola greift, wechselt sie die Beine. Sie hat…, ich kann kein zweites Mal aufmerken, da die Bewegung zu schnell war, sie hat gar keinen Slip an.
Wer hat den Film *Basic Instinct* in Erinnerung? Ich mag in diesem Moment so dreingeschaut haben wie die Kriminalisten beim Verhör der Hauptdarstellerin. Da brauchst du keinen Paukenschlag aus dem Kloster um hellwach zu werden…
Schmetterlingsfalle. Mäusefalle. Magisches Dreieck, das jeden Mönch aus meditativer Fassung werfen kann, auch wenn die Blicke nichts wahrgenommen, sondern nur glauben, es wahrgenommen zu haben. Der Paukenschlag sitzt und hallt nach.

Die Mongolin lächelt, wenn sie zu mir her schaut. Nicht anrüchig, lasziv anmachend, nicht mal spöttisch, nein, offenherzig, wie die Unschuld vom Lande. Sexualität, ganz natürlich zur Schau gestellt, als etwas

Selbstverständliches. Es ist kein Kokettieren, berechnend, welches dieses Lächeln prägt, es ist die naive Seele, die aus den Augen strahlt.

Ich fühle mich ertappt, von mir selbst, und weiß nicht warum. Ist es anstößig, wenn ich ihr unter den Rock schauen möchte? Ach Gott, der Beichtspiegel. Den bräuchte ich jetzt als Fächer. Haben die Araber recht, wenn sie den Anlass für unkeusche Blicke unter unförmige Tücher stecken? Sie machen es sich leichter als wir; sie werden nicht so leicht zum Hinschauen animiert. Haben ihre Frauen deshalb mehr Würde als dieses Mädchen an der Bar? Weiß nicht, wer wieviel Würde hat. Jedenfalls passt die Mongolin auf ihre Würde selbst auf. Bei uns zuhause wird die Würde der Frau von Ethikkommissionen und Betriebsräten gewahrt... Und von Frauenvereinen und politischen Zirkeln.

Also, der Paukenschlag verhallt. Das Pezz-Mächen bringt wieder eine Runde Bier, obwohl unsere Gläser noch halbvoll sind und Hanna Wein trinkt. Heute gibt's zehn Prozent Diskont, sagt es lächelnd, Valentinsdiskont. Das müsst ihr ausnützen.
Und da greift Beach, gelöst von jeder Amtlichkeit, schon etwas biertrunken, wieder zum Mikrofon und hebt an: Hey Jude, don´t make it bad... Die Beatles würden sich freuen, über diese Bariton-Stimme. Und während sie singt, packt sie mich am Ärmel und zerrt mich hoch: „Komm!"-
„Was?... Also nein, Also lass das mal!" –

Aber gegen meinen Widerstand schleppt sie mich vor die Tische, "nein, nein, hab schon lange nicht mehr", aber ehe ich mich versehe, bin ich nach einigen Kieksern mitten in der Melodie: ... take a sad song and make it better...

Und auf den Barhockern wechseln die Gesichter der Mädchen die Farben, mal rot, mal grün, mal blau, im Widerschein der Deckenlichter...,
und die jungen Khmer, von denen viele noch keinen alten Tempel von innen gesehen haben, lauthals im Chor beim Refrain:.. da-da-da-da, hey Jude. Sie leben mit dem Vorteil der späten Geburt, haben nichts nachzuholen, weil sie nicht unter den Roten Khmern gelitten haben, wie ihre Eltern, müssen mit nichts Schluss machen, schleppen kein Trauma in die Zukunft wie Beach, sondern basteln an einer neuen Identität, losgelöst von der Hochblüte ihrer Vorfahren. Ihre Existenz besteht aus Zukunft, aus Valentinstag und Halloween.

Und Beach, in ausgelassener Stimmung, ...Hey Jude, don´t be afraid..., mir das Mikro zuschiebend, weil rechtshändig den Refrain dirigierend, nimmt meinen Arm, hängt sich ein.
Und Hanna, in schiefer Beurteilung der Lage, lächelt spöttisch, weil ich, wie sie meint, wieder mal am hohen Podest stehe, geil nach Applaus, den Augen des munteren Völkchens ausgesetzt, auch jenen der unterschiedlich gefärbten Mädchen an der Bar... Hey Jude, don´t let me down... Verbundenheit in zwei-

stimmiger Harmonie. Nur Hanna meint, ich singe wie ein Blechroboter.

Und während Beach rechtshändig Noten in die Luft malt, dem Auditorium Einsätze liefernd, enthusiastisch, links meinen Arm drückt…, während die Barhocker quietschen, unter der Last rhythmisch bewegter Mädchen-Pos…, während Hanna bei der stöckelnden Pezzi noch ein Glas Wein bestellt…, während sich die Arme der Chorsänger gegen die Lichter recken, hey Jude, noch bevor der Refrain vielstimmig ins Finale geht…, da wird vom Eingang her in blanker Dissonanz die Melodie gebrochen. Eine Stimme hält sich nicht an den Video-Text und gewinnt beim Näherkommen an Volumen. Ein polterndes Schimpfen.

Ein vierschrötiger Kerl zwängt sich zwischen Sänger und Tische, ohne Rücksicht auf die hiesige Konvention, wonach ein zorniger Schreihals sein Gesicht verliert, stößt Stühle um, schnappt, bei uns angekommen, Beach am Kragen und biegt ihr mit der anderen Hand den Arm nach hinten.

Beach quietscht und ich packe ihn reflexhaft am Ärmel, he, he, und da sehe ich erst, dass es der Zöllner vom Flughafen ist, meine visionäre Erscheinung, die heraus getreten ist, aus dem Unterbewusstsein wie der Kanzler nach dem Ministerrat ins Pressefoyer. Es ist dieses quadratisch verquollene Mongolengesicht, und da bin ich ernsthaft in einer Entscheidungsschwäche, und die nützt der Vierschrott aus und schlägt mir seine Faust ins Gesicht, und ich lande auf dem Tribünenboden zwischen den Scherben von Bierflaschen und ich weiß nicht, was ich jetzt tun soll. Im Augenblick ist man ja hilflos wie ein Schwammerlsucher, der plötzlich einem Bär gegenüber steht, auch wenn der Instinkt sagt: Du hättest zurückschlagen sollen.

Und während der Kerl die schreiende Beach an den Haaren zum Ausgang zerrt, wüste Wortkaskaden streuend, während an der Videowand die letzte Strophe des Beatle-Songs anhebt, Hey Jude, don´t make it bad …, während die abrupt abgewürgte, zurückweichende, dem Vierschrot Raum gebende Sängerschaft und die Barmädchen tatenlos gaffen, in buddhistischer Duldsamkeit, schreit die aufgesprungene, zu mir eilende Hanna wiederholt nach der Polizei. Und von der Tür her antwortet Beach, sich heftig gegen den Kerl stemmend, nein, nein, keine Polizei, der Mann sei ihr Freund…

Waaaas? Ihr Freund? Und ich kann es nicht glauben. Die zierliche Frau und dieser grobbehauene Klotz. Nicht wegen des körperlichen Unterschieds, sondern wegen des wesensmäßigen. Der achte Beamte in der langen Reihe amtshandelnder Staatsorgane am Flughafen ist ihr Freund. Bruder Nummer acht. Auf seiner Uniform am Zoll prangte vor einer Woche ein Valentinssticker. Heute in Zivil hat er keinen dran.

Als Beach und ihr Zöllner außer Sicht sind, stellt die Valentinsjugend von Karaoke auf Musikvideo um. Sie will im Moment nicht singen. Sie hat ein neues, willkommenes Gesprächsthema.

Hanna ist bis in die Haarspitzen empört und möchte, dass der Zöllner angezeigt wird. Funkensprühend zündelt sie auf die Nebentische hinüber. Man könne doch nicht einfach über diese Tat hinweg…, zur Beruhigung vielleicht einen Blues auflegen oder gar ein Tänzchen wagen. Wer weiß, was dieser Mensch mit der armen Beach anstelle. So wie der aussieht, könne man dem alles zutrauen. Der ist doch von den Roten Khmern übrig. Man müsse die Polizei…
Ja, ja, sagt ein junger Mann, schon recht, aber die käme nicht, bei so einer kleinen Streiterei, noch dazu am Valentinstag, an dem die Polizei auch feiere. Da müsste man schon auf die Regierung schimpfen, dass die Polizei käme, oder auf den König. Dafür halte man Sonderkommandos bereit.

Mir hat der Boxhieb Blasenstau signalisiert. Schmerz und Schrecken können rasch in die Hose gehen. Das haben beispielsweise auch die Nazis gewusst. Die haben ihre Bürger angewiesen, vor dem Gang in den Luftschutzkeller, wenn die Sirenen schon den Schrecken vorwegnahmen, rasch die Toilette aufzusuchen. Eine hilfreiche Empfehlung, nicht nur im Völkischen Beobachter, so beiläufig verbreitet wie ein Kochrezept oder das Behandeln von Kürbiskernölflecken auf SA-Hosen.

Noch ist meine Khaki-Hose nicht genässt, und so stolpere ich, auf dem Weg zum Klo, einem dunklen Gang entlang: Ich sehe den Zöllner am Flughafen. Beach bei unserer Begrüßung. Die anfängliche Missstimmung zwischen ihr und Hanna. Beachs verstohlene Blicke auf mich. Das Auftauen ihrer Amtsmiene…

Und mit einer Gefühlsmischung aus Empörung, Ohnmacht und Niederlage, quasi einer Flucht aus dem Versagen, spiele ich alle Varianten eines anständigen Boxkampfes durch, in dem ich den Zöllner auf die Tischplatte lege, zwischen die klirrenden Biergläser… Im Nachhinein weiß man ja meist besser, wie man sich hätte verhalten können. Aber auch wenn es nur Fiktion ist, es trägt zur Beruhigung von Aufruhr bei.

Und am Ende des Ganges unter einer diffusen Lichtfunsel, breitbeinig über einem Pissloch, spüre ich plötzlich einen Körper hinter mir. Er schmiegt sich warm und weich gegen mich und eine kindliche Stimme raunt: Ich dir helfen, mein Honig! My Honey. Gleichzeitig schiebt sich von links eine Hand an meinen Hosenschlitz. Nein … Ja…, der erste Reflex ist Abwehr.
Oh du meine Güte, ich helfe mir schon selbst, bin gleich so weit…, also nein. Das dürfte sie sich bei einem Mönch nicht erlauben, das würde sie vom Weg ins Nirwana in eine Seitengasse leiten, womöglich in eine Sackgasse. Bei mir ist das etwas anderes. Da braucht sie für ihr Seelenheil nicht mit Räucherstäbchen vor ihrem Hausaltar wedeln.

Und während meine sperrigen Gedanken noch ins Reine kommen wollen, solche Denksplitter spielen sich ja in Bruchteilen von Sekunden ab, hat sie mich von links schon gefasst und führt meine rechte Hand unter ihren Minirock... Es ist die Mongolin vom Barhocker. Also nun, was tun?

Im Widerspruch der Gefühle verweise ich auf die ungünstige Örtlichkeit und auf die Anwesenheit meiner Frau, die im Lokal wartet, einerseits - no problem, raunt sie, I make blow job quick -, andererseits weiß ich nicht, wie in diesem Lande ein solches Angebot abgewiesen werden kann, ohne das Mädchen zu beleidigen. Möchte moralisch nicht werten. Hier gelten andere Regeln als in Europa und das Mädchen ist sympathisch. Muss vielleicht ihre Familie unterstützen oder eine arme Cousine, die Sängerin werden will... oder ein Minenopfer.

Aber unvorhergesehen, wie so oft, bietet sich eine einfache Lösung an. Es erscheinen zwei andere Pisser auf der Bühne. Ein Ende also wie in den französischen Filmen des Existentialismus´: Unerwarteter Abbruch einer laufenden Handlung mit offenem Ausgang.

Ich erzähle Hanna erst im Himmelbett davon, als wir von Polster zu Polster diesen denkwürdigen Abend aufarbeiten. Pragmatisch denkend legt sie ihren Du-Mont zur Seite. –
„Wann werde ich endlich deine Frau?", fragt sie.
„Wieso? Du bist ja meine Frau." –

„Ja, wenn du mich als Ausrede brauchst, wie bei dieser Dingsda, diesem Mädchen. Hast du sie gefragt, was sie verlangt?" –

„Nein, hab ich nicht. Es sind ja zwei Männer gekommen." -

„Würde mich aber interessieren. Ist ja fast noch ein Kind und geht schon anschaffen." –

„Vielleicht hätte sie gar nichts verlangt." –

„Was du dir so einbildest. Die wartet nicht auf dich, ha ha, ausgerechnet am Valentinstag. Bist ja kein Adonis." –

Und kichernd fügt sie hinzu: „Sieh mal an; der Alte linst nach frischem Gemüse. Baby-Raub sagen die Amis dazu. Ein Fall für World Vision. Was haben wir heute am Boot gelesen? Child sex tourism is unacceptable. Ich hätt die Telefonnummer notieren sollen."

Als ich unter die Decke greife, hält sie mir den DuMont vors Gesicht:

„Nix da! Pädophiles Monster! Ich möcht´ eine zivilisierte Beziehung. Wir sind ja nicht von einem Bergstamm, wo sie... Da hör' mal..." -

Und sie liest mir vor, dass es bei den Animisten in den Bergdörfern Gemeindehütten gebe (haben wir schon in Laos gehört), in denen die Pubertierenden nach Lust und Laune zusammen sein könnten. Sex wie Essen und Trinken.

Mein Gott, welche seelischen Nöte und Berührungsängste hab ich hingegen als Pubertierender gehabt, wegen des Beichtspiegels und so, vor allem wenn ich mit einem freizügigen Illustrierten-Ausschnitt ins

Gebüsch gegangen bin. Welche Gewissensnot ist daraus entsprungen.

„Ja, die haben einen natürlichen Zugang zur Sexualität. Und dann kriegen aber Kinder wieder Kinder," sage ich, „wenngleich ohne seelische Nöte."
Die Mongolin hat vielleicht ein Kind zu Hause. Und der Vater ist abgehauen in eine Fabrik im Mekong-Delta, schafft sich dort eine andere an. Und sie ist aus ihrer Dorfgemeinschaft in eine glitzernde Scheinwelt gepurzelt, entwurzelt.
Jetzt muss sie verdienen und ist vielleicht Analphabetin. Also besser, sie sitzt hier an der Bar als in einem Bordell, wo sie für zwei, drei Dollar einheimische Männer bedienen muss.
Soviel kostet ein Haarschnitt oder ein Kind in den Vorstädten, welches von den Fernfahrern nach der Pinkelpause kurz mal in das Führerhaus geschleppt wird, oder hinter eine Blechhütte. -

Hannas soziales Herz quoll auf wie eine Lotusblüte am Morgen:
„Hättest sie doch fragen sollen, was sie verlangt. Hätt'st ihr halt zehn Dollar zugesteckt, dann hätte sie sich die zwei nachrückenden Pisser erspart." –
„Almosen? Hätte sie vielleicht gekränkt. Die haben auch ihre Berufsehre. Quasi als Lustspenderin." -
Seit wir in diversen Vorstädten die Mädchen an den Slum-Rändern gesehen haben, als Slum-Bitches - ja, natürlich wissen deren Eltern Bescheid, sie schicken sie ja dorthin -, seitdem haftet das Thema Kinderprostitution nachhaltig an Hanna.

Schrecklich. Was können wir dagegen tun?

Telefonieren. World Vision anrufen … If you see anything suspicious…, oder in die pathetischen Aufrufe der Medien einstimmen, dieser Empörung aus dem europäischen Ohrenfauteuil heraus, der ersten Welt, besserwissend, selbstzufrieden, fingerzeigend. Oder sozialkritische Romane darüber schreiben, bestückt mit Appellen an das sogenannte soziale Gewissen der Menschheit. –

„Ja, schreib mal darüber. Was is'n das überhaupt, soziales Gewissen? Ist das unser schlechtes Gewissen?-

„Na klar. Das schlechte Gewissen beruhigt sich durch Spaß an Charitie-Events. Spaß haben und Wohltaten vorschieben. Der Schweizer Doktor im Krankenhaus spielt Cello für den guten Zweck. Die Golfer golfen für den guten Zweck. Die Fundraiser essen für den guten Zweck. Die Tänzer am Life-Ball tanzen für den guten Zweck. Die Marathon-Läufer laufen für den guten Zweck. Die Swinger bumsen für den guten Zweck, 1,00 Euro des Eintrittes geht an die Aidshilfe… Die Spaßgesellschaft amüsiert sich und hat kein schlechtes Gewissen." -

„Na ja, vielen Menschen wird dadurch geholfen. Ist auch eine Art von Umverteilung", meint Hanna, womit sie wieder einmal Recht hat.

Schamröte

Beim Frühstück wird die Tagesplanung vom Thema Beach überlagert. Unsere Hilflosigkeit dämpft die freudige Erwartung auf den vor uns liegenden Tag. Wir können die Kinderprostitution nicht abschaffen, wir können der Mongolin nicht helfen und wir können Beach nicht helfen. Hoffentlich ist ihr nichts passiert.

Beach, die den American way of life eingesaugt hat wie eine Prise Opium, dessen Existenz aus Zukunft, Halloween, Valentinstag und anderen „fortschrittlichen" Errungenschaften des Westens besteht.

Damit folgt sie dem Trend ihrer Altersgenossen, deren religiöse Wurzeln sich allmählich lockern, auch wenn sie als Novizen im Kloster waren.

Beach, die im Überleben hart geworden ist, in ständiger Konkurrenz mit der dominierenden Männerwelt, auch der klösterlichen, welche das geschlechtliche Gleichheitsideal Buddhas seit Jahrtausenden missachtet.

Als Frau wird ihr auch der Weg ins Nirwana erschwert. Sie darf nicht einmal die Stufen zu einer Buddha-Statue hinaufsteigen, um Goldblättchen zu kleben. Dieses Privileg ist Männern vorbehalten. Nur zu ebener Erd' darf sie sich dem Heiligen nähern. Da verzichte sie eben auf gute Taten, hatte sie gesagt, sollen andere in guten Taten schwelgen und Goldblättchen kleben, solche die es bitter notwendig hätten. Zum Beispiel die ehemaligen Aktivisten der Roten Khmer, die ihren Onkel im Pissloch ersäuft und ihren Vater auf dem Gewissen hätten. Aber wie das Karma so spiele: Die sitzen mittlerweile wieder an den Schalthebeln der Macht und wühlen in der Geldkiste wie Donald Duck. Dann spenden sie eine Pagode mit goldener Stupa und steigen im nächsten Leben eine Stufe nach oben, auf dem Weg ins Nirwana, ihrem eigentlichen Daseinsziel. Ist das gerecht?

Beach, die dem gängigen Frauenbild Asiens eine neue Dimension hinzufügt. Sie teilt nicht den Hang zur Passivität und Leidensfähigkeit - Ignoranten nennen es Fatalismus - ihrer Landsleute. Sie hat nicht die innere Harmonie, dem das freundliche, heitere Wesen der Khmer entspringt. Sie ist amerikanisiert: Materialistisch, kämpferisch und zielstrebig. Aber ihr pragmatischer Besitztrieb, dem Buddhismus eher fremd, ist Überlebensstrategie.

Beach trägt eine Maske, sage ich zu Hanna. Ihr Gehabe ist nur Tünche. Wenn du daran kratzt, strahlt auch bei ihr die Seele aus den Augen. Da schaut der Mensch heraus. Was sie braucht sind Anerkennung und Zuwendung, keine Prügel vom Freund. Wie man sieht, haben die Roten Khmer auch die Seelen umgebracht und Misstrauen gestreut. Nachbarn denunzierten ihre Nachbarn, Kinder ihre Eltern… Ein furchtbarer Zustand.

Hanna zweifelt noch immer an meiner Einschätzung von Beach, sie sei nur auf's Geld aus, wiederholt sie, die ganze Familie sei eine Firma. Deshalb haben wir auch Beachs Bruder mit seinem Auto für heute nicht gebucht, denn vor unserem Resort reihen sich die billigeren Tuk-Tuks bis zum Eingang.

Der erste Fahrer verlangt 20 Dollar für den ganzen Tag. Der spinnt, sagt Hanna, für ein Moped mit Anhänger?-
Ich biete 10 Dollar. Der Fahrer lächelt freundlich und verneint.
Das werden wir schon sehen, sagt Hanna und wandelt entschlossen zum Ende der Reihe. Aber auch die hinteren Fahrer lächeln und verlangen 20 Dollar.
Ich einige mich mit dem ersten Fahrer auf 15 Dollar. It's good for you, sagt er, it's good for me. Keiner verliere sein Gesicht. Das Khmersche Harmoniebedürfnis ist erfüllt. Sourir Khmer.

Als wir auf dem Weg zum Kriegsmuseum sind, auf der Höhe des Kinderkrankenhauses mit den wartenden Müttern, biegt ein uns überholender Landrover, ohne zu blinken, jäh nach rechts und schneidet uns den Weg ab wie ein Polizeifahrzeug einem Raser.
Die Notbremsung unseres Fahrers schleudert uns aus den verschlissenen Sitzen nach vorn ins Haltegestänge des Anhängers.
Hannas Schreien löst sich erst nach den Schrecksekunden. Sie schimpft und malt sich aus, was alles hätte passieren können und wo die Polizei bliebe und wieso es in diesem Vehikel keine Gurten gebe. Und

wieso ich Knauserer – Ich? – nicht Beachs Bruder mit dem Auto genommen hätte. Sie wird morgen blaue Flecken haben.

Der Fahrer startet gelassen den abgewürgten Motor. Ein Polizist schaut unbeteiligt zu. Es ist ja nichts passiert. Die Mütter vor dem Krankenhaus nehmen keine Notiz. Sie haben andere Sorgen. Die Arbeitslosen vor dem Supermarkt schauen auch, für sie ist es willkommene Kurzweil im Warten auf einen Tagesjob. Die meisten werden am Abend erfolglos nach Hause gehen. Morgen werden sie wieder da sein und warten. Duldsamkeit und Schicksalsergebenheit liegen ihnen im Blut. Und die empörte Hanna will den Fahrer des Landrovers erkannt haben: Es war der Zöllner, sagt sie, jawohl, der Zöllner, Beachs Freund.

Mein Zweifel an der Person des Autolenkers verfolgt uns bis ins Areal des sogenannten Kriegsmuseums. Während Hanna unter einer Art Zwetschken-Baum erst langsam aus dem erlittenen Schrecken fand, wandelte ich an den rostenden Zeugen der jüngeren kambodschanischen Vergangenheit vorbei: Panzer, Stalinorgeln aus dem zweiten Weltkrieg, Geschütze der unterschiedlichsten Art, meist durch Beschuss unbrauchbar, Granatwerfer, Mannschaftsfahrzeuge, alles aus russischer oder chinesischer Produktion, machen das Areal zu einem Schrottplatz. Zu einem Museum militärischer Güterentsorgung.

Beach hat recht gehabt. Das ist Sperrmüll, um den sich die Regierung nicht kümmert, den man in der

Umgebung von Angkor nach den endlosen Kämpfen gesammelt und hierher gebracht hat. Ein gutes Beispiel für das pragmatische Wirtschaftlichkeitsdenken der Verantwortlichen: Sie ersparten sich die Verschrottungskosten und kassieren dafür noch drei Dollar Eintritt pro Person. Kaum ein Kambodschaner kommt hierher. Und die Touristen sollen bezahlen, wenn sie die Erinnerung an die Roten Khmer und den Bürgerkrieg immer wieder anschaulich ans Tageslicht zerren wollen.

Aber keine Touristenbusse finden hierher. Die Reiseveranstalter meiden das Areal wie eine Pestgrube: Keine Zeit, kein Interesse. Für ihr Geld wollen die Urlauber keinen Schrottplatz sehen. Die Roten Khmer? Ach ja, schon mal gehört...
Und wer will schon in den offenen Holzkojen vergilbte, aufgewölbte Fotos von gefolterten und hinterher erschlagenen Kambodschanern sehen? Die haben ihre Opfer erschlagen und nicht erschossen. Sparsame Methode. Keine Vergeudung importierter Munition. Reis gegen Waffen, war die Maxime, auch wenn dabei die Bevölkerung verhungerte.
Wer will schon eine endlose Sammlung unterschiedlicher Minen sehen, die hoffentlich entschärft worden sind?
Wer will schon dieses Schießzeug allerlei Art, Handgranaten, Monturen und einen nachgebauten Eingang zu einem Tunnelsystem sehen? Alles was zum Umbringen gut und nützlich ist?...Na schön. Hie und da ein paar Einzelreisende wie wir.

Jawohl, sagt Hanna unterm Zwetschken-Baum, du bist ein verhinderter Militarist.

Sie ist aufgestanden, weil sie sich auf eine unreife Frucht gesetzt hat, wodurch ein ausrandernder, wachsender Fleck verräterisch ihren weißbehosten Hintern ziert. Sieht aus als ob das Metifex, welches wir täglich schlucken, nichts nützte. Neuer Ärger verdrängt deshalb den Schrecken der Notbremsung. –

„Ein Zwetschkenfleck ist wie ein Kernölfleck. Den hab ich länger als die blauen Flecken von der Notbremsung." –

Aber auch die Notbremsung haftet nachwirkend: Ich versichere dir: Es war der Zöllner. –

Ihre Prophetie streicht an einer Gruppe junger Amerikaner vorbei, welche interessiert den Worten eines hinkenden, dramatisch veranschaulichenden Kriegskrüppels lauschen. You feel?, fragt er und führt die Hand eines erschauernden Mädchens an verschiedene Körperstellen. Da seien noch überall Granatsplitter drinnen. Herausoperieren wäre zu teuer, könne er sich nicht leisten. Er könne damit zwar leben, aber in ein Monsungewitter wolle er mit der Metallsammlung nicht geraten. Hi hi, ha, ha. You feel? Hat jemand einen Magnet dabei? -

Die jungen Leute wirken ernst und in einer gewissen Art schuldbewusst, - das wird viel Trinkgeld bringen -, vor allem als sie in einen abgeschossenen Starfighter klettern, das einzige Relikt hier aus amerikanischer Produktion. Sie wandeln auf den Spuren ihrer Väter, von denen vielleicht einer das Flugzeug pilotiert hatte, als es Geleitschutz für die B-52 flog, jene Bomber, die während des Vietnamkrieges massiv den Ho Tschi Minh-Pfad auf der laotischen und kambodschanischen Seite bombardiert hatten. Die Amerikaner scherten sich damals keinen Furz um die Souveränität dieser beiden Länder. Militärischer Schabernack offenbarte sich an der Bezeichnung der ersten Lufteinsätze: Operation Breakfast. Im Frühtau zu Berge wir zieh'n, valera…, gleich nach dem Frühstück, mit oder ohne flottem Liedchen auf den Lippen, und entlauben also nun ganze Landstriche samt den Gummi-Plantagen, von denen ein Großteil der Bevölkerung lebt. Das heißt, eigentlich brauchte die Bevölkerung die Plantagen gar nicht mehr, weil die Luftwaffe nicht nur entlaubt, sondern auch entvölkert hatte. 300.000 Menschen sollen bis zum Ende der Bombardements, 1973, umgekommen sein.

Die US-Luftwaffe muss damals Kabarettisten im Planungsstab gehabt haben, oder Köche, welche die Einsätze für die Piloten „schmackhaft", zumindest genießbar, machen sollten. Die einzelnen Operationen wurden nach Menükarten benannt.

Innerhalb von vier Jahren wurden jeweils vom Breakfast bis zum Dinner eineinhalbmal so viel Bomben wie im zweiten Weltkrieg auf Japan abgeworfen, insgesamt 539.120 Tonnen. Jawohl, das wusste der Führer exakt bis zur letzten Tonne, als ob er sie selbst gezählt hätte. Möglicherweise seien ihre Väter schuld an seinen Eisensplittern in Fleisch und Knochen, sagt er, may be your father, yours or yours, wobei er mit dem Finger demonstrativ in die Runde sticht, wie Onkel Sam auf dem Kriegsplakat „I want you!". Für ein gutbürgerliches Barbecue in Michigan oder sonstwo unter den Stars und Stripes, ätzt er, würde sich sein Fleisch nicht eignen. Das hätte eine Konsistenz wie eine Taube nach einem Schrotttreffer. You know? Also, seine Späßchen sind nicht gerade einfühlsam, aber dafür umso wirksamer: Die jungen Amis kriegten zunehmend rote Köpfe.

Er hätte wohl platzreife Tomatengesichter erzielt, wenn er die Missachtung der Menschenrechte durch deren oberste Hüterin, den USA, während der Herrschaft der Roten Khmer, erwähnt hätte. Weil es damals eben politisch gepasst hatte.

Ein Teil des Kriegsschrottes in diesem sogenannten Museum wurde nämlich von den USA finanziert, weil er von den Roten Khmern gegen die Vietnamesen eingesetzt worden war, als sie nach Ende des Pol-Pot-Regimes in den Untergrund gingen. Ein unappetitlicher Kreislauf: Die USA finanzieren die Khmer-Rouge-Rebellen, die zwei Millionen ihrer Landsleute auf dem Gewissen haben. Die Khmer Rouge kaufen mit dem Geld chinesische und russische Waffen und setzen sie gegen die vietnamesischen Besatzer ein. Nach dem Abzug der Vietnamesen setzen die Khmer Rouge diese Waffen im Bürgerkrieg gegen die eigene Regierung ein und verminen das halbe Land.
Und wir können deshalb auf eigene Faust keine Exkursionen in die Waldgebiete des Westens machen,

sagt Hanna. Und mit dem verdächtigen Fleck auf der Hose wolle sie heute sowieso nichts mehr unternehmen, sondern im Resort relaxen.

O.k. Sagt der Tuk-Tuk-Fahrer. Gezahlt ganzer Tag, verbraucht halber Tag. Er zahle aber deshalb kein Geld zurück. Dafür könnten wir ihn morgen für zehn Dollar haben, den ganzen Tag über, obwohl es heute ein Verlustgeschäft war. Der Landrover heute morgen habe ihm den Scheinwerfer kaputt gemacht und die Lackierung beschädigt, und kein Mensch würde ihm das bezahlen, auch wenn er sich das Autokennzeichen gemerkt hätte. Eine Anzeige? Ha-Ha.

„Fair Trade, sagt Hanna, den Mann nehmen wir auch übermorgen. Wir verschieben die Roluos-Gruppe auf Dienstag, weil wir morgen schoppen gehen." –
„Wir???" –
„Na ja, ich… Asien besteht nicht nur aus Tempeln und Diktaturen. Ich brauch ein bisschen Gegenwartskultur und einen Überblick über das hiesige Warenangebot."" –
„Aber da findest du nichts von Prada, Mara, Gucci, Pucci. Lucci…" -
„Davon verstehst du nichts. Du kannst ja inzwischen in Buchläden gehen und zum Frisör. Schaust schon aus wie der Rübezahl… Zieh mal deine Unterhose aus, ich geb´ die Wäsche in die Laundry." –
„Verschwendung. Hab ich erst gestern frisch…"-
„Zieh sie aus! Kann nicht frisch genug sein. Sabberst ja unten schon wie ein alter Datterer." –

Obwohl ich dressierter Sitzpinkler bin und mein Wasser noch halten kann, muss ich jeden Tag Wäsche wechseln, ohne Rücksicht auf durch Waschen verursachte Grundwasserverschmutzung, auf Treibhausgase und Sonnenlöcher. Sie wirft jeden Tag die Handtücher zum Wechseln auf die Fliesen des Bades, auch wenn ich mein Handtuch feinsäuberlich zum Trocknen aufhänge. Am Beispiel meiner Pullover und Polohemden liefert sie den Beweis, dass man Kleidung auch zu Tode pflegen kann. Es ist ihr zum Beispiel gelungen, meine Lieblingsweste zu einem Walkjanker für Kinder zu verniedlichen. Wegen des Schrumpfeffektes durch vieles Waschen kaufe ich mir die Stücke mittlerweile um zwei Nummern größer.

Während sie sich also um Unterwäsche und den Fruchtfleck auf ihrer Hose kümmert, während sie Buchhaltung macht, - wie viel Dollar haben wir noch?..., während sie ein Bündel Riel nachzählt, mein Gott, ein Dollar ist ein ganzes Bündel, sind 4000 Riel…, hätt´ gar nicht wechseln brauchen, die nehmen auch thailändische Baht…, während sie feinsäuberlich die Tagesausgaben ins Tagebuch einträgt, versuche ich Beach auf ihrem Handy zu erreichen…

Wir sind besorgt. Das Geschehen des gestrigen Abends verdrängt Buchhaltung und Fruchtfleck und lässt das vierschrötige Gesicht des Zöllners, ihres Freundes, wachsen wie ein heran gezoomtes Fotomotiv. Bei Hanna mutiert dieses Gesicht zusätzlich zu einer Fratze der Bedrohung. Der Zöllner wollte uns umbringen, schau mal, meine blauen Flecke, sagt sie, der ist eifersüchtig, glaubt etwa, du hättest mit Beach ein Techtelmechtel. Der hat Krach mit ihr gehabt. Der ist am Valentinstag von ihr versetzt worden, der Wüstling. Recht hat sie.

Er ist ja mindestens 25 Jahre älter als sie. Jawohl! Hat vielleicht ein Hotelzimmer gebucht gehabt, auf sie gewartet und zum Aufheizen Porno geschaut. Aber außer Spesen nichts gewesen...

Also, hallo Beach, hallo? Warum meldest du dich nicht? Das Khmersche Kauderwelsch der Blechstimme, verschnörkelt wie die Khmersche Schrift, ist für mich eine verwirrende Tonfolge, verweist wohl auf den Signalton..., sprechen Sie jetzt... Also Beach, wollte nur wissen, wie es heute mit deinen Japanern gelaufen ist und wie es dir geht..., wollten auch wissen, ob du am Dienstag verfügbar bist, für die Roluos-Gruppe, you know?..., rufe dich später noch einmal an.

Vorzeichen

Kahlgeschoren wie ein Mönch sitze ich in einem Café am Rande des Alten Marktes. War vorher in einem Salon Coiffeur. Drei Millimeter rundum, you understand?, hatte ich dem Frisör angedeutet, am Kopf und im Gesicht gleich lang, you know, wie der minimale Abstand zwischen Zeigefinger und Daumen, you know? - Yes, yes...

Der Mann hatte nur einen Bartscherer ohne Trimmregulierung... Nachdem er eine Stunde mit Schere und Kamm an mir herumgeschnipselt hatte, brummelnd beflissen, kunstvoll, zwischendurch mit prüfenden Blicken aus drei Schritten rückwärts das Werk begutachtend, als ob er an einem Gemälde arbeitete, aber ohne sichtbaren Fortschritt, sagte ich ihm, er solle den Bartscherer nehmen und mich tabula rasa...

Beach hatte für Haar- und Bartschnitt einen Richtpreis von zwei Dollar genannt. Er verlangte fünf. Wahrscheinlich für die fantasievolle künstlerische Ausführung mit so viel spirituellem Bezug zum Kahlschnitt. Wurscht, es wächst ja wieder nach.

Ich hatte mir *Cambodia Dayly* und *Cambodge Soir* gekauft und dann versucht Beach zu erreichen. Aber am Handy meldete sich wieder nur die Blechstimme mit der Khmerschem Ornamentik.

Was is'n los, Beach? Ist ja nicht deine Art. Hast ja sonst beim ersten Klingelton das Handy am Ohr. Warum rufst du nicht zurück?... Hat dich dein Freund klein gemacht wie die Zeit für die Roluos-Gruppe? Aus Wut über den verpatzten Valentinstag?

Ist ja erstaunlich, wie offen die Jugendlichen über ihre erotischen Erlebnisse an diesem Tag berichten, eine Siegesmeldung nach der anderen, detailmalerisch für den Boulevard aufgemacht.

Erst nach den Berichten über den Valentinstag stehen die Meldungen über den Prozess gegen den ehemaligen Leiter des Foltergefängnisses S 21 – Kaing Guek Eav, alias DUCH, dem Schlächter Pol Pots. Er ist einer von insgesamt fünf Angeklagten, die vor dem von der UNO unterstützten Sondertribunal stehen. Wenn DUCH nicht vor zehn Jahren von einem Journalisten in einem entlegenen Dschungeldorf aufgestöbert worden wäre – die Regierung bemühte sich diesbezüglich wenig -, lebte er noch dort wie ein Oberlehrer (so sieht er auch aus) in Pension. Diesen Status hätte man ihm, so meint sein französischer Verteidiger, auch weiterhin zugestehen sollen, weil es unhaltbar sei, dass ein Mensch mehr als neun Jahre ohne Prozess hinter Gittern säße. Monsieur Roux forderte also zum Auftakt des Prozesses Respekt für die Menschenrechte DUCHs. Und da zweifelt man schon mal an der angemessenen Beurteilung des Falles durch den Rechtsanwalt. Woran bemisst sich sein Honorar?

Während die Juristerei mit der Moral dieser Geschichte und dem gesunden Volksempfinden einen kleinen Streit austrägt und über der Befindlichkeit der Überlebenden und der Angehörigen der Opfer dunkle Wolken hängen, während ich darüber nachdenke, welche Rechtfertigung die Todesstrafe in diesem Fall hätte (das Tribunal darf keine verhängen, lese ich) und welche Signalwirkung von „lebenslänglich" ausginge, weiß nicht…, während ich das Gesicht DUCHs studiere, das harmlos nette, nehme ich das Geschehen auf dem Gehsteig und der Straße nur abgeschwächt wahr, wie eine Bühnenszene im Schleierfilter. Und da ist mir, als ob eben der Zöllner vorbeigegangen wäre, diese bullige Mongolenfigur. Schon wieder der Zöllner? Kann es sein, dass er uns verfolgt? Ja, dort steht er, in einem Hauseingang, halb verdeckt vom Gestänge eines Tuk-Tuk, und er schaut zu mir her.

Jetzt bemerke ich auch das Winken der Mädchen vom Massagesalon gegenüber, Blue Seven, die mich zu einer Massage, einem Body Scrub oder Facial auffordern wollen. Sie winken nicht europäisch mit den Handflächen nach oben, den ganzen Unterarm bewegend, zur Brust hin, sondern – gemäß lokalem Brauch - mit den Handflächen nach unten, locker aus dem Handgelenk heraus. Sie stehen unter Konkurrenzdruck, da die Spa-Welle über Indochina rollt wie ein kleiner Tsunami und die Salons aus dem Boden schießen wie die Hotels: Khmer Hand Spa, Gingkgo Spa, relax revive, Oasis, Raja Yoga Meditation… Seven girls, steht auf dem Firmenschild oberhalb des Einganges - ob die auch erotische Massagen…?

Da kommt Hanna. Sie ist geschlaucht und braucht einen Drink.

„Du brauchst auch eine Massage", sage ich, „die könnten wir gleich vis á vis... Haben sieben Girls." -

„Massage? Dazu haben wir keine Zeit. Du musst mit mir kommen. Ich war im Silberbazar, ich sag dir, der kommt gleich hinter Istanbul und Marrakesch." –

„Nichts Armadi, Gucci, Pucci, Lutschi...?" –

„Noch nicht. Ich hab mir eine Silberdose reservieren lassen, in Apfelform mit Lotusblüten und Stil, gepunzt mit T 90." –

„Kenn mich da nicht aus. Ist vielleicht Blech." –

„Nein, nein. Wir haben es abgewogen... Hab in vielen Geschäften verglichen... Spottpreis." –

„Wieviel?" –

„$ 50,00. Um 50 Prozent runter gehandelt."

Dann schaut sie mich voller Entsetzen an und sagt: „Um Gotteswillen, wie schaust denn du aus? Du bist ja total nackt am Schädel. Ein Mönch ist ja nichts dagegen. Und Augenbrauen hast du auch keine mehr... So fliege ich mit dir nicht nach Hause." -

Also Silber. Die paar Straßenecken zum Markt fahren wir per Tuk-Tuk. Unser Zehn-Dollar-Fahrer nimmt heute keine anderen Kunden an und wartet brav an den vereinbarten Treffpunkten. Hanna mustert mich mit skeptischen Seitenblicken und vergleicht mich mit Yul Brynner, dem König von Siam. Also alle Ehre. Ihre Akzeptanzschwelle liegt niedriger, als der einschneidende Wandel meines Äußeren vermuten ließe. Sie

zeigt Flexibilität, will mir einen Sarong und ein pludriges Seidenhemd mit Stehkragen verpassen. –
„Wo soll ich das anziehen?" -
„Na im Fasching. Ist authentisch. Wenn schon Glatze, dann auch das passende Drumherum."

Am Weg zu den Silbergeschäften bleiben wir in Fotogalerien, Boutiquen, Seidenläden, Volkskunst-Schmuck- und Souvenierläden hängen. Um zwei junge Männer drängt eine Zuschauertraube. Die beiden simulieren mit Schattenfiguren, einem Dämon und einem Affen, eine Episode aus dem *Reamker*, der kambodschanischen Version des hinduistischen Ramayana-Epos'. Diese Art von Volkskunst ist unter den Roten Khmern ausgerottet worden, aber wird nun in einem Ausbildungszentrum für Kunsthandwerk wieder belebt.

In einem Buchladen stöbere ich nach Literatur über die Zeit der Roten Khmer. Ich finde nur eine Biografie über Pol Pot, <Anatomy of a Nigthmare>, aber es scheint eine gebundene Fotokopie zu sein. Ist ja nicht möglich, denke ich, die haben keine Literatur über ihre jüngere Geschichte. Literatur über die Roten Khmer werde ich wohl in Europa suchen müssen. Hab mich vor der Reise nicht damit eindecken können. Der Auftrag meines Chefredakteurs kam unvermutet.
Was mich interessieren würde: Wie kann ein Intellektueller – Pol Pot und seine Genossen haben in Paris studiert – die Errungenschaften einer Zivilisation über Bord schmeißen und einen reinen Bauernstaat haben wollen?...

Ich komme nicht zum Nachdenken, denn plötzlich meldet sich mein Handy. Ha? Wer kann denn da…?
„Das muss Beach sein!", sage ich zu Hanna. –
„Na endlich". –
„Hallo?" – Es meldet sich eine leise, männliche Stimme, und es fällt mir gar nicht auf, dass ich auf Englisch antworte, obwohl die Stimme deutsch spricht. Kommt mir so ähnlich vor wie bei einem geköpften Huhn: das läuft auch noch einige Schritte weiter, bis es draufkommt, dass es keinen Kopf mehr hat.
„Wer? Was?... Ach so… duuu bist es" –
„Es ist Phouvong", sage ich zu Hanna, unser laotischer Führer, den wir mit Hannas Warmhalte-Box, ihrer Taschenlampe und den Problemen mit seiner deutschen Ex-Freundin in Laos zurückgelassen haben. Er spricht verhalten und sucht nach Worten, mit denen er unsere Neugier stopfen will.

Ja, er habe den Gefängniswärter im Empfangsraum bestochen, sagt er. Und wie ich vermutet hatte ist Hannas Taschenlampe quasi in Staatsbesitz übergegangen. Der Staat hat dafür seine Augen zugedrückt und Phou samt Gudrun, seiner Ex, ein Treffen auf dem Klo ermöglicht, weshalb der Inhalt von Hannas Warmhaltebehälter keiner Verwendung mehr zugeführt werden brauchte. An einem diesbezüglichen Erfolg haben wir ja eh insgeheim gezweifelt.
Hanna ist ganz entzückt und fragt dazwischen: „Und hat es eingeschlagen?"
Phou antwortet ausweichend, eine diesbezügliche Beurteilung sei noch zu früh, und außerdem gar nicht

mehr notwendig, da Gudrun inzwischen wegen Unschuldsvermutung auf freiem Fuß sei und in seinem Haus Unterschlupf gefunden habe. Armand, sein Fahrer, sitze aber noch wegen Beihilfe zum Drogenschmuggel.

Hannas Entzücken hält den neuen Fakten nicht stand und wechselt zu Empörung:

„Typisch für euch Männer: Da macht der liebe Phou eine Menage á trois, und das unter den Augen seiner kranken Eltern. Wie soll so etwas weitergehen? Und von Armand, diesem seriösen Charmeur, hätte ich mir das nicht gedacht. Mitglied einer kriminellen Vereinigung. Wie man sich in Menschen täuschen kann."

Sie ist ganz aufgewühlt und braucht eine Weile bis sie sich beruhigt und mich am Hemd zupft. Sie hat noch keinen Sarong für mich gefunden und auch kein Seidenhemd mit Stehkragen. Sie war nebenan im Möbelgeschäft: Flechtwerk aus Rattan, von der Schale bis zu den Gartenstühlen und Wandkästchen. Die Möbelproduzenten sind zwar emsig an der Vernichtung der Urwälder beteiligt, und im Grunde lehnt Hanna diesen Raubbau ab, aber kommt's auf mich an, fragt sie, auf so ein kleines Würstchen von Restauratorin, das vielleicht nur ein paar geflochtene Fauteuils bestellt? Sie hat sich einen Warenkatalog organisiert.

Im Übergang zum Silbermarkt stapeln sich Spiegel in allen Größen. Silbergerahmt in verschiedenen Beziehungswinkeln zueinander werfen sie das Spiegelbild der Betrachter zurück. Es ist, als ob man in ein Kaleidoskop schaute. Aus dem Kaleidoskop blicken mich meine Nachbarn, links und rechts von mir an, neugierig, aber teilnahmslos..., und über den Schultern der rechten Nachbarn, in halber Kopfhöhe über ihren Scheiteln, sticht ein Augenpaar auf mich nieder, drohend, düster, mit Rächerblick. Und die Augen starren in die meinen, unter gespannten Nasenwurzeln aus einem bulligen Gesicht heraus. Und es ist das Gesicht des Zöllners, der Nummer acht der Schalterbeamten am Flughafen, dessen Faustschlag von Samstagabend bei mir ein geschwollenes, violett untermaltes Auge hinterlassen hat. Buddha sei Dank, die Nase ist nicht gebrochen. Und ich merke erst jetzt, wie pockennarbig dieses Gesicht tastsächlich ist.

Erst als ich zur Kamera greife und sie zum Schnappschuss hebe, reflexhaft gegen die Spiegel gerichtet, das Zöllnergesicht im Fokus, merke ich an meiner Bewegung, dass ich die Hauptfigur im Zentrum der Gruppe bin. Tatsächlich, ich hatte mich in diesen Spiegelungen, mit rundum nacktem Kopf, gar nicht wahrgenommen - wie ein Vampir, der kein Spiegelbild hat.

Der Zöllner jedenfalls, der über die Schultern meiner Nachbarn in meine Augen starrte, brauchte meinen Haarwuchs nicht, er hatte mich auch ohne erkannt. Der Eindruck, in einem totalitären Staat einer ungreifbaren, allgegenwärtigen Macht ausgeliefert zu sein, deren Augen durch Wände stechen, verstärkt mein Unbehagen.

Als ich den Auslöser der Kamera drücke, ist das Gesicht des Zöllners verschwunden, als ob mein Objektiv die Sonne wäre, die Graf Dracula zu Asche verbrennt. Nur meine Nachbarn bewegen sich zeitlupenhaft im Kaleidoskop. Auch als ich mich umdrehe und suchend zurückgehe, ist er nicht mehr zu sehen. Da ich mich weiter beobachtet fühle, wähle ich spontan die Handy-Nummer von Beach. Vielleicht kann sie mir Auskunft über ihren Freund geben. War er ein Roter Khmer oder nicht? Aber sie meldet sich nicht... Wollte wegen der Roluos-Gruppe fragen, spreche ich auf die Box...

Was ist los mit Beach?
Die Frage beschäftigt uns durch die engen Gassen der Markthalle, an Keramik-, Krokodilleder-, Reamker-Masken-, Marionetten-, Schmuck- und Kleiderläden der Bergstämme vorbei, reflektiert aus jedem Spiegel, aus dem ich verunsichert den Blick des Mongolengesichtes erwarte. Das Schweigen von Beach hängt offensichtlich mit der ungreifbaren Präsenz ihres Freundes zusammen und wir überlegen, ob wir uns an ihre Agentur wenden sollten, die müsste über Beachs Verbleib Bescheid wissen. Wir haben ja auch keine Handy-Nummer ihres Fahrers Amin und wollen wissen, ob der Termin für den Flug nach Phnom Penh hält.
Erst als Hanna ihren silbernen Apfel gekauft und wir in einem Antiquitätengeschäft gelandet sind, verflüchtigt sich die Frage zwischen Schnitzwerken religiöser Kunst, siamesischem Mobiliar und historischem Kriegsgerät. Ich bin nur halb bei der Sache,

weil ich die Umgebung misstrauisch in den Augenwinkeln habe…

Was?… Achso. Nein, wir brauchen keinen Buddha, auch keinen chinesisch dickbäuchigen, mit dem satten Lächeln um den Mund wie die Gesichter am Bayon, auch keinen ausdruckslos khmerschen mit der spitzen Krone am Haupt…, ja, mag schon sein, 17. Jhdt., … inklusive spesenfreiem Versandt frei Haus…, wir bräuchten eher einen ausgemergelt asketischen, wie den katholischen Christophorus, den Heiligen der Reisenden, der uns sicher wieder heimbringen soll, quasi Buddha als behäutetes Geripe nach seiner Askese unterm Bodhi-Baum, halben Meter hoch, oder ein geschnitztes Haupt, so ´ne Art Totenmaske…, bringen wir aber im Koffer nicht unter…, nein, nicht schicken…, für diesmal verzichten wir, vielen Dank…

Da wir nicht wissen, ob uns der katholische Schutzheilige vor dem Nachspüren des Zöllners bewahren kann, verzichten wir auch auf einen weiteren Verbleib in der Markthalle. Wir fragen unseren Tuk-Tuk-Fahrer, ob er sich an den Typen erinnern kann, der ihn gestern beim Rechtsabbiegen gerammt hat.

Ja, dunkel!

Sorge

Ich rief Beach nicht mehr an, wollte keine unpersönliche Blechstimme mehr abhören, die meine Besorgnis nur steigern konnte und kein Ergebnis erwarten ließ. Ich fühlte mich trotz ihres brutal erzwungenen Abgangs am Samstagabend von Beach in Stich gelassen, konnte ihr aber dafür kein schlüssiges Motiv unterstellen. Hat sie sich bei ihrem Freund verkrochen? Es soll ja Frauen geben, die auf Brutalität abfahren wie vom Amor gebissen. Hat er sie noch ins Bett geholt? Oder ist ihr etwas Ernsthafteres zugestoßen? Außerdem ging es ja um den weiteren Verlauf unserer Reise, Beach sollte uns ja nach Phnom Penh, der Hauptstadt, begleiten. Darauf konnten wir keineswegs verzichten, schon wegen meiner Recherchen über die Roten Khmer.

„Wir müssen Beach suchen", sagte ich zu Hanna, „wir müssen zu ihrer Agentur."

„Wozu?", meinte Hanna, „die Roluos machen wir morgen allein. Wenn sie nicht mehr auftaucht, muss uns die Agentur sowieso Ersatz schicken. Vielleicht einen Mann mit einem anständigen Oxford-Englisch. Den besichtigen wir aber vorher. Das amerikanische Orgeln von Beach geht mir sowieso auf die Nerven."

„Du bist herzlos", sagte ich.

„Wieso?", sagte sie, „wenn wir sie los sind, sind wir auch den Zöllner los. Was können wir dafür, dass er ihr die Haare ausgerissen hat. Die wachsen wieder nach. Ist das unser Problem?"

Mir war nicht klar, ob sie ihren Zynismus spielte, vielleicht aus Trotz, wegen meiner Anteilnahme an Beach, aus einem Anflug von Eifersucht heraus, oder ob sie es ernst meinte. Letzteres konnte ich nicht glauben, da sie trotz eigensüchtigem, ja eigensinnigem Willen ein weiches Herz hatte, das auch zu Rührseligkeit neigen konnte. Es sei denn, sie war einmal verletzt worden, seelisch, da konnte sie sehr nachtragend sein. Geradezu unbarmherzig nachtragend, und dann konnte sie längst verjährte, aber tief eingekerbte Vorwürfe aufwärmen bis zur Penetranz.

„Lassen wir den heißen Brei mal abkühlen", sagte ich, „dann fahren wir zur Agentur." Sie widersprach nicht. In der Agentur gaben sie sich ein bisschen sprachlos, als wir nach dem Verbleib von Beach fragten, und verwundert, weil es mit Beach und ihren Kunden angeblich noch nie Probleme gegeben habe.
„Morgen Roluos", sagte der Front-Desker und blätterte in unserem Reiseprogramm, „Beach wird euch um neun Uhr abholen! Definitively, o.k.?" Und dabei klopfte er mir auf die Schulter.
„Glaub ich erst, wenn ich mit ihr gesprochen habe," sagte ich. „Sie meldet sich nicht am Handy."
Der Front-Desker lächelte etwas nachsichtig, wie man halt Unvermögen mitleidig negiert, und wählte ihre Nummer. Da hätte ich etwas gekränkt sein können, wegen des unterschobenen Unvermögens, aber ich

kam gar nicht dazu, weil wieder unüberhörbar, durch den Lautsprecher verstärkt, die Blechstimme ertönte.

„Also, was jetzt?" fragte ich in die betretenen Gesichter. Achseln zuckten und Gesichter schauten sich fragend an.

Die allgemeine Ratlosigkeit milderte sich etwas, als ich nach Beachs Adresse verlangte.

„Wozu die Adresse?", opponierte Hanna nun lautstark, „Da gehe ich nicht hin! Ich lass mich doch nicht in ein khmersches Drama hineinziehen. Was soll diese Anteilnahme? Willst du dich vom Zöllner umbringen lassen? Statt zu dieser Adresse sollten wir lieber zur Polizei gehen! Der Kerl gehört angezeigt." Entflammt, mit missmutigen Falten zwischen den Augen, funkelte sie mich an.

O Gott, Hanna, mach mir nicht schon wieder einen Kralawatsch. Schon um vor der versammelten Mannschaft mein Gesicht zu wahren, obwohl sie vielleicht Recht hat, aber man kann, wie wir wissen, bei einer lautstarken Auseinandersetzung in Asien sein Gesicht verlieren, das rutscht unter deiner Würde weg wie eine nasse Ledersohle am Pissoir, und das findest du nicht mehr im Auditorium, auch wenn verlegene Gesichter zu Boden blicken, als ob sie es suchen würden, also ich konnte gar nicht nachgeben und bestand daher auf die Adresse.

Trotz einer von hinten gemurmelten Bemerkung von wegen Datenschutz, gaben sie mir die Adresse. Offensichtlich waren sie froh, dass sich jemand um die

Sache kümmerte. But, please, no Police, you know? No Police!

Na ja, das vermutete ich schon, o.k., Polizei ist nichts fürs Touristengeschäft, aber da kam wieder der Einwand von Hanna, auf Deutsch zwar, also primär auf mich gemünzt, aber nichtsdestoweniger auf das Forum gezielt, das vom Tonfall her keine Übersetzung brauchte, um sie zu verstehen.

„Was heißt no Police? Was ist das für eine Sauerei?", schimpfte sie, „das werden wir schon sehen werden wir, ob wir eine Police oder nicht... Außerdem ist das alles nicht unsere Sache. Wir haben einen Guide gebucht und bezahlt. Basta! Beach hin, Beach her, wenn sie weg ist, brauchen wir einen anderen Guide. Wo is'n da der Manager?"

Das war nun kein asiatisches Verhandlungsklima mehr, mit Khmerschem Lächeln, verbindlicher Höflichkeit und schmeichelndem Sound, nein, unsere Gesichter steckten jetzt quasi im Eimer, da konnte nur ein Rückzug eine Lösung sein...

Und nun waren alle Augen auf mich gerichtet, inzwischen war das ganze Büro um den Front-Desker versammelt, der war im Übrigen der Manager, und ich stotterte nur verlegen „thank you! See you tomorrow" und schubste Hanna hinaus.

Und von wegen schubsen. Vor der Tür schüttelte sie meinen Griff ab wie ein nasser Hund das Wasser und fauchte wie eine Katze, die ja auch nicht geschubst werden will, wenn sie nicht will, das könne sie schon gar nicht leiden, wenn sie am Arm gepackt und ir-

gendwohin geschubst werde, fauchte sie, kapierst
du? Zum Beispiel neulich auf dem Empfang zum Zei-
tungsjubiläum, wo du mich durch all die Leute zum
Herausgeber geschubst hast, nur weil du mit mir
punkten wolltest, war das für deine Karriere wichtig?
Wo ich den Mann nicht leiden kann. Schubsen, immer nur schubsen, schon als Kind bin ich immer irgendwo hin geschubst worden, wohin ich nicht wollte. Ich hasse Schubsen.

So fauchte sie und hatte nicht unrecht, da ich sie gerne zu Gesellschaften mitnehme, weil sie mit entwaff-
nendem Charme, ihrer Koketterie und dem perlen-
den Lachen schon mal zum Mittelpunkt einer Tisch-
runde wird, wie gesagt, wenn sie will. Was manchmal
bei der einen oder anderen Dame pikierte Reaktionen
hervorruft, wenn sich deren Begleiter zu einem kleinen Flirt hinreißen lässt. Wie dem auch sei, alles Dinge, die den Alltag lustvoller machen, in aller Unschuld, und ich will nicht verhehlen, dass wir hinterher den ganzen Abend darüber kichern können, albern wie wir halt mal sind. Im gewissen Sinne gibt sie
mir Sicherheit und ich fühle mich vor den Neidern
geschmeichelt, wenn sie meinen Arm nimmt und mit
mir abzieht, ohne dass ich sie schubsen muss.

Also die Adresse: Um die Straßenecke steht das Tuk-
Tuk ohne Fahrer. Wird wohl irgendwo einen Tschai
trinken, meint Hanna. Wir schauen in die Runde, wo
es genug Cafés gibt, die im Freien bis auf die Geh-
steigränder gefüllt sind.
„Nichts!" –

„Vielleicht ist er auf einen Sprung drüben im Bordell. Vier Quickies könnte er dort um seinen Tagestarif…., muss ja nicht auf einmal sein."

Hanna empört sich, sowas könne nur mir einfallen, ich habe wohl Testorose oder wie das heißt im Hirn, und bei mir könne sie sich das gut vorstellen, so mal in einer Rauchpause, ohne Rücksicht auf die Familie…, „aber wo ist'n da ein Puff? Und woher weißt du denn das?"-

Während ich ihr erkläre, dass hinter den Massagesalons gegenüber, Oasis, Hand Spa, Seven Sins oder wie sie so heißen, meist jede Menge Kabuffs liegen, in denen fleißig prostituiert wird…, sind nach den Roten Khmern wie die Schwammerln aus dem Boden gewachsen, die Puffs, damals war ja Prostitution verboten, ein krebsiges Geschwür im Kapitalismus. Man hat stattdessen die Mädchen mit dem Bajonett aus den Familien geholt, viele sind nicht mehr zurückgekommen, Suizide haben auch deshalb geblüht…, während ich ihr erkläre, also es nur versuche, dass es in unserer Zweier-Beziehung unterschiedliche Interessen…, also bei ihr eher Silberäpfel, Rattan-Möbel, Cuci und Lutschi, und bei mir was einem ein redseliger Figaro in mehr als einer Stunde so erzählt: also nun, ob ich außer einer Glatze sonst noch Ansprüche hätte, ich wisse schon was er meine, man könne in diversen Hinterzimmern seines Salons Coiffeur…, dabei kam er gar nicht ins Räuspern, auch mit Jungfrauen, very young, you know?…, ein Paradies für Singles sozusagen. Also während,… da sehe ich unseren Fahrer, ach ja, Meng hieß er, im Schweinsgalopp am Außenrand des Gehsteiges herunter hoppeln. Also, da ist er ja.

Er hechelt wie nach einer Fitness-Runde und deutet aufgeregt die Straße aufwärts.
Da, da oben, meint er und kann auch geografisch eingrenzen, am Osteingang zum Bazar, da geht's zu den Silbersachen, da wäre er verschwunden, der Mann, der ihm gestern den Vorderteil seines Vehikels zerquetscht habe, Kotschützer und Lampe, mit dem Landrover. Und wie soll er das finanzieren, bei einem lumpigen Tagestarif von $ 10,00, und er müsse ja auch bei Dunkelheit Kunden fahren.

Er habe den Mann erkannt, das Gesicht sei deutlich gewesen, zum Identifizieren deutlich, hier sei er vorbei gekommen, und er, Meng, sei raus aus dem Fahrzeug und habe geschrien, haltet den Dieb, haltet den Dieb, weil, wenn er Unfallverursacher geschrien hätte, wären alle sitzen geblieben, aber sie sind auch so alle sitzen geblieben, einschließlich eines Officers in Uniform, der seelenruhig seinen Tschai getrunken und eine Zigarette geraucht habe.
„Und da bin ich hinterhergelaufen, weil der Mann auch gelaufen ist, haltet den Dieb, haltet ihn, weil ich habe ja keine Versicherung und woher das Geld für die Reparatur nehmen..."

„O.k.", sage ich, „den finden wir nicht mehr. Ich geb dir statt zehn fünfzehn Dollar und wenn's finster wird gehen wir zu Fuß. Während er grinst und mich umarmt, die zeigen hier so eine offene Freude, wechselt

Hanna schon wieder die Stimmung wie ein Sommergewitter. Sie sitzt schon im Tuk-Tuk und sagt: „Also los jetzt!" -

„Ins Hotel?", fragt der Fahrer.

„Ja", sage ich.

„Nein!", sagt sie, „gib ihm mal die Adresse!"-

„Ich denke, du willst nicht dorthin.?"-

„Wollte ich auch nicht."-

„Und jetzt willst du? Wozu dann das Theater vorhin?"-

„Ja, jetzt will ich. Weil du mich ins Hotel schubsen wolltest. Hat sich nach Abschieben angefühlt"-

„Aber…. Das wolltest du ja. Ich denke…."

„Ja stimmt. Aber jetzt fahre ich mit. Ich kann dich Dösi ja nicht allein in die Slums der Roten Khmer schicken, am Ende bleibst du in so einem Salon hängen. Zwei Dollar fünfzig sind eine Schande für das Königreich. Haben die Mädchen keine Gewerkschaften? Das ist ja billiger als dein Haarschnitt."

So sprach Hanna und ich denke, die Gute suchte nach Vorwänden, um ihren Stimmungswandel zu kaschieren. Insgeheim wollte sie nicht, dass ich Beach womöglich allein zu Hause antreffe. Kann ich mir jedenfalls vorstellen.

Gespenster

Und so fuhr uns Meng wirklich durch den Slum, durch den wir schon am Rückweg vom Tonle Sap See gekommen waren, er ruckelte über Löcher und Bodenwellen, wich Pfützen aus, schimpfte auf Fahrräder, Rikschas und Pick Ups, die kreuz und quer die Wege füllten, aus schlammigen Rinnsalen einbiegend, und Hanna hielt sich die Nase zu, als wir an von Öl-Resten blau schimmernden Kloaken vorbeikamen, in abstrakten Schlieren verzerrt, an aufgeweichten Abfällen, Kanistern, Plastikflaschen, Fäkalien...., im klimatisierten Auto gestern hatten wir ja nichts gerochen, nur gesehen: offene Herdfeuer vor den Hütten, schwatzende Frauen über Kochkesseln, spielende Kinder im Dreck. Die haben keine Kanalisation, kein Wasser in der Hütte, keinen Strom, sagte ich, „doch Strom schon, schau, da läuft ein Fernseher". Aber die haben keine Adressen hier, da gibt's auch keine Straßenbezeichnungen oder Hausnummern.

„Wie wollen wir da Beach finden? MarandJosef, wo schleppst du mich hin?" sagte sie beinahe tonlos und ich fürchtete schon, sie wolle umkehren, aber dann fuhren wir über einen Bahndamm und eine Brücke und siehe da: Wir kamen in ein freundliches Viertel mit asphaltierten Straßen, einstöckigen Häusern und kleinen Gärten, in denen Palmen gemütliche Schatten warfen.

Und dann hielt der Fahrer vor einer Toreinfahrt mit einem Geisterhäuschen. Diese Häuschen, die den herumschwirrenden Geistern Unterschlupf geben sollen, es tummeln sich ja genug: Hausgeister, Autogeister, Baumgeister, Schiffsgeister und was weiß ich, welche die Menschen in jeder Lebenslage bedrohen, stehen neben den Hauseingängen wie bei uns die Postkästen. Haben wir ja schon in Laos genug gesehen. Aberglaube in einer Welt unzähliger Dämonen und Götter aus dem hinduistischen Pantheon hat dem Buddhismus bisher nicht geschadet. Wie mixen die das nur zusammen?

Neben dem Geisterhäuschen hing ein Glockenzug.
Ich läutete.
„Da sind ja Figuren drinn", rief Hanna aus, „wie bei unserer Krippe. Wär ein originelles Vogelhäuserl für unseren Garten. So schöne bunte Keramik. So was hat niemand bei uns und hier kriegen wir es für ein Butterbrot." –
„ Vogelhaus hab ich hier noch keines gesehen. Brauchen die auch nicht. Das ganze Jahr Sommer. In diesen Häuserln füttern sie ihre Gespenster. Ja, wär gut für uns. Wenn der Vogelgeist drinn wohnt, geht die Katze nicht mehr an die Vögel. Musst halt hie und da ein Grillhenderl opfern." –
„Ja, Opfergaben. Lieber Geist verschon mein Haus, tobe dich im nächsten aus. Hoffentlich haben die dort auch was gespendet."
Tatsächlich häuften sich im Geisterhaus Bananen, Chips und drei Zigaretten.

„Der Hausgeist muss Raucher sein."-

„Hi, hi…Warum dann nicht eine ganze Packung? Gibt ja mehr Sicherheit."-

„Bei einer Bestechung musst du klein anfangen, sonst wird's zu teuer. Und du kannst nicht mehr reduzieren, weil das nimmt jeder Geist krumm. Das ist wie bei unseren Beamten zu Weihnachten."-

Ich läutete noch einmal.

„Die Glocke ist vielleicht für die Geister. Die läuten wenn sie das Opfer geholt haben. Was ist aber, wenn die Sachen liegen bleiben?" fragte Hanna. „Die Bananen faulen ja."-

„In der Nähe der Slums bleibt nichts liegen. Das holen sich die dortigen Bewohner in der Nacht."-

„Dann hat das Gespensterwesen ja einen sozialen Sinn. Die Hausleute freuen sich, dass das Opfer angenommen wurde, und die Slum-Leute freuen sich, dass sie was zum Futtern haben, quasi im Wege einer spirituellen Umverteilung. Das erspart ihnen den Vinci-Bus. Deshalb hat Buddha nichts gegen den Gespensterkult getan."-

„Der hat selbst genug gegen Dämonen gekämpft."-

„ Was ist aber, wenn sie dabei erwischt werden? Sind ja Opferstock-Frevler. Die Hausleute glauben dann ja, dass der Geist glaubt, dass sie nichts gespendet haben und dann glauben sie…."-

„Mensch Hanna, jetzt hör' mal auf, was weiß ich. Die Slum-Leute werden dann wahrscheinlich verprügelt. Die Underdogs kriegen ja immer eins drauf. Was weiß ich… Ich glaube da ist niemand zuhause."

Ich läutete ein drittes Mal.

„Die müssen einen gehörigen Bammel vor den Dämonen haben", haftete sie am Thema.

„Na klar, denk mal an die Illustrationen in den Pagoden von Laos. Da ist ja unsere Hölle ein Paradies dagegen. Wir haben ja nur den Teufel und seine Kumpane..."-

„Und seine Schwiegermutter."-

„Ja auch, und nicht diese Dämonen- und bösartigen Götterarmeen. Schön langsam kapier ich, wo die Roten Khmer ihre Vorbilder her haben. Grausamkeit muss im Charakter der Kambodschaner liegen."-

„Liegt im Charakter der Menschen. Unsere Hölle ist auch nicht besser. Denk an Hieronimus Bosch."-

Sie musste wieder mal das letzte Wort haben, noch dazu ein wahres, weil als gelernte Restauratorin ist sie mit den Höllendarstellungen dieses mittelalterlichen Meisters bestens vertraut. Dabei flüchtet ihr Schöngeist von den Brutalitäten unserer Welt, vor Grauen, Mord und Totschlag, auch wenn es nur bildlich dargestellt ist. Sie kann der Fratze des Unmenschlichen nicht ins Auge blicken, auch wenn wir mit ihr täglich konfrontiert sind, zum Beispiel mit den geköpften Rümpfen diverser Geisel im Internet, wo die erstarrten Gesichter ins Bild gehalten werden, wie Judith das Haupt des Holofernes.

„Furchtbar, eklig", sagte sie in den Pagoden, „da schau ich gar nicht hin", wenn es da von gepfählten, zersägten, gevierteilten, aufgespießten, aufgehängten Menschenleibern nur so wimmelte, nackt, mit abgerissenen Genitalien. Szenarien, mit denen Ideologien ihre Schäfchen im Zwinger halten: Höllenhunde reißen Frauen die Brüste ab, unter einer aufgehenden Lotusblume, der Nationalblüte, flammt Feuer, Menschen sind von den Spitzen der Lotusblume durchbohrt, Raben reißen Weichteile aus Leibern, wie die Spargel wachsen Speerspitzen aus dem Boden, auf welche Menschen geworfen werden. Und darüber schwebt ein Mönch mit Sonnenschirm. Wie poetisch.

Durch Blutströme waten Dämonen und suchen sich neue Opfer. Mit Knüppeln schlagen sie Köpfe ein, dass es…, nun ja, die Roten Khmer haben in den Pagoden wahrscheinlich ausgiebig studiert, bevor sie diese niederbrannten und damit auch die Spiritualität auslöschten. Was blieb war die Mordmaschinerie, auf welcher sie ihre neue Ideologie errichteten.

Also, ich läutete noch einmal.

Wir brauchen Beach, weil sie mit uns nach Phnom Penh muss. Wir wollen dort auch das berüchtigte Foltergefängnis *Tuol-sleng* besuchen. Also ich will, nicht Hanna, weil es dort einen Raum gibt, an dessen gekalkten Wänden fantasievolle Bildwerke erhalten blieben, ich hab immer so Assoziationen zum Künstlerischen, nein, nicht zu gegenständlichen, eher zu abstrakten Schüttbildern, jenen von Herman Nitsch ähnelnd, von Blutspritzern und an die Wand geschlagenen Schädeln der Gefolterten, immer wieder übermalt und erneuert. Auch Babys haben sie benützt als Farbbeutel. Die Hölle spielt sich im Kopf ab, jawohl, sie haben die Menschen erschlagen um Munition zu sparen…, und haben damit den gleichen Sinn für Wirtschaftlichkeit entwickelt wie jene friedvollen Blumenliebhaber in den ehemaligen Kampfgebieten hier, welche Granathülsen als Blumentöpfe verwenden.

Es sträubt sich die Feder, äääh, die PC-Tastatur, mein Gott, früher klang das viel poetischer, dies niederzuschreiben, und bei der Absprache der Reiseziele hatte Hanna gemeint, ich sei ein Militarist, wenn nicht Sadist, was für sie das Gleiche ist, und ich wäre bei meinen Neigungen wohl ein guter KZ-Aufseher geworden, der selbst gerne durch Blut gewatet wäre wie die Dämonen in den Pagoden.

Ja, was soll ich dazu sagen. Will nicht leugnen, dass es mir hätte auch passieren können, verführbar wie ein Mensch nun einmal ist. Wer kann von sich schon sagen, wohin er sozialisiert worden wäre, in jener Zeit. Ich denke, ich stehe nicht am hohen Podest, im Glück der späten Geburt, zeige naiv in die Vergangenheit und liefere dazu selbstgerechte, pauschale Vorwürfe: Die hätten doch… Die hätten doch wissen müssen… Die hätten doch was dagegen tun können. Die haben geschwiegen und die Augen zu gemacht. Die haben sich überrumpeln lassen. Die sind mit Hurra in den Krieg – welch schöne Ablenkung von der Politik und den Zweifeln der Einzelnen.
„ Politik mit anderen Mitteln.“

„Na klar, wie es heutzutage auch läuft. Überall Brandherde. Da brauch ich nicht in die Vergangenheit zeigen. Schau mal in den Cambodga Soir: Während in Phnong Pengh der Prozess gegen Duch läuft, dem Schlächter von Tuol-sleng, schlagen sie sich auf der Welt schon wieder die Schädel ein. Deshalb müssen wir uns das Foltergefängnis ansehen, dass wir von einem Schock in den anderen fallen, am besten wir nehmen unsere Kinder und Kindeskinder mit." -

„Würde ich nicht", sagt sie, „solche Scheußlichkeiten würde ich denen nicht zumuten, schon gar nicht den Kindeskindern."-

„Na ja, ich meine, jede Generation sollte hierher..., weil jede Generation vergisst sonst, was vorher war. Die fangen alle wieder von vorne an."

Das hätte ich alles sagen können, oder wollen, oder hab ich es gesagt? Weiß nicht mehr. Hanna wirft mir bei solchen Anlässen schon mal vor, professoral hinter dem Katheder zu stehen, mit erhobenem Zeigefinger, sendungsbewusst die Welt verbessern zu wollen.

„ Aber bei mir nicht. Bei mir nicht. Ich lass mir deine Meinung nicht aufdrängen. Bring das bei deiner Zeitung an."

Was soll ich dazu sagen: Bei solchen Antworten passe ich, ziehe mich ob ihrer Unbelehrbarkeit zurück, leicht vergrämt, und schreibe ein Essay fürs Wochenende, damit wenigstens die Welt erfährt, welch grandioser Weltverbesserer ich bin. Und der Stammtisch mit meinen Freunden, die das ja auch lesen, bringt mich sowieso wieder in die seelische Balance. Voila!

Wie-dem-auch-sei. Also, ich kam jetzt nicht mehr zum Weltverbessern, denn als wir schon gehen wollten , erschien am oberen Ende der Stiege, die zum ersten Stock des leicht verwitterten Holzhauses führte, eine Frau, die uns sicher schon längere Zeit beobachtet hatte, durch die Jalousien an den Fenstern. Misstrauisch äugte sie herunter und entließ aus verkniffenem Mund ein fragendes „Yes?".

Wir seien Freunde, ich meine Kunden von Beach, sagte ich, und wollten sie wegen morgen…, you know?, und weil sie sich am Telefon nicht meldet, wollten wir…
„Yes, yes?", sagte sie mit hilflosem Ausdruck.
„Pack mal dein notleidendes Französisch aus", raunte Hanna, „ die ist noch unter den Franzosen groß geworden."

Vive la France, dachte ich also, und warum muss Hanna in dieser ernsthaften Situation spötteln, so empfand ich jedenfalls, wo ich mein erlerntes Französisch anbringen soll, mit einer Aussprache, auf die ich mir was einbilde, musikalisch wie ich bin? Und als sich die Miene der Frau nach den ersten Sätzen erhellte, konnte ich ein gewisses Triumphgefühl nicht unterdrücken.

Beach sei nicht da, erklärte sie, sie sei auf das Äußerste besorgt, als Mutter, jawohl, weil Beach habe das Haus am Valentinstag verlassen, mitten aus der Familienfeier heraus, weil sie Kunden betreuen wollte, und ob wir diese Kunden seien und sie getroffen hätten.

Als wir bejahten, hellte sich ihre Miene ins Verklärerische auf und sie bat uns ins Haus, „venez, venez, s'il vous plait.

Es war ein solides Holzhaus, „Teak", sagte Hanna, „hält Hunderte von Jahren", mit einer Wandstruktur wie bei uns bei den Scheunen im Freilichtmuseum. Nur die grünen Plastikstühle, auf denen Beachs Mutter uns setzte, passten nicht – also, aus Hannas Designer-Winkel gesehen – zum dunklen Teakholz des Bodens, den geschnitzten Möbeln, den bunten Wandbehängen und dem Buddha-Altar in der Ecke. Meiner Meinung nach passten auch der Fernseher und die Stereoanlage nicht ins Ambiente, obwohl ich da vorsichtig bin, da Hanna meint, man könne antike Möbel durchaus mit modernen Elementen mischen: Aber das Moderne müsste wie ein Urknall wirken: etwa die IT-Einrichtung, galaktisch und so…, oder ein rotes Schüttbild von Nitsch über einem Bösendorfer, schwarzgelackt, aus der Gründerzeit. Voila!

Als uns Beachs Mutter Tee machte, kam Hanna noch einmal mit den grünen Plastiksesseln:
„Wie können die nur", sagte sie, „alles so solid und dann dieses billige Klumpert." –
„Na ja, die sind verarmt. Vater und Onkel umgebracht, Beach hat ja genug gejammert."-
„Aber sonst ist ja alles so solid"-
„Ja von früher her. Waren unter den Franzosen vielleicht Beamte oder Geschäftsleute." –

„Aber die waren ja unter den Roten Khmern deportiert auf die Reisfelder. Ein Glück, dass sie überlebt haben. Wie haben sie dieses Haus wieder gekriegt?"- „Frag ich mich auch. Ja, da sollten wir Beach fragen."

Beachs Mutter wusste also nichts vom Aufenthalt ihrer Tochter, und während wir aus Tassen mit Goldrand Tee schlürften und Chips knabberten, kollerten ihr Tränen aus den Augen, und mit den Tränen flossen auch ihre Sorgen über den Tisch: Beach sei ja öfter über Nacht weg, meist bei einer Freundin, na ja, vielleicht auch bei diesem Mann, diesem Schwarzhemd, der hier in der Wohnung gelebt hatte, während wir ..., sie fiel ins Schluchzen, wissen Sie, mein Mann ist im Gefängnis umgekommen, wahrscheinlich ermordet, wie mein Bruder, der war Professor an der Universität hier, und sie fiel dabei ins Flüstern, als ob die Wände Ohren hätten. Aber da hingen nur ein paar ausgestopfte Antilopen-Köpfe neben einem Ventilator, zwischen den Stoffbahnen, raffiniert, dachte ich, die Augen würden sich als Kamera-Objektive, und die Ohren als Mikrofone gut eignen, aber Blödsinn, welcher Geheimdienst sollte schon Interesse an dieser Familie haben?

Wissen Sie, sagte sie, weil sie meinen Blick registriert hatte, mein Mann war Jäger, die wollten ihn gleich erschießen, als sie sein Gewehr entdeckt haben, aber dann haben sie ihn noch in der Gemeinde gebraucht, er hat dort die Akten verwaltet, bevor sie ihn verhaftet haben. Wir waren ja böse Bourgeois, Franzosenknechte, Abschaum des Kapitalismus' und Volksschädlinge, vous savez, das werde ich nie vergessen, das haben wir jeden Tag im Chor schreien müssen, „Abschaum und Volksschädlinge", bevor wir in die Reisfelder…., ich war die schwere Arbeit ja nicht gewöhnt, und die Kinder, und der Hunger, ein Neffe und eine Nichte seien verhungert, und auch meine älteste Tochter.

Und deshalb verstehe sie Beach nicht, bei allem was ihnen widerfahren sei, sagte sie, und ich hatte den Eindruck, sie war froh, dass wir da saßen, als so eine Art von Mistkübel, in den sie ihre Sorgen schütten konnte, wem sollte sie sich auch offenbaren, in dieser misstrauischen Umgebung, in welcher alle noch Angst vor der Vergangenheit haben, so paradox dies auch klingen mag.

Also dieser Kerl war einer dieser Schwarzhemden, Beach komme von ihm nicht los, sagte sie, sie wisse nicht warum, der sei ja mehr als doppelt so alt wie sie.

Beach sage, sie wolle über ihn rauskriegen, wer in der Gemeinde Schuld an Vaters Tod habe, derjenige säße wahrscheinlich wieder in Amt und Würden, aber sie, die Mutter, glaube das nicht, sie glaube es sei eine Art von Hassliebe. Das arme Mädchen. Und der Kerl fahre einen Landrover, wie komme ein Zollbeamter überhaupt zu einem Landrover? Sie habe ihren Sohn ins Zollamt am Flughafen geschickt, wo er arbeite, aber er hat gesagt, Beach wohne nicht bei ihm.

Hanna und ich schauten uns vielsagend an. Ich verstand ja nicht jedes Wort, übersetzte auch nur in groben Zügen.

„Und was ist mit der Polizei?", fragte ich. Die Polizei? Nein, sagte sie, da war sie noch nicht, da säßen ja auch Ehemalige drinnen. Zuerst wolle sie zu einem Wahrsager gehen. Morgen.

Hanna war mit verkniffenen Stirnfalten der Unterhaltung gefolgt, denn wenn man nur dem Tonfall folgen kann, ist es wie das Lesen aus Kaffeesud. Spekulativ und ermüdend. Sie stand daher auf und strich mit den Fingern über die Wandbehänge.

„Schön", murmelte sie, „die Farben und Muster."

Batiken: Lindgrün über Bordeaux-Rot in blumiger Ornamentik, mit schwarzen Bordüren, gelbe Elefanten, Papageien und Pfaue, und dann ein Seidenumhang hinter Glas...

Und da war Beachs Mutter, sie hieß Chou, auch aufgestanden, geschmeichelt von Hannas Interesse, trotz Sprachbarriere wuchs schnell Sympathie zwischen den beiden, jawohl, das sei ein Ikat, sagte sie, ein besonderes Stück, nicht nur weil es ihr Hochzeitsschleier sei. Die Apsaras, Tempeltänzerinnen, hätten solchen Seidenstoff schon vor 1000 Jahren getragen, es hätte Monate gedauert, um so einen Schleier herzustellen, vous savez..., und dieses Stück hätte die Roten Khmer überlebt.

„Very nice", sagte Hanna, „ich meine, was heißt'n das auf Französisch?"

Die Roten Khmer haben auch diese Kunst ausgerottet, die war in ihren Augen schlimmer als die entartete der Nazis, die meisten Frauen, welche die Ikats gewebt hatten, wurden umgebracht, die Webstühle zerschlagen, die Maulbeerbäume und die Pflanzen zum Färben vernichtet.

Seidenstoffe, Farben und Muster, igitt igitt, waren ein Ausbund an kapitalistischer Dekadenz, geschaffen um die Moral zu untergraben. Helle Farben hätten einen schlechten Einfluss auf die Gedanken, hatte der Angkar verkündet, diese nebulöse Organisation der Partei, der werktätige Volksgenosse trägt Schwarz. Einheitskleidung schafft Solidarität, ein Volk steht auf in schwarzen Pyjamas, einmal per Monat wird gewechselt, wir brauchen das Wasser für die Reisfelder, nicht zum Waschen. Und den Reis brauchen wir für den Export, zum Waffenkauf, und nicht zum Anfüttern. Das mache nur träge und verstopfe den Geist. Also ein Volk über einen Kamm geschert, wortwörtlich, immerhin hatten die Frauen einen einheitlichen Karee-Schnitt und keine Glatze.
Dies nennt man angewandte Wirtschaftlichkeit, da tänzelte kein beflissener Coiffeur eine Stunde um den Kopf herum wie ein Bildhauer um seine Knetmasse, und als Ergebnis kommt, wie bei mir, trotzdem nur eine Glatze um 5 Dollar heraus.

Also, das sagte Chou nicht wortwörtlich, hätte ich auch nicht locker übersetzen können, in der Flut, in der ihre Klagen flossen, Französisch hören ist ja schlimmer als Französisch lesen, da kann man noch so musikalisch sein, der Leser wird mir verzeihen, wenn ich ihre Klagen mit Eigenerfahrung und meinen Recherchen ein bisschen anreichere.

Inzwischen gäbe es wieder eine Ikat-Produktion, sagte Chou, ein Japaner, ein Sammler alter Textilien, habe nach dem Krieg eine alte Frau aufgegabelt, in einem Lager, die über das alte Handwerk noch Bescheid wusste. Mit ihr hat er das Gewerbe wieder aufgebaut, auch in Siem Reap gäbe es wieder eine Manufaktur.

„Müsst ihr besuchen".-

„Frag mal, was das für Figuren im Geisterhäuschen sind, da draußen" wechselte Hanna das Thema.

„Sind das Heilige wie bei uns Maria und Josef im Stall?"-

Von Maria und Josef wusste Chou nichts, und im Geisterhäuschen säßen keine Heiligen oder Dämonen, sondern die von den Roten Khmern umgebrachten Familienmitglieder: Der Gatte, der Onkel, die Tochter, die Nichte und der Neffe. Ein Monument der Totenverehrung. Sie müsse ein zweites Häuschen besorgen, für die Toten, die Geister teilten ungern ihre Unterkunft, sagte sie, vielleicht sei Beach deshalb ein Unglück zugestoßen. Wer weiß, wer weiß.

Und dann drückte sie ein bisschen herum und fragte: „Kommt ihr morgen mit zum Wahrsager? Der wird wissen, was mit Beach los ist. Zur Polizei können wir dann immer noch gehen. Außerdem geht die Polizei ja auch zum Wahrsager. Wir ersparen uns deshalb einen Umweg."

Wo der Aberglauben blüht, blüht auch das Geschäft mit der Wahrsagerei, unabhängig vom religiösen Unterfutter einer Gesellschaft. Das haben wir in Indonesien, Burma, Thailand und Indien erlebt. Dort haben Astrologen, Hellseher und Schamanen, meist in Personalunion tätig, eine gesellschaftliche Stellung wie im Westen Rechtsanwälte, Notare oder Psychotherapeuten und Mediziner. Nein, noch mehr: Sie sind oft Priester, Magier, die lukrative Geschäfte zwischen dem Diesseits und der Götter-, Geister-, und Dämonenwelt abwickeln.

Wer will schon Groschenfuchser sein, wenn der „böse Blick" des Nachbarn, der Krankheit, Fehlgeburt, Konkurs oder sonstiges Unglück verursacht, abgewendet oder besser: auf einen missgünstigen, neidrandigen Verwandten gelenkt werden kann. Der Abstand zwischen Magier und Hexer ist nicht groß, wenn es da nach unseren Begriffen überhaupt einen Unterschied gibt.

„Chou will uns mitnehmen zum Wahrsager", sage ich zu Hanna, „ein seltener Vertrauensbeweis. Du bist ihr sympathisch."-
„Na ja, schon." Sie lenkt ab: „Ich werd mir einen Ikat kaufen. Kann ich als Schal verwenden."-
„Unter den Wahrsagern gibt's viele Scharlatane. In der Provinz Takeo, im Süden, haben sie einen Hexer umgebracht", sage ich zu Hanna.

„Was hat er denn verhext? Jemandem einen Nagel ins Hirn gezaubert?"-

„Nein, er hätte Leute im Dorf heilen sollen. Statt gesund zu werden, sind aber sieben gestorben."-

„Woher weißt'n das? Na, aus der Zeitung. Das ganze Dorf ist auf ihn los. Mit Knüppeln haben sie ihn erschlagen. Die Polizei war machtlos."-

„Schon wieder die Polizei. Jetzt brauchen die im Dorf einen neuen Arzt."-

„Hier geht kein Arzt aufs Land. Die brauchen einen Schamanen, einen traditionellen Heiler."-

„Werd' ich gleich einer Freundin mailen. Die ist arbeitslos, hat aber im Burgenland einen Schamanenkurs besucht."-

„Was lernen die denn da?"-

„Weiß nicht. Etwas über mystische Wurzeln und so. Ekstatischer Tanz ins Universum oder so."-

Sie haben sich eine Adlerfeder hinten reingesteckt und sind nackt ums Lagerfeuer getanzt.

„Super! Und die lässt man jetzt auf die Menschheit los?"-

„Ja, es gibt immer Depperte, die für sowas bezahlen."

Hanna hat einen ausgeprägten Realitätssinn, der auf sichtbare Ergebnisse orientiert ist. Sie hält nichts von esoterischen Wolkenkuckucksheimen, in denen Menschen landen können, die wenig Bodenhaftung haben. Von dort oben können sie leicht herunterfallen, oder herunter gestoßen werden wie ein fremder Vogel aus dem Kuckucksnest, meint sie, verwirrter und orientierungsloser als vorher. Und dann müssen sie wieder von vorne beginnen, im Leben, eine neue

Orientierung suchen. Diese Leute finden nie zu sich selbst, meint sie, und ich denke, dass dies nicht für einen hiesigen Schamanen gilt, denn der hat seinen Weg gefunden, der zweifelt nicht an sich selbst, weil er in der Tradition verwurzelt ist, eine spirituelle Leitlinie hat, von Kindheit an, und aus dieser geistigen Grundlage sein Wissen und seine Erfahrung wachsen lässt, wie ein Baum seine Zweige. Und wenn auch viele Zweige beschnitten werden im Laufe seiner Existenz, sein Stamm, das Wissen und die Erfahrung, bleiben bestehen. Im Gegenteil, er wächst und erneuert sich und bleibt er selbst.

Ich denke wie ein Buch, meint Hanna manchmal bei solchen Überlegungen in unseren Gesprächen, auch wenn es beim Reden nicht so rüberkomme, da müsse ich noch üben, meint sie, meine Gedanken liefen den Worten davon, „und dann purzeln sie durcheinander, bleib da mal cool!"

Na ja, sie hat recht, und auch wieder nicht, da ich gar nicht druckreif denken kann, wie im Buch, und beim Reden manchmal ins Black-out stolpere. Was da so im Oberstübchen hin und her geräumt, verworfen und wieder aufgenommen, zum Teil verabscheut wird, ist nicht druckreif, das muss ich erst schriftlich in Worte fassen. Ich kann das nicht spontan transportieren. Da geht am Transport, cool her, cool hin, zu viel verloren. Muss an meiner impulsiven Mentalität liegen. Hab mich nach mancher heißen Diskussion geärgert, dass ich wichtige Dinge nicht ad hoc abrufen kann. Hinterher fallen sie mir ein, jawohl, aber zu spät, weil das Thema niemanden mehr interessiert. Muss dann mit meinen Gedanken in ein Essay zum Wochenende ausweichen.

Zurück im Resort liegen wir in unserem hochbeinigen, antiquarischen Himmelbett unterm Spitzgiebel, wie in einer Filmkulisse zwischen der geschnitzten Apsara und dem barocken Anghor-Stich, lassen den Besuch bei Beachs Mutter ausklingen, und sind uns über den angeregten Besuch beim Wahrsager nicht einig.

„Zu einem europäischen Schamanen würd ich nicht gehen", sage ich, „ aber ich bin neugierig wie sich ein hiesiger anstellt. Die haben eine lebenslange Erfahrung. Wir sollten Chou morgen begleiten."
Sie schaut mich empört an:
„Was heißt wir. Ich geh da sicher nicht hin. Willst mich schon wieder wo hin schubsen. Noch dazu zu einem Schamanen."-
„Na ja…, ich meine wegen Beach." –
„So ein Firlefanz, woher soll der denn wissen, wo Beach ist? Uns rennt ja die Zeit davon. Chou sollte zur Polizei und wir zur Agentur wegen eines anderen Guide. Haben wir ja bezahlt."
Sie war verärgert.
„Na ja, schon… Aber die Zeit rennt nicht davon. Die Polizei geht ja auch zum Hellseher. Hast ja gehört. Wär daher eher eine Abkürzung. Außerdem könnten wir ein Horoskop für uns…" –

„Ein Horoskop? Hast du alle Neune? Damit ich nachher wie auf Nadeln rumlaufe, wenn der mir was Schlechtes prophezeit? Mein Vater hat sich auch ein Horoskop machen lassen, und dann ist er gestorben."-

„Wegen dem Horoskop? Daran stirbt man doch nicht". –

„In meiner Familie schon. Der sagt dir auch, wann du stirbst."-

„Das braucht man doch nicht so ernst nehmen."-

„Wozu dann ein Horoskop?" –

„Wir könnten ja fragen, wie's mit uns beiden weitergeht."-

„Mit uns? Dass ich nicht lach. Das musst schon du wissen. Nein, da kannst du alleine fragen. Dort bringen mich keine zehn Rösser hin."-

„Ich könnt den mal fragen, wieso diese ganze Seherzunft an den Roten Khmern vorbeigesehen hat.

Da hat doch keiner vor denen gewarnt. Stell dir vor: in ganz Asien passiert nichts, bevor ein Hellseher befragt wird. Die Brauteltern wollen wissen, ob der Schwiegersohn das richtige Sternzeichen hat, die Schwangere will wissen, wann die günstigste Geburtsstunde ist, der Händler will wissen, ob er das nächste Geschäft abschließen soll, der König, wo er die Stupa für eine Reliquie, ein Haar Buddhas, bauen soll... Und Lon Nol, der letzte Präsident vor dem Regime der Roten, hat seinen beamteten Astrologen einsperren lassen, weil dieser das Ende der Präsidentschaft angekündigt hatte. Aber niemand hat auf diesen Völkermord hingewiesen. Am eigenen Volk. Zwei Millionen Opfer. Wegen jedem Schmarrn wird hellgesehen, aber so etwas sieht man nicht. Da ist doch was faul an der ganzen Seherei. Das möchte ich den mal fragen."-

„Sag ich ja, Wahrsagerei ist etwas für den Kirchtag oder den Prater. Ich geh da nicht hin!"-

Die Wahrsagung

Endlich die Roluos-Gruppe. Den ganzen Vormittag hindurch, nicht nur auf dem Weg zum Roluos-Bezirk, spukte mir der Wahrsager durch den Kopf. Die Tempel lagen ca. 12 km östlich von Siem Reap und ich hatte dafür Beachs Bruder, wie von ihr am Valentinstag empfohlen, gebucht. Schönes Auto, hatte sie gesagt, er kenne den Bezirk gut, 25 Dollar: Aircondition, Mineralwasser und fließendes Englisch inklusive.

„Familienmafia", maulte Hanna als wir auf das Auto warteten.

„Meng, unser Tuk-Tuk-Fahrer hätte das für 10 Dollar gemacht. Was bist'n du für Finanzmanager." Aber dann war sie trotzdem froh, bei der Hitze und dem Staub, als sie im Fonds mit Hilfe ihres DuMont meine Erwartungen auf die Tempel schürte: Sind ja die ältesten der Khmer, 9. Jhdt., hat Indravarman I erbaut, als er hier seine Hauptstadt Hariha… Harihara..laya – mein Gott, was für Zungenbrecher – plante. Die Struktur der drei Stadtbezirke basiert auf der hinduistischen Kosmologie, die waren ja damals Hindus, nicht wahr?

Der Wassergraben, der die Tempel umfriedet, symbolisiert das die Erde umgebende Urmeer, verstehst du? Urmeer, verstehst du? Nein, als potentieller Militarist glaubst du noch immer, das war eine Verteidigungsanlage. Und das Sanktuarium in der Mitte symbolisiert…, aber da war ich nur noch halb bei der Sache, weil Beachs Bruder einen Buddha vom Rückspiegel baumeln hatte, den üblichen Talisman, und der sah genauso aus wie jener von Beachs Chauffeur, wie hieß er geschwind, und der könnte doch auch wissen, wo Beach…, „sag mal!", unterbrach ich Hanna, „hast du die Telefon-Nr. von Amin?"

„Hätt dir auch früher einfallen können", sagte sie, na klar, ihr ja auch, und als sie in ihrer Tasche kramte und nichts fand, und auch Beachs Bruder die Nummer nicht hatte, war unsere Aufmerksamkeit trotz DuMont doch einigermaßen eingeschränkt. Wir waren die einzigen Touristen hier und das Areal gab auch nicht her, was wir erwartet hatten. Von Wassergräben keine Spur. Beach hatte diesen Programmbaustein ja schon am ersten Tag hinter sich bringen wollen, verstehen wir jetzt, weil danach hätte es nur noch Steigerungen gegeben, geschickte Strategie, weil die Roluos, dem Gelände von aufgelassenen Ziegelfabriken ähnelnd, sind keine Trinkgeld-Attraktion.

Begeisterung kam nur bei Hanna hoch, als uns Beachs Bruder zu zwei verfallenen Türmen eines Tempels führte, an dessen Türen Sanskrit-Inschriften erhalten waren. Er konnte uns aber den Inhalt nicht sagen. Hinter den Türen raschelte es und etwas bewegte sich weg. Beachs Bruder zog uns an den Hemden zurück: „Caution", sagte er, „Cobra."-
„Dachte die schlafen im Februar noch". –
„Ja, aber heuer ist es schon sehr heiß. Kann auch Katze gewesen sein."

„Roluos hätten wir uns ersparen können", sagte Hanna bei der Rückfahrt, „kein Vergleich zu Angkor Wat und Ta Prohm". –

„Ja, und dem Bayon." –

„Ja, genau. Den wollen wir nochmal besuchen, bei Sonnenuntergang. Ohne Führung und Touristen. Heute Abend!"

Ich sagte nichts, da ich gedanklich schon beim Wahrsager war.

Das Horoskop:

Chou und ihr Sohn holten mich nach dem Mittagessen ab. Hanna, die diesmal keinen akrobatischen Meinungsschwenk hinlegte, blieb konsequent am Pool, schmollte ein bisschen und wollte sich, wie sie sagte, der Literatur widmen. „Lass dir nichts aufschwätzen", rief sie mir noch nach.

Wir fuhren ins Stadtzentrum in die Gegend des „Old Market", wo wir in einer Seitengasse vor einem morbiden Kolonialgebäude hielten. Ein aus der oberen Führungsleiste hängendes Scherengitter schloss den halben Hauseingang und ein daneben liegendes Geschäftsportal ab. Als wir ausstiegen, machten einige Leute an Plastiktischen große Augen und verstärkten mein aufsteigendes Unbehagen.

Zweifel, die mich schon während der Fahrt geplagt hatten, sammelten sich und formierten sich gegen meine Neugier. Mein Interesse war ja gespalten, einerseits war ich wegen Beach mitgekommen, ja doch, ich steckte schon mitten in diesem lokalen Drama, ich hatte meine Nase schon wieder in ein fremdes Schicksal gesteckt, wie Hanna zu sagen pflegt, und das packt mich dann seelisch, manchmal erbärmlich, wenn man nicht helfen kann, fix nochmal, ich kann das nicht nonchalent abwehren, wie sie das kann. Das ist kein Milieustudium mehr für deinen Bericht, sagt sie, das ist mehr. Sie toleriert eher, dass ich mein Dings in ein fremdes Frauenzimmer stecke, aber bitte ohne Anteilnahme, „da musst du cool bleiben musst du".

Andererseits war mir die blöde Idee mit dem Horoskop gekommen. Jetzt kommt also noch das Bauchkribbeln hinzu, mit welchem man zu einem Astrologen geht, auf einem Weg mit offenem Ausgang, positiv oder negativ, ein Gefühl wie vor den Abschlussprüfungen in der Schule. Wobei man bei einem schlechten Horoskop nicht zur Nachprüfung antreten oder im schlimmsten Fall die Klasse wiederholen kann, ja, ja, ein Horoskop ist etwas Endgültiges, die Sterne lügen nicht, sagt man, da kann man sich nicht heraus schwindeln, wenn einem etwas nicht passt, es sei denn es ist von einer Absolventin eines Schamanenkurses im Burgenland erstellt.

Solche Gedanken gingen mir durch den Kopf, als wir die Stufen hinauf gingen, gleich nach dem Scherengitter am Eingang des Hauses, es gab da überhaupt kein Stiegenhaus, und ich dachte, dass Hanna wieder einmal den richtigen Instinkt gehabt hatte, oder hat sie kausal gedacht, als sie diesen Besuch ablehnte.

Jetzt war es allerdings schon zu spät zur Umkehr, denn Chou hatte schon die Klingel an der Tür gedrückt und außerdem hatte meine berufsmäßige Neugier auf den letzten Stufen gegen meine Zweifel gewonnen. Wozu bin ich Journalist geworden. Mitgegangen, mitgehangen. Ich hätte ja ein Stück meiner Selbstachtung verloren, wenn ich jetzt gepasst hätte. Persönliche Gefühle muss man dem Berufsethos opfern. Und ich bilde mir ein, nicht abergläubisch zu sein.

Oberhalb der Klingel glänzte ein Marmorschild, und auf dem stand sogar in lateinischen Buchstaben: Ung, Sem Im, Astrologe. English speaking. Es dauerte eine Weile bis die Tür geöffnet wurde, und dann stand eine Gestalt vor uns, die der Hellseher sein musste, von der allerdings nicht der Glanz ausging wie vom Türschild, ja, er war es, und ich war erstaunt, wie rasch eine äußere Erscheinung wieder Zweifel wecken kann. Er sah aus wie der Trapper Geierschnabel von Karl May, mit einer riesigen Hakennase im hageren Gesicht und stechenden Augen, so kam's mir jedenfalls vor, unter einer lächerlichen Baseball-Kappe, aus welcher schütteres Haar hing wie bei einer Fasching-Kostümierung. Ich glaube, der konnte die Kappe samt den Haaren daran abnehmen. Um das Kin herum hatte er einen Haarkranz wie ein afghanischer Taliban. Auf der Kappe hatte er einen roten Stern geheftet, so einen wie ich einst auf der Transsibirischen Eisenbahn einer Schaffnerin abgeluchst hatte, im Eintausch gegen einen Kugelschreiber. Und der Stern damals war das Hoheitszeichen von ihrer Dienstkappe gewesen. So schnell hatte ich gar nicht schauen können, wie sie es, ruck zuck, heruntergerissen hatte, ohne Achtung vor dem Staatssymbol.

Der Körper des Geierschnabels hätte, gemessen an der Dimension der Nase, drei Mal so groß sein müssen, um eine natürliche Harmonie in den Proportionen zu bekommen. Der Rote Stern sollte wohl eine Aufwertung des Astrologen-Auftrittes bezwecken, weckte bei mir aber Erinnerung an die Roten Khmer, die ja auch solche Sterne an den Mützen trugen.

Jetzt war ich aber gespannt:
Er führte uns gemessen, würdig trotz seines kleinen Wuchses, in einen abgedunkelten Raum, in welchem einige Kerzen und Räucherstäbchen brannten und bot uns auf Lederhockern Platz an. Er selbst setzte sich uns gegenüber auf eine Matte. An der Decke kreiste ein kolonialer Ventilator, schon eine Antiquität, hüpfte, da er schief hing, nach bestimmten Drehungen aus dem Rhythmus, fächelte dünne Haare ins Astrologen-Gesicht und brachte die Kerzen zum Flackern. Und da soll man meditativ werden und sich konzentrieren, dachte ich, aber bald wurde das monotone Geräusch selbst zum Meditationsmittel.

Ich hatte mir vorgestellt, dass er in dicken astrologischen Büchern blättern, mit Zirkel und Lineal Figuren entwerfen würde, wie in der Geometriestunde, aber er ordnete nur vier runde Spiegel auf seiner Matte, möglicherweise nach den Himmelsrichtungen, nahm eine Lupe aus einer Schatulle, und verfiel mit geschlossenen Augen, - er brauchte scheinbar kein Vorspiel, - in eine Art Singsang, von dem ich nur den Namen „Chou" und „Beach" heraushörte. Manchmal antwortete Chou auf den Singsang, wahrscheinlich um Geburtstag und Geburtsstunde ihrer Tochter zu nennen, so stellte ich mir das vor, und mir fiel ein, dass ich meine Geburtsstunde nicht wusste, bei mir würde das Horoskop wohl nur eine halbe Sache werden, so ähnlich, als ob ein Facebook-Profil kein Foto aufweisen würde.

Während des Singsangs, manchmal klang es wie die Blechstimme auf Beachs Handy, streichelte der Seher Chous linken Handrücken, bevor er abbrach und Chous Hand umdrehte. Er nahm seine Lupe und studierte konzentriert ihre Handfläche, wobei er zwischen seinen Kommentaren, abwechselnd in Chous Augen und in die Spiegel auf der Matte blickte. Suchte er dort nach Beach? Die musste darin sehr klein abgebildet sein, so dass er mit der Lupe beinahe das Spiegelglas berührte. Das schien mir wie der Blick in die Glaskugel einer Zigeunerin.

Offensichtlich war er Beachs Schicksal auf einer konkreten Spur, da Chou zwischendurch erfreut nickte und ihre gefalteten Hände zum Dank an die Stirn führte. Aber scheinbar schwebten doch Fragezeichen über seinen Prognosen, denn als sie ihm zum Abschluss die Hand küsste, hatte sie gedankenschwere Falten an der Nasenwurzel.

„Now to you", sagte er, nachdem er Chou in einen Nebenraum geführt und ihr Tee serviert hatte.

Er fragte mich nach Namen, Geburtstag und Geburtsstunde, und nachdem ich letztere nicht wusste, wiegte er den bemützten Kopf mit den Haarfransen, hielt sich beide Hände vor die Augen, verfiel aber nach einer kurzen Pause in seinen Singsang, rhythmisch den Kopf bewegend, wie ein Imam beim Gebet. Ich war kurz in Versuchung geraten, eine fiktive Geburtsstunde zu nennen, quasi ein möglicherweise über mich schwebendes Unheil auf eine andere Person abzulenken, feige wie ich bin, man kann ja nie wissen…, hatte dies aber als durchschaubaren Trick fallen gelassen. Andererseits, was wäre, wenn auf die vorgeschwindelte Geburtsstunde eine Glückssträhne fiele, die würde mich dann umgehen, also nein, da vermischten sich Authentizitäten und ich würde völlig im Ungewissen von hier weg gehen.

Ohne Geburtsstunde, sagte er aufklärend, gäbe es keine astrologische Untermauerung der Prognose. Die Energiestruktur der Geburtsstunde sei entscheidend für den Verlauf des Schicksals.

Nach dem Singsang, während dessen er meinen Handrücken gestreichelt hatte, nahm er seine Lupe und fuhr meinen Handlinien entlang, hin und her in diesen vom Schicksal gesponnenen Verzweigungen, wog wieder sein Haupt, führte dann die Lupe an meine Augen, so nah, als ob er das Balzverhalten von Flöhen untersuchen wollte, wobei mich sein rechtes

Auge unverwandt fixierte, geradezu anstarrte, während das andere von meinen Augen weg zur Handfläche pendelte, und wieder zurück, wie gibt's das anatomisch, dachte ich, bis ich draufkam, dass mich ein Glasauge anstarrte. Trapper Geierschnabel mit Glasauge, das konnte schon ein bisschen irritieren. Schaut er dich an, oder schaut er dich nicht an.

Und ich dachte mir, ob er mit dem Glasauge, das so leblos kalt in meine Pupille starrte, wenn auch höchst naturgemäß gestaltet, überhaupt zu einer medizinischen Diagnose kommen könne, denn er stellte fest, dass ich Probleme mit der Leber oder der Galle habe. „Leber? Äh, nein…, bisschen erhöhte Fettwerte, also ja, Gallensteine als Student."
Er nickte zufrieden und meinte, dass seelische Verletzungen auf die Organe wirkten, ich sei zwar eine alte Seele, also mit Wissen und Durchsicht gesegnet, aber dafür für Kränkungen empfänglich. Und ich habe Probleme mit den Gelenken, „deshalb bist du ein Zweifler. Du zweifelst auch an meinen Fähigkeiten."

Und das war mir jetzt doch peinlich, denn, egal ob er mich durchschaut hatte oder nur bluffen wollte, selbstverständlich zweifelte ich an der Treffsicherheit seiner Aussagen. Ist die Treffsicherheit, so fragte ich mich, mit einem Glasauge halb so groß wie mit zwei vollwertigen? Egal, er war zweifelsohne auch mit einem Auge auf dem richtigen Weg, denn ich hatte, trotz zweier Operationen am Meniskus und Kreuzband, wegen Fußball, häufig Schmerzen, und ich

musste ihm, Chapeau, deshalb eine gewisse Anerkennung zugestehen.
Jedenfalls irritierte mich das Glasauge.

Mehr irritierte mich aber sein skeptisches Kopfwiegen und seine Blicke in die Spiegel auf der Matte, als ob er dort jemanden suchte. Hätte ich nicht doch eine fiktive Geburtsstunde nennen sollen?, dachte ich, nein, man muss den Tatsachen ins Auge blicken, vielleicht sieht man mit einem Glasauge eine Gefahr nur halb so gefährlich... Beach sucht er ja nicht. Der wird doch nicht den Zöllner im Spiegel gesehen haben, so wie ich gestern im Silber-Bazar, dieses Pockengesicht, das da heranwächst zu einer Bedrohung, die Hanna und mich wie eine schwarze Wolke verfolgt und einen schweren Schatten auf Beach wirft.

Und während meine Gedanken lose flattern und mein Misstrauen anreichern, ich bin ja ein skeptischer Mensch, skeptisch und gleichzeitig begeisterungsfähig, wie passt das nur zusammen, und ich denke, ob die Schamanen-Schüler im Burgenland bei ihren Kursen auch in einen Spiegel gaffen statt in eine Kristallkugel, und sehen, dass dort drinnen kein Baum der Erkenntnis wächst, von dem man einen Apfel pflücken kann, der Schicksale offenbart, nein, von dort schaut nur das eigene Spiegelbild heraus, und die Frage ist, ob ein bisschen Selbsterkenntnis erreicht wird, wenn man sich unter diesem Umstand selbst sieht. Und wenn man sich selbst nicht durchschaut, denke ich, kann man auch andere nicht durchschauen, Psychologie her oder hin.

Auf jeden Fall bin ich mit wachem Verstand beim Ritual, er hat mir ja keine Droge gegeben oder Räucherstäbchen unter die Nase gehalten oder sonst etwas, aber jetzt öffnet er ein winziges Fläschchen, das er aus einem Lappen auswickelt, und gleich darauf zieht ein starker Geruch, ähnlich wie Kampfer, durch den Raum, und er tupft mir vom Inhalt auf die Stirn und sagt, dies sei ein Schutz-Öl, welches er mir mitgebe, denn auf mich laste der Böse Blick.

Und da bin ich erst mal schon ziemlich betroffen, also bitte, das ist des Pudels Kern, mit dem Bösen Blick hatte ich nicht gerechnet. Ich hätte doch eine ablenkende Geburtsstunde angeben sollen, denke ich, nun ja, dies ist noch keine Sterbeankündigung, also keine Gefahr in Verzug, und er gibt mir das Schutz-Öl, mit welchem ich, falls ich mich bedroht fühle, die Stirn einreiben solle, das koste natürlich etwas, aber es sei frisch aufgeladen, quasi wie ein Handy nach langem Gebrauch, denn er habe heute den Segen des Himmels herabgerufen.

Aber eines möchte er mir ans Herz legen, dies dürfe ich auf keinen Fall vergessen: „Du darfst niemals gegen die Sonne pinkeln! Vergiss das nicht. Niemals! Wenn du gegen die Sonne pinkelst, verliert das Öl seine Wirkung. Verstanden?" Und ich weiß nicht, will er mich jetzt verarschen, das wäre keine subtile Ironie, für die ich empfänglich bin, oder hängt dies mit kosmischen Gereimtheiten, Energieflüssen und esoterischen Windungen zusammen, für welche wir

Westler so empfänglich sind, aber uns in Wirklichkeit darin verlieren.

Ist der Geierschnabel nun ein Scharlatan und simpler Geschäftemacher oder von ungreifbarer Weisheit durchdrängt, denn mir fällt jetzt das Fotografieren gegen die Sonne ein, da sind die Gesichter schwarz und nicht erkennbar, und die Polizei kann, zum Beispiel bei einem Attentat, die Täter nicht identifizieren, daher weiterer Gefahr nicht vorbeugen, hingegen bei einem Schnappschuss mit der Sonne ist das Motiv klar und deutlich erkennbar.

Also, wenn ich gegen die Sonne…, sagt er, müsste ich das Öl wieder aufladen lassen, am besten bei ihm.

„Und in der Nacht?" fragte ich. Er sah mich verständnislos an.

„In der Nacht?" Scheinbar hat er meine Ironie nicht verstanden. „In der Nacht? Na da gibt's ja keine Sonne. Im Finstern und bei Mondschein kannst du pinkeln wie du willst."- Also, da bin ich beruhigt.

Meine Frage, ob er den Absender des Bösen Blickes identifizieren könne, vielleicht sollte er eine stärkere Lupe nehmen und ganz nah an die Spiegel…, verneinte er und meinte, dazu hätte er meine Geburtsstunde gebraucht, aber zusätzlichen Schutz könnten Amulette bieten, von welchen er eine große Auswahl anbieten könne.

Und tatsächlich reihten sich in Regalen neben dem Fenster Buddhas in vielen Größen und Formen, als Anhänger, als Ring, als Brosche etc., die Hände Fatimas, zum Beispiel als Türklopfer, Armbänder und

Sonstiges, sogar ein Ghanesha war dabei, der lustige Hindu-Gott mit dem Elefantenrüssel. Ich ließ mir ein buntes, geflochtenes Armband umbinden, welches er segnete, wobei er meinte, die Schutzwirkung wäre höher, wenn ich kein Hundefleisch esse. Das konnte ich ihm versprechen, ohne dass ich hinter meinem Rücken die Finger kreuzen musste.

Furchtbar: Hundefleisch. Die Wirte nageln die Hunde im Hof lebendig an die Wand und erschlagen sie mit Knüppeln. Also wie diese Kreaturen schreien, und das Adrenalin, das sie ausstoßen, soll das Fleisch besonders schmackhaft machen. Guten Appetit also.   In Europa wäre der Geierschnabel sicher Obmann eines Tierschutzvereines geworden.
Und nachdem ich ihm eine Spende gegeben hatte, die Hellseher werden meist nicht nach Tarif bezahlt, kehrte er noch ein bisschen Leutseligkeit hervor und meinte beiläufig, ich solle die Reise abbrechen und Kambodscha verlassen... !!!

Auf meine Frage „Wann?" sagte er nur, der Böse Blick sei in diesen Tagen besonders grimmig und ich solle auf die Abwehrkräfte achten. „Das Schutz-Öl nicht vergessen!"
Und dies war nun wirklich eine Aussage, die ich wie einen schweren Stein mitnahm, mit einem Gefühl, ähnlich wie nach einem schriftlichen Examen, wo der Herr Professor das Haupt wiegt und kryptisch meint: „Na ja, Herr Kandidat, für den Nobelpreis langt's nicht, und für das Mündliche müssen'S halt noch einiges lernen."

„Und?", fragte Hanna, als ich sie in einem Liegestuhl am Pool aufstöberte.

„Was und?" –

„Na ja, was hat er dir prophezeit? Wie lange lebst du noch?"-

„Hat er nicht gesagt. Er sagte nur, auf mich laste der Böse Blick."-

„MarandJosef. Und wer ist der Absender?-

„Weiß er nicht."-

„Der Zöllner", entfährt es ihr, „dafür hättest' keinen Astrologen gebraucht. Hätt ich dir auch sagen können."-

„Ja, ja, aber du hättest keine Abwehrmittel dagegen gehabt."-

„Abwehrmittel?" Sie lacht herzhaft. „Hat er dir was angedreht? Guter Mann, der Hellseher. Mach ich bei meinen Kunden auch: Ich sag denen, die Ölpreise steigen, dann steigen auch Rattan und Teakholz samt Möbeln, zum Beispiel bis zu 30 Prozent bei der letzten Ölkrise. Was meinst du, wie schnell die dann kaufen."-

Ich zeigte ihr das Fläschchen und das Armband, sagte ihr aber nicht, dass wir die Reise abbrechen und Kambodscha verlassen sollten. Unbehagen sollte man nicht mit anderen teilen.

„Was hast'n dafür bezahlt?-

„30 Dollar." –

„Was? Für so einen Quatsch? So schmeißt du unser Geld hinaus und ich muss daheim wieder zum Diskonter einkaufen gehen. Ich fahr extra nach Bayern, weil dort die Milch um 40 Cent billiger ist als unsere Alpenmilch und du..."-

„Also, jetzt hau keine Äpfel zu den Birnen..."-

„Hast du wenigstens eine Quittung verlangt?" übergeht sie meinen Einwand, „Damit wir was in der Hand haben?"-

Ach Hanna! Im Nu hast du es wieder geschafft, dass ich dastehe wie Klein-Maxi vor dem Heiligen Nikolaus und vor Schuldbewusstsein nicht mehr mit dem gelernten Gedicht weiter weiß, verdattert, weil ich nicht weiß, was ich schon wieder falsch gemacht habe. Eine Quittung vom Astrologen? Willst du reklamieren, wenn ich vor meinem erwarteten Ablaufdatum sterbe, also vor dem statistischen Durchschnittsalter?

Schon wieder zielt sie unter meine Gürtellinie, in ihrer direkten Art, obwohl sich jetzt dort eher andere Gefühle ankündigen, wenn ich sie so anschaue, weil sie sieht hinreißend aus, im gelben Bikini, mit einer Hibiskusblüte in den kastanienbraunen Haaren, die ihr, als ich sie kennenlernte, bis auf die Hüften fielen, in einer Fülle wie bei einem Haflinger.

Ich hätte sie jetzt gerne aufs Zimmer verschleppt, Nachmittag ist eine gute Zeit dafür, aber „nix da!", sagte sie, „Verschieb das. Hupf in den Pool, zur Abkühlung! Ich hab in einer halben Stunde Meng bestellt, der fährt uns zum Bayon hinaus... Was ist mit Beach? Habt ihr sie gefunden?"

Ich erklärte ihr, dass der Hellseher eher im Dunkeln getappt habe, aber immerhin eine geografische Eingrenzung für Nachforschungen schaffte: Planquadrat Schulviertel rund um Beachs ehemaliges College. Chou wolle morgen mit dem Direktor und den Lehrern...

„Na dann ist ja gut. Wir haben keine Zeit dafür. Und jetzt hupf in den Pool."

Apokalypse

Während wir am Wege nach Angkor Tom sind – man muss den Sonnenuntergang am Phnom Bakheng erleben, einem Bergtempel, haben wir gelesen, ist angeblich ein touristisches Muss..., während Hanna misstrauisch auf die Lenker uns überholender Landrover äugt (ist zwecklos: ein raffinierter Verfolger wechselt bekanntlich die Autos), während der Verkehr immer dichter wird – das Touristenvolk Siem Riaps pilgert zum Sonnenuntergang wie zum Papst-Schauen..., während wir in die Staubwirbel der uns Überholenden husten, mit verklebten Augen und Mündern..., während Hanna deshalb meckert („Ich hätte doch Beachs Bruder mit seinem klimatisierten Auto..."), während der Kampfergeruch meines Schutzöls (jawohl, ich hab mir die Stirne kräftig damit eingerieben) mit dem Straßenstaub in meine Nase steigt, also während wir..., da sinniere ich über die Empfehlung des Hellsehers nach, der ja treffende Wahrheiten aus der Augendiagnose gelesen hat, bezüglich Gelenken, Galle und Leber.

Aber dies sind rein medizinische Feststellungen, rede ich mir ein, und keine prophetischen, und ich frage mich, ob seine Warnung mit dem Zöllner zusammenhängen könnte, oder ob dies nur ein Verkaufstrick war, wegen der Beiläufigkeit, mit der er sie am Ende der Sitzung ausgesprochen hatte.

Verdammter Zöllner, denn jetzt schlüpft mir wieder mein verdrängter Frust vom Samstag in die Gedanken, meine Ohnmacht und mein Zorn über den erlittenen Faustschlag, über die Hilflosigkeit, dass ich Beach nicht verteidigen konnte und in Hannas Anwesenheit eine Niederlage erlitt.

Selbstvorwürfe: Da fühlst du dich als Vertrauens- und Respektperson, und dann lässt du dich niederhauen und Beach an den Haaren aus dem Lokal zerren. Und wie eine Schlange ringelt sich ohnmächtiger Zorn ins Gemüt und steigert sich noch an deiner Hilflosigkeit. Beweggründe für Nachtschweiß, die mich gestern in unruhigen Traumschlaf leiteten, ohne erlösendes Auspendeln der Psyche, denn mein Racheempfinden wusste: gegen diesen Vierschrot hast du keine Chance, trotz des im Halbschlaf erträumten Heldenmutes. Und ich denke, ich hätte den Kampfer nicht nur auf die Stirn, sondern auch unter die Achseln schmieren sollen, ein bisschen Aberglaube schadet auch dem rationellsten Menschen nicht.

Unser Tuk-Tuk überholt nur Radfahrer. Die Staubwirbel der schnelleren Fahrzeuge haben sich zu einem rötlichen Schleier entfaltet, der die schräge Sonne aufsaugt und sich sanft über die Türme von Anghor Wat legt, an denen wir gerade vorbeifahren. Wüstensturm über dem Reich der Khmer.-
„Ich verstehe nicht", sagt Hanna und spukt einige Sandkörner aus,... „ich verstehe nicht, wieso Beach an so einen Kerl wie den Zöllner gerät. Mehr als zwanzig Jahre älter..." -

„Ist vielleicht ihr erster Mann gewesen." -
„Is ja auch kein Grund."

Am Bakheng-Hügel lädt der Wüstensturm seine letzten Staubkörner ab. Der Verkehr ist zum ruckelnden Geschiebe verkommen, stopft aber immer noch nachdrängende Fahrzeuge in einzelne Parklücken. Busse entladen ihre Menschenfracht und behindern im Retourgang nachdrängende Fahrzeuge. Meng, unser Fahrer manövriert uns halsbrecherisch durch das Chaos und leitet uns im Straßengraben durch die Verstopfung wie ein Schluck Rizinusöl.

König Yasovarman I, der seine Hauptstadt von Roluos hierher verlegt und rund um den Tempelberg geordnet hatte, wäre geschmeichelt gewesen, hätten ihm seine Brahmanen prophezeit, welchen Pilgerauflauf seine Grabstätte nach mehr als 1000 Jahren erzielen würde. Keiner der Priester hätte zu sagen gewagt, dass die Menschen wegen des in allen Reiseführern beworbenen Sonnenunterganges kommen würden. Der Botschafter einer solchen Begründung wäre den Krokodilen vorgeworfen worden, wegen Zweifelns am unsterblichen Gottkönigtum.
Unsterblich? Na ja, wir sehen ja was daraus geworden ist.

Der König wäre über das visionäre Bild dieses organisierten Sonnenuntergangs entsetzt gewesen: über das vom Dschungel zugewucherte Areal seiner ehemaligen Hauptstadt, einst glänzende Metropole noch vor der Zeit Angkor Thoms, die verstopften Parkflächen, die man aus Busch und Wald herausgeschnitten hat, die gestressten Touristen, die gruppenweise aus den Bussen stolpern, auf den Fersen ihrer Reiseleiter, ängstlich aufs Aufschließen bedacht, wie beim Geländemarsch einer Truppenübung, die Chauffeure, welche rauchend über ihre Kunden witzeln, die Japaner mit ihren Gesichtsmasken, die mit steinernen Gesichtern in langer Reihe auf den nächsten Elefanten warten, der sie auf den Berg bringen soll:

Bezahlter Programmbaustein Elephant-Ride.

Mein Gott, Leute, nehmt die Beine in die Hand, ihr seid doch zu Fuß schneller oben, sonst werdet ihr den Sonnenuntergang verpassen.

Hanna und ich wollen den Sonnenuntergang im Zentrum von Angkor Thom, dem Bayon, erleben, ohne Touristen, in der rosaroten Neige des Tages, im stillen Traumland zwischen lächelnden Steingesichtern und den Reliefs des 12. Jahrhunderts.

Geschürt jedoch von Neugier, was die Reiseführer so bewerben, wie elementar sich die Aussicht vom Tempelberg anbietet, und ob die Reste der im 10. Jhdt. errichteten Anlagen sehenswert sind, will ich den Tempelberg hinauf.

„Bin gleich wieder da.", sage ich zu Hanna. „ich treff euch hier beim Fahrzeug!" -

„Was heißt gleich, und ich muss dann eine Stunde warten? Überall musst du um die nächste Ecke schauen. Komm schon, wir fahren weiter!"-

„Gleich, nur zwanzig Minuten…"-

„Das sagst du immer. Also, dann tummel dich, sonst kommen wir ins Finstere!" –

Sie schlendert zur Plattform der Elefantenstation, vor der die emotionslosen Japaner, diszipliniert aufgereiht wie Zinnsoldaten, auf den nächsten Tierkoloss warten.

Auf einem steilen, bröckelnden, deshalb gesperrten Stufenaufgang, bin ich in 10 Minuten oben und lande schnaufend in einer bunten Völkerschar, die sich auf dem Plateau drängelt wie am Petersplatz beim päpstlichen Segen.

Der Abschnitt des Reiches Yasovarmans I, welches sich von Laos bis zum Golf von Siam erstreckte, liegt im schimmernden Dunst, aus welchem nur ein silbriges Glitzern den Lauf des Riap-Flusses andeutet.

Den Tonle Sap See im Süden, wo wir am Samstag mit Beach waren, und von dem aus einst die mohamedanischen Cham angerückt waren, sieht man nicht. Ebenso bleiben das Weltwunder Angkor Wat und Angkor Thom mit dem Bayon hinter blassen Baumwipfeln des Dschungels verborgen. Nur in nordöstlicher Richtung zeichnen sich im Dunst die Kulen-Berge am fernen Horizont ab.

Wo bleiben die spektakulären Fotomotive?

Die meisten Touristen werden vom Sonnenuntergang nur die Köpfe ihrer Vordermänner auf dem Display haben, als Schattenrisse vor rosaroten Farbtönen. Keine Erinnerung an Yasovarman, dem Erbauer des Tempels, wird bleiben. Keine Erinnerung an die Ruinen, den ehemaligen Todestempel des Königs, in dem er zum Gott mutierte, quasi seine Identität wechselte, und ich denke mir, was für unfassbarer Aufwand für die Errichtung einer Huldigungsstätte getrieben wurde, denn der Tempelberg musste künstlich aufgeschüttet werden. Wahrscheinlich hatte man das Erdreich verwendet, welches beim Graben der 7 km langen Baryans, den Wassergräben der Tempel in der Ebene, gewonnen wurde.

Was nützte es jetzt, über die Stilmerkmale kosmischer Gesetze nachzudenken, nach denen die Tempelanlagen errichtet wurden, über die traurigen Überreste, auf denen Leute herum trampeln und die Köpfe recken, um eine erhöhte Sicht auf den Sonnenuntergang zu erhaschen. Solche Überlegungen verkämen bei diesem Gedränge zur Sinnlosigkeit.
Yasovarman I hat seinen ersten Tempel in Roluos errichtet, den Tempel *Lolei*, den wir heute Vormittag besichtigt haben. Der war, trotz Ähnlichkeiten mit einer aufgelassenen Ziegelfabrik doch eindrucksvoller, als die Reste des Totentempels hier.
Die Reiseliteratur sollte das „Must seen" aus ihren Texten streichen. Also zurück, hinab den Stufenpfad. Wenn ich losrenne, schaffe ich die versprochenen 20 Minuten.

Als ich nach unten haste, zwei, drei Stufen auf einmal nehmend, nähert sich auf der anderen Seite des bröckelnden Abstieges, von unten eine Gestalt, die schnell in meine Laufrichtung wächst. Sie arbeitet gesenkten Kopfes an der Steilheit, keuchend auf den rutschigen Untergrund konzentriert…

Und das Würfelspiel des Zufalls offenbart, was der Leser jetzt schon ahnt: es ist der Zöllner. Denn als wir auf gleicher Höhe sind, erkennen wir einander blitzartig. Ich stehe Aug im Aug mit meiner visionären Figur, die offensichtlich hinter mir her ist, mit dem pockennarbigen Gesicht, das mich jetzt anfletscht wie eine Bulldogge vor dem Sprung, da bleibt nur die Flucht, aber bei diesem Gedanken ist dennoch Platz für das Bild von Beach, Gedanken kreuzen sich ja innerhalb von Bruchteilen von Sekunden, so schnell kann man gar nicht schauen, und vor mir flimmert die zarte Beach in den Armen dieses Vierschrots.

Flucht.
Ich bin also der erste, der nach kurzem Verhalten wieder losrennt, während der andere verdutzt, unschlüssig nach oben und dann nach unten schaut, Augenblicke lang auf die Stelle gebannt. Dann steigt er vorsichtig nach unten, auf den bröckelnden Untergrund schimpfend. Also fast eine Szene wie aus einem Charlie Chaplin- Film, und so schnell wie ich jetzt laufe, haben es die alten Khmer kaum geschafft. Es sei denn, die Cham waren hinter ihnen her.

„Wo ist Hanna?", frage ich Meng, als ich schnaufend beim Tuk-Tuk ankomme.
„Nicht hier.", sagt er unbeteiligt.
„Was heißt…", ausgerechnet jetzt ist sie nicht hier? Jetzt, wo wir schnell weg müssen, und ich ihr kein Kampferöl auf die Stirne geschmiert habe? Mein Horoskop könnte sich ja auch auf sie auswirken. Ich

schaue in die Touristenmenge, sehe den Zöllner aber nicht.

„Wo ist sie?" -

„ Sie ist mit Kamera zur Brücke, Elefanten-Tor. Will Naga und Dämonen fotografieren. Hat gesagt, du kommen in einer Stunde."-

„In einer Stunde? Ich habe doch... Also los! Wir folgen ihr!"-

„Sie hat gesagt, ich warte hier. Sonst nicht finden."-

„Aber was! Wir können nicht warten, weil…, weil…, also los! Wir finden sie schon, dort sind ja keine Touristen mehr." Ich bin besorgt um sie.

Er lotst mich durch die wimmelnde Menge und verstopften Parkplätze auf den Damm zum Elefanten-Tor, dem ehemaligen Haupttor von Anghor Thom, Hauptstadt des Khmer Reiches ab dem 13. Jhdt.; mir scheint, jeder König wollte seine eigene Hauptstadt errichten, den Vorgänger übertrumpfen und seine eigene Duftnote an die Torsäulen pinkeln, im Wettstreit von Ansehen und Macht, egal was es kostete.

Und als wir auf dem Damm sind, vor dem Tor, da ist sie ja, Gott sei Dank, Hanna, wie sie abwechselnd mit meiner Canon und ihrer Lumix hantiert.

„Ah, ihr seid schon da", sagt sie fröhlich, „fantastisches Licht, nur im Display ist's nix, ich brauch deinen Sucher. Schau dir dieses Profil an. Der Dämon, ein Meisterwerk. Könnten wir bei National Geographic unterbringen. Weißt du, dass kein Bildhauer und kein Architekt aus der Khmer-Zeit bekannt ist? Die waren in der vierten Kaste untergebracht, bei den Arbeitern

276

und Handwerkern, wer hat denn die schon verewigt? Wir wissen auch nicht, ob einer ein Selbstbildnis gemacht hat wie der Baumeister von Sankt Stephan. Und wenn schon, dann hat ihn der König wegmeißeln lassen. Künstler waren damals arme Schweine."-

„Ja, ja. Weiß ich, sind sie heute auch, aber steig mal schnell ein, wir müssen hier weg. Schnell!"-

„Aber warum? Ich möcht noch ein paar Profile…"-

„Nein, sag dir's gleich…"

Am Weg zum Bayon erzähle ich ihr von meiner Begegnung mit dem Zöllner, und ich bin schadenfroh, dass ich ihm entwischt bin, sozusagen als kleiner Ausgleich für die verhinderte Revanche in meinen Träumen. Ha, für den Sechser, den der Zufall gewürfelt hatte, konnte er keinen Einsatz kassieren, denn so eine Gelegenheit ohne Zeugen findet er nicht mehr…

Nur Hanna meint, prophetisch, ich solle meine Schadenfreude bis zu unserem Abflug aufheben, wer weiß, was noch passieren könne.

Über den Damm mit den Dämonen- und Götterfiguren, auf deren Schultern sich die Naga, die Schlangenkönigin, schlängelt, kamen uns nur noch vereinzelt Fahrzeuge entgegen. Die Touristen verlassen das Gelände. Vielleicht wollen sie auch zum Sonnenuntergang auf den Tempelberg.

Es ist die Straße, auf welcher 1177, rd. 200 Jahre nach Yasovarman I, der Triumphzug des Königs Jayavarman VII zog, des wohl größten Khmer-Herrschers, kilometerlang, nach der siegreichen Seeschlacht auf dem Tonle Sap gegen die Cham.

Seit mich Hanna kennt, behauptet sie, ich hätte besser in eine stille Studierstube einer Uni gepasst, als in eine chaotische Zeitungsredaktion, etwa als Historiker, weil ich es so mit den Jahreszahlen der Schlachten hätte. In ihren Augen lauter blutige Gemetzel. Sie liebt eher die Kunstgeschichte. Außerdem vergesse sie die Zahlen sowieso in null comma nix, sagt sie.

Aber hätten die Cham das Khmer-Reich auf Dauer erobert, könnte ich jetzt sagen, wären die Kambodschaner Moslems geworden. Du könntest keine Aufnahmen von Dämonen, Göttern und der Schlangenkönigin machen, die Moslems leiden keine Skulpturen, wer hat jemals Allah gesehen, wie kann man ihn deshalb abbilden? Auch von Mohammed gibt es keine Abbildungen, außer als Karikatur in westlichen Medien.
Dies wussten die alten Khmer, und deshalb säumte nach dem Sieg über die Cham jubelndes Volk die Straße, auf welcher der König mit seinem Hofstaat entlang zog. Auf den Dächern und Veranden der Holzhäuser, aus den Quergassen, drängten sie Kopf an Kopf. Sie nahmen den König nicht nur optisch wahr, sondern auch als mythischen Hauch, einer Vorahnung auf das Gottwerden, denn die höfischen Duftmeister versprühten raffinierte Duftnoten: Weihrauch, Rosen, Jasmin, Amber, Moschus, Rosenholz. An dieser Prachtstraße standen die Holzhäuser der wohlhabenden Kaufleute, Handwerker, Beamten, Diplomaten…

Der Geruch der Armut war in die Armenviertel verbannt, in die damaligen Slums, durch welche später die Stadtmauer gebaut werden sollte.

Heute säumen Urwaldriesen die Straßenseiten. Die Zeit ließ nur die Steinbauten stehen.
Eine Kindergruppe zerrt an einer Liane, um den Zweig eines Baumes zum Schaukeln zu bringen. Oben im Ast hängt ein Drachen, an den sie nicht herankommt. Ein Knirps schleppt eine lange Stange heran, plagt sich mit anschwellenden Halsadern, unermüdlich, reicht aber nicht bis hinauf.
„Also, halt an!", sage ich zum Fahrer, „Stopp!"
Und als ich den Drachen loskriege, strahlt die Schar in einer Weise, wie soll ich dies schildern: also gar nicht zu vergleichen mit der Wäsche nach dem dritten Waschgang. Hanna ist von der Gruppe kaum loszulösen; sie zieht Kinder an wie der Rattenfänger von Hameln, jenseits jeder Sprachbarriere…

Und nun der Bayon:
Meng weiß, was wir wollen und bringt uns zum östlichen Tempeleingang. Die Parkplätze sind schon leer. Nur ein Auto und ein Tuk-Tuk warten auf ihre Fahrgäste.

Die Tempelanlage liegt in stiller Majestät vor uns, in der rosaroten Neige des Tages (eine Lieblingsfloskel von Hanna). Ja, bei diesem Anblick muss man poetisch werden. Hinter dem Bayon die hohe Dschungelwand, deren Bäume die Strahlen der Sonne filtern: ein schräges Flittern . Ihr Licht liegt mild über dem

Gelände und taucht die Steinplatten des Zuganges und des Vorhofes in schimmerndes Kupfer. Kann man dies überhaupt Kupfer nennen bei diesem Leuchten, das auch auf den Wächterlöwen liegt, links und rechts vor dem Stufenaufgang.

„Haben die Bildhauer damals keine Löwen gekannt?", fragt Hanna, „die haben Hintern wie Paviane."

Vor einigen Tagen, als wir zu Mittag hier waren, lagen die Hintern im Schatten und der Sandstein war gelb: „Ja, blasses Gelb, weißgelb mit Hitzeflimmern".

„Und jetzt, in dieser blauen Stunde also..."–

„Nein", sagt Hanna, „ist gar nicht blau, eher braunrosa, braunrot wie durch ein feines Sieb gespritzt, den Ton müsste man mal mit Wasserfarben festhalten, hast du schon mal Farbe auf Papier gespritzt?"-

„Nein!" – „Musst du mal!"

Also über dieses schimmernde Braunrosa oder gespritzte Kupfer hinweg schreiten wir hochgestimmt auf den Torbogen zum Tempelberg zu, obwohl mich ein unbestimmtes Gefühl beschleicht, ähnlich wie beim Betreten einer Hängebrücke, die im Winde schwankt. Aber wie meist in solchen Fällen überwiegt der Reiz des Abenteuers die Bedenken. Den Tempel zu betreten ist ein Privileg, welches das Volk der Khmer nicht hatte, weil nur der König, seine Familie, die Priester und das Tempelpersonal das Heiligtum betreten durften. Kein Außenstehender sollte in die Nähe der Kammer kommen, in welcher die Apotheose des Königs, die Vereinigung von Gott und König erfolgte, symbolhaft im Phallus des Schöpfergottes

Shiva. Jeder Tempel, der Shiva geweiht ist, hat seinen Linga, poliert von Generationen von Gläubigen.

„Wär bei uns nicht möglich", sagt Hanna, „dieses erigierte Dings, das die Leute berühren."-
„Symbol für Fruchtbarkeit", sage ich. –
„Aber in einer Kirche? Kannst du dir das vorstellen? Christus mit einer Erektion? Und die Leute streicheln das?"-
„Ist ja nur ein Symbol."

Und ich denke mir, dass der königliche Lingam, quasi seinen Samen von Zeit zu Zeit auf die Bevölkerung versprüht hatte, und manchmal befruchtete er den Hinduismus, manchmal den Buddhismus, denn die Herrscher wechselten den Glauben wie die Hemden, je nachdem was ihnen politisch in den Kram passte. Ein existenzielles Problem für die Brahmanen, die oberste Kaste. Nur die Symbole blieben. Nur manchmal ließen nachfolgende Herrscher Szenen und Symbole aus dem Stein meißeln, wenn der Vorgänger darin zu stark verherrlicht wurde. Oder sie ließen größere Lingams aufstellen, auch damals eine Wahrnehmung bezüglich höherer Potenz und Attraktivität.

Am Rande der Steinquader sitzt ein altes Weiblein auf einer Matte, zahnlos, zerfurcht, und winkt uns mit nach unten gedrehter Handfläche. Jemand hat ihr eine 50 Cent-Münze geschenkt, die sie umwechseln will, weil keine Bank Münzgeld annimmt.

„Mein Gott", sagt Hanna und kramt ein Bündel Riel aus der Tasche, „hat das der Spender nicht gewusst?"–

Sie gibt ihr das Bündel. Das ganze Bündel: ein Euro, 4000 Riel. –

„Wie lange kann sie davon leben?" -

Hanna will die 50 Cent nicht nehmen. Doch die Alte besteht darauf und küsst ihr die Hand.

An einer Säule lehnt ein Franzose, ein alter Herr, gebrechlich, gebeugt, aber träumerisch im braunrosa Licht, einst Archäologe in den Kolonien, wie wir erfahren, der jedes Jahr aus Paris anreist. Er verbringt die Dämmerstunden seines Aufenthaltes hier im Tempel. Jeden Tag, zwei Wochen lang. Er habe hier Ausgrabungen geleitet, sagt er. Seit seiner Pensionierung kommt er jedes Jahr hierher. Eine Pilgerfahrt ins Traumland, in die Vergangenheit und Zukunft gleichermaßen. Er versinkt hier in sich selbst, sagt er, der Weg ins Unterbewusstsein sei wie der Zugang zu einem früheren Leben, zu einem Leben am Königshof…

Nein, er glaube nicht an die Wiedergeburt, könnte sich aber vorstellen, ein Priester des Jayavarmans gewesen zu sein, könnte sich lebhaft in die eine oder andere Figur des Hofstaates und Tempels versetzen, in einen Brahmanen zum Beispiel, der mit ansehen musste, wie sein König mit dem Hinduismus brach und zum Buddhisten wurde, obwohl seine Stellung als König und Gott hinduistische Tradition war.

Na ja, denke ich, der war auch Populist und ist der Mehrheit seines Volkes gefolgt, oder er wollte die Kastenpyramide abschaffen, in welcher er nicht an der Spitze stand. Welch bohrende Schmach: der König nicht in der obersten Kaste, sondern unter den Brahmanen in der Kaste der Krieger gereiht. Die Brahmanen waren also die Mittler zu den Göttern, standen zwischen König und Universum. Und wenn er die zu Feinden hatte...? Oh Shiva!

Als Franzose, sagt der Archäologe, neige er eher zum Buddhismus, wegen dessen Philosophie einer egalitären Gesellschaftsordnung. Er hätte also viel Sympathie für den König empfunden.
Sie können sich vorstellen, sagt er, dass ich als Priester in Konflikt mit meiner konservativen Kollegenschaft geraten wäre. Und er lehnt fast verklärt an einer Säule des Stiegenaufganges, während wir auf einer Stufe sitzen und seine Erzählung verinnerlichen, eine Empfindung wie ein Gang in die Vergangenheit.

Also, es war eine rein politische Entscheidung des Königs, erzählt er, populistisch motiviert, weil der Großteil der Bevölkerung schon buddhistisch war, aber was glauben Sie, in welchem Gewissensnotstand die Priesterschaft gedrängt wurde, welche Intrigen und Machtspielchen zwischen Fundis und Realos abliefen, hier in den Kulissen des Bayon. Er machte eine ausholende Handbewegung zu den Steingesichtern hinauf: Die Brahmanen versuchten verbissen ihre Positionen zu halten, die Stellung bei Hof, das Ansehen, den Einfluss... Der Buddhismus hingegen mahnt zum Verzicht, auch zum Verzicht auf Macht und Ansehen. Buddha, der Sozialromantiker, ein Gegner des starren Kastensystems, bei welchem die Geburt den sozialen Status bestimmt, war daher ein Feindbild für sie.

Ja, ja, sagt der Franzose, aber der Wechsel zwischen den Religionen verlief friedlich. Buddhisten und Hindus haben sich nicht in Glaubenskriegen gegenseitig abgeschlachtet wie die Christen im 30-jährigen Krieg. Und unser mittelalterliches Rechtsprinzip „wessen Gebiet, dessen Religion" hat unter den Khmern nicht gegolten.

Gespannt lauschen wir, ein Film könnte es nicht plastischer schildern, und dann saugt uns das Tor zum Tempelberg wie ein Zyklon in die khmersche Geschichte hinein. Vielen Dank, Herr Archäologe!

Während nun das Braunrosa des Abends mit sanften Abstufungen sinkt, ziehen Bilder des Jahres 1177 vorbei, in wirrer Folge, und ich sehe mich auch als Brahmane, der sich auf die Seite des Königs geschlagen hat, nicht nur um sich bleibend in der Herrschergunst zu sonnen, sondern auch, weil man die soziale Botschaft Buddhas erkennen musste.

Zum Leidwesen Hannas kann ich schon mal in einer Rolle aufgehen, wie ein Schauspieler, der in eine fremde Identität schlüpft und nicht mehr weiß, wie er da herauskommt.

Meine Vorstellungskraft könne Häuser versetzen, meint sie in solchen Fällen, und außerdem hätten

wohl Schauspieler, so Hinterbänkler einer Wander-
bühne, in meine Genealogie gepfuscht.

Dauernd müsse ich mich darstellen und wichtig sein,
der Herr Redakteur als Held, als Besserwisser.
Merken das deine Leser nicht?...
Also nicht sehr schmeichelhaft, liebe Hanna, obwohl
ich zugeben muss, dass mich nach Theater- oder
Opernaufführungen die Helden bis in den Schlaf verfolgen, und ich sehe mich in deren Rolle auf der Bühne und in deren Applaus.
Du hast halt kein Verständnis für mein Talent und
wenn ich mal in der Badewanne aus dem Figaro oder
dem Don Giovanni intoniere, mit bruchstückhaftem
Text, aber immerhin, dann kommst du und spritzt
mich mit kaltem Wasser ab. Dies ist kein anregendes
Vorspiel fürs Bett, auch wenn dein Kichern das Gegenteil meint. Vielleicht ist es aber nur Neid, weil du
nicht singen kannst. Mit dir käme ich zu keinem Du-
ett, wie mit Beach neulich an diesem verhängnisvol-
len Abend in der Bar: Hey Jude, don't be afraid...

Also, jetzt stecke ich in der Identität des Brahmanen
drinnen, dem die Feindschaft der orthodoxen Priester
sicher ist, und ich weiß nicht, ob ich mir eine Vermitt-
lerrolle selbst angeeignet habe, als Mediator, für den
ich mich halte, oder ob mich der König beauftragt
hat, die Opposition der Priester zu brechen.

Sie haben mich jedenfalls zu einer Sitzung geladen, in
die Kammer neben dem Sanktuarium, wo sie ihre

Kultrituale zelebrieren. Und da sind sie nun alle versammelt und drängeln um den Linga Shivas, weihrauchumwölkt, verschwörerisch, in halblauter Meinungsbildung, in welche wellenförmig der ferne Jubel des Volkes schlägt...

Die Stadt ist ja in Feststimmung: vom Elefantentor her zieht die Siegesparade durch die neu errichteten Häuserreihen. Der König mit dem konvertierten Oberpriester, den Generalen und Würdenträgern hoch über der Menge, schwankend auf geschmückten Elefanten, maskenhaft in der Würde seiner göttlichen Mission...

Und wen erblicke ich da in der versammelten Runde als Wortführer der konspirativen Priesterschaft, um den sich ein Kreis von Vertrauten rundet? Meine unbestimmte Vorahnung kriegt ein Gesicht. Es ist der Brahmane mit den Pockennarben, ein Kerl wie ein Schrank, der mit den anderen die Köpfe zusammen steckt... Es ist der Zöllner, jawohl, den ich nicht aus dem Kopf kriege.

Und jetzt hätte ich besser Hanna an der Hand genommen, um mit ihr diesen bedrohlichen Schauplatz zu verlassen..., aber wie ich sie kenne, die unwillig kratzbürstige, hätte sie gesagt, ich solle mit meiner Vorstellungskraft nicht übertreiben, denn woher soll dieser Kerl wissen, dass wir hier sind, und die rosarote Neige des Tages lasse sie sich von dem nicht verderben, und ich solle aus meiner eingebildeten Rolle aussteigen, denn eine Heldenrolle sei dies nicht, wenn man wegen überdrehten Fantasien davonläuft.

Also nehme ich sie nicht an der Hand und verlasse diesen belasteten Ort, sondern steige statt dessen gedankenschwer hinter ihr zur zweiten Galerie hoch, auf deren Reliefs die sinkende Sonne die Darstellungen ins Plastische modelliert.
Ein steinernes Bilderbuch: Marktszenen, Schachspieler, Ringer, Artisten, ein Hahnenkampf, ein Büffelopfer, die Geburt eines Kindes… Szenen, die in der Bautradition des Hinduismus´ bisher keinen Platz hatten. Aber der König ließ für die Mythen des alten Götterhimmels, als Zugeständnis für die Priester, genug Raum. Das Motiv der Vishnu-Legende etwa: Götter und Dämonen kirnen den Milchsee, um das Elixier des ewigen Lebens zu gewinnen…
Und dann die Gesichtstürme; diese riesigen Köpfe, drei bis vier Meter hoch, in alle Richtungen schauend, für die Sonne eine Bühne, auf der immer ein Gesicht ins beste Licht gerückt wird, egal wohin sie wandert.
„Dieses satte Lächeln.", sagt Hanna wieder, „wie unser Finanzminister."

Wir wandern mit der Sonne an den Reliefs entlang. Hanna fotografiert mit Begeisterung. Die rosarote Neige des Tages pinselt Kupfertöne auf die Figuren, schärft die Konturen. Aus den Bäumen dringen Vogellaute. Ein Sanus-Kranich streicht über die Wipfel. Unter uns pirscht eine weiße Katze über das Gestein. Sie sucht wohl Eidechsen.

Vor uns ein Gesicht im Profil. Letzte Strahlen durchdringen das Laub des Dschungels und bringen den Profilrand zum Leuchten. Aus einem Auge kriecht ein kleiner Feuerball zur Nase hinunter wie eine Träne aus Edelstein, Zentimeter für Zentimeter mit der sinkenden Sonne, als ob der König, trotz seines satten Lächelns, weinen würde. Ja, all diese 64 riesigen Gesichter, sind wohl das Gesicht des Königs, der über seine oppositionelle Priesterschaft betrübt ist, obwohl er für das Land das Beste will.

Der König selbst wird sich wohl nicht an die Botschaft Buddhas halten, an seine Mahnung auf Verzicht, um das Leid des Lebens zu überwinden, loszulassen von Besitz, Macht und Anspruch, um das Glück der Bescheidenheit zu finden. Die Botschaft Buddhas gilt für das geschundene und unterdrückte Volk. Auch die Priester werden sich nicht daran halten wollen. Wie soll ich sie also von den Einschränkungen, die Buddha predigt, überzeugen?

Ich muss sie positiv einstimmen, denke ich, damit sie mir überhaupt zuhören, eine verbindliche Geste setzen, am besten durch ein religiöses Zeremoniell, welches ihren gewohnten Ritualen entspricht. Und ich nehme daher eine Tempeldienerin als Begleitung, eine Apsara wie aus den Reliefs entstiegen, reizvoll wie ein Ebenbild Hannas. So etwas sehen sich auch hartgesottene Priester gerne an. Vielleicht war sie schon dem einen oder anderen zu Diensten…

Und wir umrunden das zentrale Heiligtum und rezitieren Mantras, und die Apsara trägt ein goldenes

Tablett mit zwei goldenen Kannen darauf, jeweils mit geweihtem Wasser und Milch gefüllt, zur Waschung des Lingas, und ich gieße abwechselnd die Flüssigkeiten über die Steinplastik , und die Priester murmeln ihre Mantras zu Ehren Shivas, und ich denke, jetzt ist der Augenblick gekommen und ergreife das Wort:

„Brüder" hebe ich an..., aber ich komme nicht weit, denn jetzt wendet sich der pockennarbige Priester ab und schwätzt demonstrativ mit seinen Nachbarn, so etwas habe ich fast erwartet, ein Affront, aber ich darf mich nicht provozieren lassen und muss meine Verärgerung zügeln, sonst verliere ich den Faden meiner Rede und die Worte purzeln schneller raus als ich denken kann. Empörung ist kein Mittel um sachlich zu bleiben, und ich sage mit erhobener Stimme: unser König könne nicht Gott eines Volkes sein, welches an Buddha glaubt, und wir Priester können keine Hindupriester sein, während unser König ein Buddhist ist, versteht ihr das nicht?

Und da habe ich etwas Aufmerksamkeit errungen, „still, lasst ihn reden. Hört mal zu!", meinen einige, und ich nutze die eingetretene Stille und sage, dass das Volk bereits an der göttlichen Unfehlbarkeit des Königs gezweifelt habe, als die Cham einmarschiert seien, sein Nimbus als Schutzherr des Reiches sei abgebröckelt, als er noch Hindu war. Wollt ihr die Zweifel an der Apotheose des Königs verstärken? Wollt ihr eine Rebellion provozieren, weil ihr glaubt, noch ausreichenden Einfluss im Volk zu haben?

Das wird euch nicht gelingen, denn das Kriegsglück hat sich gewendet als der König konvertierte. Erkennt ihr die Hand des Erhabenen, des Erleuchteten?

Sie sind still geworden, und mich hat das Feuer des Propheten gepackt, denn wenn ich in Fahrt bin, wirke ich überzeugend, fühle mich wie im Rausch. Ich hab sie, jetzt hab ich sie, denke ich...,
aber als ich Atem hole und zur Fortsetzung anhebe, unterbricht mich das Narbengesicht und sagt laut und bestimmend:
„Vergesst nicht auf den Segen Shivas. Lasst uns den Abendgruß entrichten. Wir können dann weiter beraten. Kommt! Lasst uns den Abendgruß entrichten!"

Er schneidet mir also das Wort ab, und ich verliere die Fassung und weiß nicht, wie ich sie wieder finden kann, Empörung verdunkelt die Gedanken..., und alle drängen jetzt hinaus auf die östliche Terrasse des Sanktuariums, wo die abgetauchte Sonne die Steingesichter in den Schatten stellt und in der Tiefe die weiße Katze nach Eidechsen sucht. Aus dem Dschungel dringt noch immer das Konzert der Vögel. Über den Baumwipfeln kreist noch immer der Kranich, und ich überlege verärgert, wie ich den Redefaden wieder aufnehmen könnte. Das Pockengesicht wird es mir schwer machen.

Ich wollte ihnen sagen, dass der König ihre Stellung sichern möchte, er möchte die von den Cham zerstörten Hindu-Tempel wieder aufbauen. Brüder, ihr bekommt euren alten Status.

Ich wollte ihnen sagen, dass er Klöster, Krankenhäuser, Pilgerherbergen errichten will…, eine Stadtmauer um die Stadt…, damit künftige Angriffe der Cham scheitern müssten.
Ich wollte ihnen sagen, dass er neue Bewässerungsanlagen, einen neuen Baray, bauen will, kein Hunger soll das Volk mehr plagen.

Seht her, ich habe die Pläne mitgebracht. Seht her! Seht! … Warum seht ihr nicht her?
Ich wollte ihnen sagen, dass …,

aber als ich mich mit den anderen gegen die hochkriechende Nacht verneige, und ich mich frage, wieso ich mir das alles antue, erhalte ich einen Stoß in den Rücken, unvermittelt und mächtig, wie von einem Kriegselefanten…, oh Teufel, der Zöllner, und ich taumele, nein, werde gegen die Apsara geschleudert, die Tänzerin, dass die Gefäße mit Milch und Wasser in hohem Bogen… und das Mädchen hinterher mit einem lauten Schrei über die niedere Brüstung der Terrasse in die Tiefe…, die Tiefe…, mit diesem furchtbaren Schrei. –
Mein Gott, Hanna!

Picasso

Ich sitze am Bett von Hanna. Ihre Augen sehen mich an wie das weidwunde Reh, welches ich einst auf einer Straße angefahren hatte; es hatte mich damals in hilfloses Überlegen gestürzt. Nein, noch illustrativer: wie die wissenden Augen meines Bruders am Vorabend seines Krebstodes, als er mir die abgemagerte Hand gab und wortlos nickte, aus seinem Krankenbett heraus. Ein Bild, welches mich oft in den Schlaf verfolgt.

Also, Hanna kann mich nur mit einem Auge ansehen, denn das andere ist zugewuchert, verklebt von der unförmig angeschwollenen linken Gesichtshälfte, deren schmutzig gelbe Farbtöne sich unpassend vom sauberen Weiß des Kopfkissens abheben. Mein Gott Mädchen, nicht mal deine Mutter würde dich erkennen.

Es ist also passiert. Es ist nicht mir passiert, sondern ihr. Das Glasauge des Wahrsagers hat sich geirrt. Es hat nur mich im Fokus gehabt, nicht Hanna. Oder hat mich das Schutz-Öl gerettet? Ich habe nicht gegen die Sonne gepinkelt und kein Hundefleisch gegessen, also nun, und meine Stirne riecht noch immer nach Kampfer. Die tatsächliche oder eingebildete Ära des Schutzes lässt meine Zweifel an der Hellseherei wanken. Der Mensch neigt ja dazu, zu glauben, was für ihn vom Vorteil ist, auch wenn die Ratio dagegen spricht. Ich hätte Hanna von der Prophezeiung des Schamanen informieren sollen, ihr Instinkt hätte sie vielleicht vom abendlichen Besuch des Bayon abgehalten. Ein Schäferstündchen hingegen wäre nicht so verhängnisvoll gewesen. Schon auf der Fahrt zum Tempel hatte sie misstrauisch die Landrover beobachtet, die uns überholten. Vorahnungen hatten sie begleitet wie ein Schatten.

Aber Selbstvorwürfe helfen mir jetzt nicht weiter. Diese Tat, wenn man dem Schamanen glauben sollte, hätte im Hotel auch passieren können.
Es ist nicht mir passiert, der ich Ursache und Ziel gewesen sein mag, sondern ihr, die nun im Royal Angkor Hospital liegt, an Schläuchen hängend, mit einem Aussehen wie ein frühes Bild von Picasso, meine Hand klammert und mich mit diesem elenden, einäugigen Blick ansieht. Kläglich, schweigend, weil sie nichts rausbringt aus dem geschwollenen Mund. Aber sie braucht mir nichts sagen, ich fühle ihre Angst im Händedruck.

Und auch ich habe Angst, denn es besteht Verdacht auf Schädelbasisbruch. Außerdem sind Schulterblatt und einige Rippen gebrochen… Armes Mädchen, welch ein Ende einer Reise. Wir hätten zusammen zum Schamanen gehen sollen, denke ich, einige Tage früher. Vielleicht hätte der Geierschnabel bei Hanna eine aufschlussreichere Bedrohung gesehen und eindeutiger vor einer Fortsetzung unseres Aufenthaltes warnen können.

Wir haben die ganze Nacht an ihrem Bett verbracht, der junge kambodschanische Arzt und ich, und er tat sehr besorgt, als wir mit der Air Ambulance in Innsbruck telefonierten, um die Dringlichkeit einer Überstellung zu erläutern.

Jawohl, sei beruhigt, ich lasse dich nicht hier, obwohl das Spital ein königliches ist mit angeblich internationalem Standard, ein Fünf-Sterne-Spital sozusagen, keines für die Mütter mit ihren Kindern, welche die ganze Nacht vor dem Tore kauern, mit der Zählnummer um den Hals, weiß nicht, und der Rettungswagen war sofort zur Stelle, nach deinem Sturz, dank Meng, dem hilfreichen Tuk-Tuk-Fahrer. Mit meinem Trinkgeld, welches ich ihm gab, dankbar wie ich war, kann er sich jetzt ein neues Fahrzeug kaufen.

Gott sei Dank bist du auf die Holzplattform gefallen, die sie erst neulich errichtet haben, oh Gott, was wäre geschehen, wenn du unten auf die Steine…, über welche kurz vor deinem Fall die weiße Katze strich, auf Samtpfoten im Braunrosa der beginnenden Nacht und über den Baumwipfeln ein Kranich strich. Ich darf gar nicht daran denken.

Erinnerst du dich?
Erinnerst du dich an den französischen Archäologen, der uns an den Hof des Königs führte?
Ich hoffe, deine Gehirnerschütterung hat dir von den Eindrücken dieser Reise nichts genommen. Vom lehmigen Mekong, dem Vater aller Flüsse, in dessen Wirbeln, die Naga, die Schlangenkönigin, lauert. Von

der Königsstadt der Laoten, unter dessen Pagodendächer die Dämonen und Geister auf die Opfer der Gläubigen warten, von Phouvong und deiner Taschenlampe, von den Tempeln der Khmer, diesen Bilderbüchern aus Stein, die das Leben dieses Volkes ausbreiten wie auf einer Schaubühne. Von den Nachwirkungen eines Steinzeitkommunismus'... Wo ist Beach?

Meine Liebe! Diese Reise hätte deine letzte sein können. Und dein Zustand ist noch immer offen. Meine Angst und Sorge haften wie eine Tellermine am Schiffsrumpf, und ich kann nicht hinuntertauchen und sie entfernen. Hilflos muss ich in den nassen Abgrund blicken. Oh Gott, wenn dies in Indien passiert wäre, voriges Jahr, hunderte Kilometer vom nächsten Spital entfernt, erinnerst du dich, welche Spitäler wir dort gesehen haben? KLann man die überhaupt als solche bezeichnen?... Mit deinen Verletzungen zwischen Eiterbeuligen und Darmkranken auf einem rostigen Metallgestell, ohne fließendes Wasser? Also nein, es war kein Spital, es war nur eine Vorstadtambulanz...

Denkst du an die LKWs im Straßengraben oder den Sattelschlepper mit Container, der plötzlich auf unserer Seite auf der Straßenkuppe... Wie rasch kommt ein Hubschrauber, wenn es kracht? - Nix Hubschrauber, no, nix Ambulanz, no, hat unser Fahrer geantwortet, nur Autostopp. Irgendwer würde schon stoppen, um uns zusammen zu klauben. Alles sei Karma, Schicksal. Du entrinnst ihm nicht.

Deshalb habe er Gott Vishnu vor der Windschutzscheibe pendeln, seinen Lieblingsgott, der das Karma mache, dem er jeden Tag einen frischen Blütenkranz um den Hals hängt, Jasmin, welch betörender Duft... Und auch uns bekränzte er jeden Tag mit frischen Blumen, damit die Autogeister besänftigt werden, yes Sir, yes Mam! Quasi seine Insassenversicherung. Wehe er vergisst einmal auf den Blütenkranz...

Kannst du dich erinnern?

Ich möchte Hanna im Vergleich den positiven Aspekt ihrer Lage hervorkehren, mehr als Ablenkung, denn als Trost.

Kannst du dich erinnern?

Und da öffnet sich die Tür, welche Überraschung, und Beach kommt herein. Kaum zu glauben, und mein Gott, wie sieht sie aus. Steht da mit einem Strauß Rosen in der Hand und sieht auch aus wie von Picasso verfälscht; jedenfalls sind beide Frauen kein Abbild der Natur. Auch bei ihr ist das linke Äuglein verquollen, eingebettet in eine blauviolette Höhlung, welche allerdings schon im Abschwellen ist. Der linke Mundwinkel ist mit einem dicken Pflaster verklebt, ihr Kussmund verzogen.

Auch ihre amerikanische Donnerstimme klingt abgeschwollen, als sie leicht lispelnd sagt: Oh Hanna, my dear, I'm so sorry.

Sie steht da als niedliche Asiatin, betroffen, teilnehmend, mit besorgtem Gesicht ohne berufsbedingtes Imponiergehabe und weiß nicht, was sie sagen soll.

Sie wendet sich ab, als ich sie auf die heile Wange küssen will und ordnet die Blumen in eine Vase.

Eine unbeschädigte Hanna wäre jetzt wohl sarkastisch geworden, und hätte gemeint, dass die Rosen die Reste vom Valentinstag wären, vom Verkaufsstand der Beach Cousinen. Aber so wendete sie nur den Kopf und nickte gequält.

Als ich Beach auf ihr demoliertes Äußere anspreche, dunkelt ihre olivenfarbene Haut nach, also außerhalb des blauvioletten Bereiches, und sie drückt verlegen an einer Antwort herum. Es wäre nicht ihr Freund gewesen, der…, nein, es hätte zwar Streit gegeben, aber es war letztlich die rutschige Stiege…, aha, wir müssten ihren Freund entschuldigen, sagt sie, er war am Samstagabend betrunken, Valentinstag, you know. Und dann am Sonntag die Stiege… Musste die Führung mit den Japanern absagen.

Also, liebe Beach, was schwindelst du uns da vor? Ein mühsam gewundenes Stiegenmärchen, mit dem du deinen vierschrötigen Freund decken willst? Wer eine Frau so zurichtet wie er, ist auch zu Schlimmeren fähig. „Weißt du nicht, dass er uns seit Tagen im Auge hatte wie ein Spitzel des Geheimdienstes?"

Der junge Arzt hatte eine Anzeige bei der Polizei gemacht, gegen Unbekannt, da ich ja nur einen Verdacht, aber keinen Beweis hatte, wer mich gestoßen haben könnte. Aber kein Amtsorgan war erschienen. Ich sollte heute wegen einer Protokollaufnahme in die Polizeidirektion kommen, Tourist Police. Nein, da gehe ich nicht hin. Ich ahne: die schicken mich von Pontius zu Pilatus, von einer unzuständigen Dienststelle zur nächsten, in ein Karussell des Zudeckens, absichtlichen Missverstehens, Verdrehens, der Ignoranz und Leugnung, in den Beschwichtigungstrott eines autoritären Staates mit nomineller Pressefreiheit, vor allem, weil ich einen Mordversuch anzuzeigen habe, und nicht den Diebstahl eines Geldbörsels.

Sie stülpen dem Ankläger die Amtshandlung in khmerscher Sprache drüber, no translater available, mürben ihn klein, kleinlaut und kleinmütig, lustlos und verzichtbereit, vertrösten und lassen warten, so dass er nach Mitternacht, nur um zurück ins Hotel zu kommen, ein unverständliches Protokoll in der Landessprache unterschreibt. Hab ich ja schon gemacht, diese Erfahrung.

Beach will mich zur Polizei begleiten, ist entsetzt über das, was passiert ist, begreift nicht, streichelt Hannas Hand, jawohl, eine Geste, die nicht gespielt ist, aber ich lehne ab, will Hanna nicht allein lassen, weiß ja nicht, ob und wann die Air Ambulanz kommt.

Hanna holt Atem, setzt zu einer Äußerung an, die aber in einer gequälten Miene stecken bleibt; ihre Lippen formen Unverständliches, und ihr Blick, einäugig unter hochgezogener Braue, fixiert Beach und dann mich, angestrengt, beschwörend, sie möchte etwas mitteilen, komm schon, komm schon, kann aber nicht... Und so treibt es ihr die Tränen in die Augen. Ich habe nicht gewusst, dass ein Mensch auch aus einem verquollenen, verklebten Auge weinen kann.

Beach küsst Hanna auf die Wange, dann geht sie. Sie will sich um die abgebrochene Reise kümmern, ist wieder auf ihrem Handy erreichbar. Draußen heult die Sirene eines Ambulanzwagens.
Staubpartikel flimmern in einem Sonnenstrahl.

Jetzt in der Mittagszeit sind die Tempel in Angkor leer. Die Touristen sind beim Mittagessen. Der Sandstein des Bayon ist jetzt gelb, blassgelb, fast weiß, mit dem Hitzeflimmern darüber. Ich wäre jetzt gerne hinausgefahren, um mir den Tatort noch einmal anzusehen. Die zweite Galerie und die darunter liegende Holzplattform. Aber ich möchte Hanna noch nicht allein lassen.

Ich schalte die Klimaanlage aus, sonst entzündet sich Hannas rechtes Auge. Sie ist gegen Zug empfindlich, läge dann praktisch blind im Bett. Nichts reden können, nichts sehen, oh Gott.
Dann tupfe ich ihre Augen trocken. Sie greift nach meiner Hand. Ich streichle über ihre Wange, weiß nicht wohin mit meinem Mitleid, meiner Zärtlichkeit.
Wir werden heiraten, sage ich, wenn du wieder auf dem Damm bist, und ich meine es ehrlich. Dann holen wir Phnom Pen nach, Hochzeitsreise, und machen Vietnam oder Burma. Was sagst du?

Sie sagt nichts, aber jetzt quellen wieder Tränen aus ihrem geschwollenen Fleisch. Sie schluckt und bewegt angestrengt ihre Lippen. Sie hat Schmerzen.

Ich halte mein Ohr an ihren Mund. Unartikuliert dumpf wie hinter einem dicken Vorhang hervor, aber verständlich, drängt es aus ihr heraus: Was…, was ich dir sagen wollte… Es war der Zöllner.

Das Handy

Ich hatte eine unruhige Nacht. Mein Zorn auf den Zöllner fraß sich in die Eingeweide und weckte unbestimmte Rachegelüste. Den Schrei nach Gerechtigkeit musste ich unterdrücken. Und im halbwachen Dämmern fuhr mir jäh ein Schreck durch die Glieder: Hanna ist die einzige Zeugin, die den Täter identifizieren könnte. Eine Erkenntnis wie ein Blitz. Die Zielscheibe für den Zöllner hatte sich von mir auf Hanna verlagert, denn er musste mit einer Anklage rechnen. Hanna muss bewacht werden, dachte ich, damit sich der Kerl nicht in ihr Zimmer schleicht und die Schläuche…, und wenn nicht er, dann vielleicht ein Vertrauter unter den Pflegern, der auch ein Roter Khmer sein könnte. Die Leute decken und helfen sich ja gegenseitig.

Der junge Arzt im Spital meinte, dass ohne Anklage kein Polizeischutz möglich wäre, und dabei lächelte er etwas über meine Sorge, und ich solle doch auf die Polizeidirektion gehen. Im Übrigen müsste Hanna auf Grund der Befunde mindestens eine Woche auf der Station bleiben, zur Beobachtung, und wir könnten erst dann die Air-Ambulanz anfordern.

Ich saß also stundenlang an ihrem Bett, unschlüssig, was zu tun sei, konnte nur ihre Hand halten, da sie nicht reden konnte, und rief am Nachmittag Beach an.

Wir vereinbarten einen Treffpunkt in der Lobby meines Resorts, da sie mit ihrem Picasso-Gesicht in kein Stadtlokal gehen wollte. Als sie kam, senkte sich die blaue Stunde über die spitzgiebeligen Holzpavillons, verwinkelten Treppen und Holzstege, wahrhaftig blau, nicht braunrosa, da die Teiche mit den Wasserrosen, Schilf und Lotusblumen, sowie die Palmen, die Sonne nicht reflektierten wie der Sandstein im Bayon. Sie hatte die Haare hochgesteckt und machte im beigen Überhemd und blauer Hose, ihrer Uniform, eine gute Figur. Auf der Brust baumelte ihre Berufsplakette mit ihrem Namen: Sokkeo Seng. Also sie kam in amtlicher Würde.
„Zurück im Dienst?", fragte ich und küsste sie auf die heile Wange.
„Ja!", sagte sie , „ich muss Geld verdienen. Wir haben keinen bezahlten Krankenstand". Und dabei schaute sie in die Runde, ob uns jemand beobachtet hatte. Ein paar Meter entfernt faltete ein Mädchen Lotusblumen zu kunstvollen Gebilden und schenkte uns keine Beachtung. Dekorationen für die Tische des Abendessens.

Beach hatte ein schlechtes Gewissen, weil sie uns seit Samstag in Stich lassen musste, fragte nach Hannas Befinden, meiner Reiseversicherung und dem Rückflugdatum. Als ich ihr sagte, dass Hanna noch eine Woche unter Beobachtung stünde, wiegte sie ihr

Haupt und meinte, dass die Rückflüge alle ausgebucht seien und ich auf die Warteliste müsste.

„Vielleicht kann ich mit der Air Ambulanz zurück. Muss ich noch abklären." –

„Ja. Ich muss auch einiges abklären", sagte sie. „Weiß nicht wie es mit der Rückverrechnung eurer Zahlung ist"-

„Mein Gott, ist doch im Moment egal", sagte ich, „Wer weiß, wie lange ich hier bleiben muss. Hanna ist mir wichtiger. Und außerdem tut's mir leid, dass wir nicht mit dir nach Phom Pheng fliegen können."-

„Ja, mir auch", sagte sie und seufzte.

Wir saßen in Korbsesseln am Rande eines Teiches, in dem ein kleiner Wasserfall rauschte, wie in einer Kulisse aus dem Film *Der König und ich*, nur kam nicht Deborah Kerr vorbei, sondern das Mädchen, welches die Abenddekorationen bereitete, und stellte Räucherschalen neben unsere Sessel. In der blauen Stunde des Abends kommen die Moskitos.

Trotz der romantischen Umgebung kreisten unsere Gedanken um das Geschehen der letzten Tage.

„Wie bist du hierhergekommen", fragte ich Beach.

„Na, mit einem Tuk-Tuk", antwortete sie verwundert.

„Hat dich jemand beobachtet? Weiß dein Freund, dass du hier bist?"-

„Nein, ich hab ihn seit Samstag nicht mehr gesehen."

„Wir haben deine Mutter besucht, weil du nicht ans Telefon..."-

„Chou?", sagte sie verlegen, „Ja, ich war nicht zu Hause. Sie ist sicher in Sorge."

Und sie fällt jetzt aus ihrem halbamtlichen Ton in eine sanfte Färbung, die ihr die Augen wässert.

Ja, sagt sie, das sei ihr großes Problem, welches auch die Familie belaste, ihre Beziehung zu ihrem Freund, und sie wollte nicht nach Hause, schon wegen ihrer Verletzung, da hätte sie ihrer Mutter nichts vorschwindeln können, und ihr Freund hätte sie von zu Hause rausgeholt, mit aller Brutalität, was glaubst du, was das für Szenen geworden wären, sie habe nämlich eine streitbare Mutter, Kambodschanerinnen wachsen zu Furien aus, wenn..., und außerdem habe der königliche Wahrsager für heuer das weibliche Wut-Jahr vorausgesagt, es wird Mord und Totschlag geben, habe er gesagt, und gerade vor einer Woche habe dies eine Ehefrau bewiesen, welche die Mätresse ihres Mannes mit Benzin übergossen und angezündet habe, auf offener Straße, you know, aber gegen ihren Freund hätten ihre Mutter und sie keine Chance...

„Aber ich hab heuer schon zurückgeschlagen", meint sie zerknirscht, und ich denke, mit ihren zarten Händen war dies eher ein Akt der Anregung als der einer Abreibung, obwohl eine Frau im heiligen Zorn..., weiß nicht.

„Du bist also nicht die Stiege hinunter gefallen", sage ich. Sie nickt, und dann kriegt sie wieder feuchte Augen.

„Wo hast du dich denn verkrochen", frage ich, „deine Mutter war heute beim Direktor deines Colleges."-

„Wieso College? Nicht bei der Polizei?" –

„Nein. Sie wollte nicht zur Polizei. Chou und ich waren gestern bei einem Wahrsager. Der hat ihr ein Planquadrat skizziert, wo du stecken könntest, im Umkreis deiner Schule." – Sie errötete.

„Da hat er Recht gehabt", sagt sie. „Ich war bei einer Freundin, gleich um die Ecke vom College. Meine Mutter kennt sie nicht."-

Und jetzt knabbern meine Gedanken wieder am Zweifel, den ich an den Aussagen des Schamanen habe, und ich stiere verloren in den Wasserfall, unter dem die Scheinwerfer aufleuchten, grün und blau, denn die blaue Stunde wechselt zur Nacht und das Mädchen stellt uns eine Öllampe aufs Tischchen, und Beach nuckelt an ihrem Fruchtcocktail und fragt, ob sie mich aus meiner sentimentalen Verlorenheit holen könne, und da erzähle ich ihr von der Warnung des Wahrsagers und halte ihr meine Stirn hin, die schon wieder nach frischem Kampfer riecht, und frage sie, was sie davon halte, und jetzt kichert sie schelmisch, meint, ein Gegenmittel sei immer gut, man müsse nur daran glauben, und zur Stichhältigkeit einer Warnung könne sie nur sagen, dass der Astrologe des Königs für heuer nicht nur das Wut-Jahr der Frauen angekündigt hätte, sondern auch eine hohe Inflation und eine schlechte Ernte. Und beides sei eingetroffen.

„Eine klare Antwort", sage ich. „Da kann ich nur hoffen, dass ein Hellseher, der aussieht wie der Trapper Geierschnabel nicht so ein Profi ist wie der Astrologe des Königs. Kennst du den deutschen Schriftsteller Karl May?"-

„Nein!"-

„Dann darf ich dich, Fräulein Sokkeo Seng zum Dinner einladen. Ich erklär dir das beim Essen. Darf ich?"-

„Warum nicht?", lacht sie, „ aber nur wenn ich Frau Sokkeo Seng bin, nicht Fräulein. Sagt ihr zu einer Dreißigjährigen Fräulein?"

Sie ist schon dreißig, denke ich, da hat sie die Roten Khmer noch als Kind erlebt, und der Zöllner muss damals so Anfang zwanzig gewesen sein, in einem Alter also, aus dem das Regime bevorzugt die Partei-kader rekrutierte. Und während wir Hühnersuppe mit Glasnudeln und Chili, also oho, aßen, knackiges Gemüse aus dem Wok: Okra, Soja, Karotten, grüne Bohnen und Paprika, oho, Hühnerkeulchen in Soße und Klebereis, nach asiatischem Brauch wurde alles auf einmal serviert, und Beach hatte ihre Guide-Lizenz mit Namen abgenommen, sie war jetzt quasi privat hier, inkognito, und wirkte gelöst…, während wir importierten Rotwein tranken und aus einer Dessert-platte Süßigkeiten auswählten, da erzähle ich ihr die Vorgänge rund um Hannas Sturz, und dass Hanna als Zeugin gefährdet sei, und Beach wollte es zuerst nicht glauben, wurde dann aber sehr nachdenklich und meinte, dies sei ihrem Freund wohl zuzutrauen, bei allem was am Samstag passiert sei: er habe sie bis zur Bewusstlosigkeit geschlagen und trotz ihrer Wunden ins Bett gezerrt, you know, und erst als er geschlafen habe, er war ja betrunken, habe sie sich wegstehlen können und sei zu ihrer Freundin und ins Spital gefahren. Und dabei kamen ihr wieder die Tränen und ich musste ihr ein bisschen die Hand halten. Trost kittet menschliche Beziehungen, auch wenn er zwischen Sonnenschein und Regen pendeln muss.

Und als wir dann in der Lobby bei Mineralwasser und Gin-Tonic saßen, da kam ich mir wirklich wie die Klagemauer von Jerusalem vor, wem hätte sie auch sonst ihre Seele ausschütten können, auch wenn dort noch genug Bodensatz drinnen blieb, und Hanna hätte jetzt gesagt, „Beach erleichtert sich, und du belastest dich. Hast du das nötig?", also die Waage neigte sich zu meinem Nachteil, was aber sowieso meinem Hang zum Milieustudium und Nachspüren von Schicksalen entgegenkam, aber wenn ich ehrlich bin, auch einen ruchlosen Hintergedanken förderte: Was wäre, wenn sie über Nacht bliebe?

Beach wuchs also ohne Vater auf. Ihre Mutter war mit ihr schwanger, als der Vater spurlos verschwand, und wir wissen, was dies bedeutete, auch wenn es die Mutter nicht wahrhaben wollte. Die Hoffnung stirbt ja immer zuletzt. Chou hatte nicht viel Zeit sich damit zu befassen, da ihre Sorge auf ihr eigenes Überleben und das ihrer Kinder gerichtet war. Sie wurden bei Nacht und Nebel aus dem Haus geholt, auf einen Lastwagen gepfercht, irgendwohin nach Osten gefahren, und an einem Waldrand von der Plattform gestoßen, wie man Abfall auf eine Müllhalde kippt. In den Augen der Roten tatsächlich menschlicher Müll, den man aus den Städten holte, und zur Aufbereitung auf das Land schickte.

Pol Pot wollte neue Menschen schaffen, formbare Marionetten, die funktionierten wie in einem Ameisenhaufen. In diesem Recycling-Prozess verhungerte Beachs Schwester, und Chou überlebte mit ihrem Sohn nur deshalb, weil ein übereifriger Parteifunktionär meinte, Neugeborene kämen nicht mit der Erbsünde des Kapitalismus' zur Welt, und wären daher ideal für den Ameisenhaufen geeignet.

Beach erzählte, als ob sie alles selbst erlebt hätte, obwohl sie erst drei Jahre alt war, als die Vietnamesen dem mörderischen Spuk ein Ende machten. Aber in der Rückerinnerung spiegeln sich halt mal die Ereignisse in einer Auslegung, wie sie von Betroffenen, in diesem Fall Chou, empfunden und weiter erzählt wurden. Eine Familien-Saga lebt zwar von Zuspitzungen und Aussparungen, aber ich glaube, was damals von den Roten getrieben wurde, ist auch in der schrecklichsten Ausformung noch eine Untertreibung. Dem Durchschnittsbürger fehlt dafür die Fassbarkeit.

„Die haben damals neue Begriffe erfunden", sagte Beach, „Wir Kinder durften zu Vater oder Mutter nicht Papi, Mami oder ähnliches sagen. Jawohl! Vater hieß <Poh> und Mutter <Meh>. Keine Koseformen mehr. Und die haben die Geschlechter abgeschafft. Es hieß nicht mehr Herr Soundso und Frau Soundso, sondern nur noch <Met>."-
„ Also du wärst jetzt <Met Beach> und ich <Met Gert>?" -
„Ja, genau." – Wir lachten.

„Das nenn ich Emanzipation. Die haben den sprachlichen Unterschied abgeschafft"-

„Ja, Nicht nur den sprachlichen. Mann und Frau haben auch die gleiche Arbeit machen müssen, auf den Reisfeldern." –

„Mit gleicher Bezahlung?"

Beach lacht: „Ja, natürlich... beide haben nichts bekommen. Nicht einmal genug zum Essen. Das Geld war ja auch abgeschafft." -

„Bei uns läuft's in die Gegenrichtung,", sagte ich und versuchte ihr das Binnen-I und andere weibliche Sprachformen zu erklären, fast kamen wir ins Albern, „was? Habt ihr keine anderen Probleme?", aber da kam der Barkeeper und fragte, ob wir noch einen Wunsch hätten, denn er habe Feierabend. Was? Schon so spät, und wir als letzte Gäste?

Er brachte uns noch Getränke und war dann weg. Beach war sehr neugierig, nämlich wie es in Europa mit der Emanzipation der Frau stünde, und ich erläuterte einige soziale Fragen, hatte aber dann Mühe, auf Englisch das Binnen-I zu erklären, wobei ich nicht wusste, ob sie wirklich interessiert war, oder ob ihre Fragen nur aufkommende Verlegenheit überbrücken sollten. Wir waren ja allein.

Ich wusste nicht recht, was ich jetzt tun sollte.

„Kriegst du so spät noch ein Tuk-Tuk?" fragte ich daher.

„Kein Problem", sagte sie, „aber ich warte auf einen Anruf meiner Freundin. Die hat nämlich Besuch und ich weiß nicht, wann der weg ist." –

„Oh Weh!", sagte ich, „wer weiß wie sich so etwas entwickelt."

Und dann bot ich ihr spontan an, bei mir zu übernachten, das rutschte mir halt so raus, und ich hatte dabei gemischte Gefühle, die sich so ergeben, wenn sündige Gedanken mit dem Bild von Hannas Krankenbett streiten.

„O my God!", rief sie aus, „was soll ich nur tun? Darauf bin ich nicht vorbereitet. Eine Guide bei ihrem Kunden? Wenn das mein Chef erfahren würde. Das ist ein Fall für Hire & Fire."-

„Geschäftsbesprechung", sagte ich. „Wir können bei mir oben weiter reden. Ich hab noch ein Flasche Whiskey."-

Sie blickte ins Grün und Blau des Wasserfalls hinaus und sah mich dann lange an: „O. k.", sagte sie schließlich.

Es ist ja ein abenteuerliches Gefühl, voll Spannung einerseits, und schlechtem Gewissen andererseits, wenn man in langjähriger Partnerschaft lebt, und dann mit einer fremden Frau übernachten will, wenn es nicht die Schwester oder Großmutter ist, ich meine, es mag ja nicht jedem so gehen, es wimmelt diesbezüglich ja von abgebrühten Routiniers, aber mir geht es so, auch wenn Hanna meint, ihr wäre es lieber, wenn ich mein Ding in ein fremdes Frauenzimmer steckte, als meine Nase in ein fremdes Schicksal. Ich solle da mal cool bleiben. Aber ich denke, warum nicht beides zusammenlegen.

Und was ich noch denke ist, dass Beach ja nicht in Hemd und Hose neben mir schlafen kann, und ich weiß, dass sie unterm Hemd keinen BH hat, vielleicht hat sie auch keinen Slip, pikant, oder was man halt so denkt in einer solchen Situation, und nackt wird sie doch nicht gleich unter die Decke schlüpfen wollen, neben mir. Aber Hanna hat ja noch ein Nachthemd im Koffer, aus Seide, ja, natürlich… Wird zwar etwas zu groß sein, ja, aber dann muss ich Hanna den Besuch beichten, jawohl, denn auch wenn ich das Nachthemd hinterher in die Laundry gebe und im Koffer verstaue, nützt es nichts, denn Hanna merkt sich jede Falte an ihren Sachen und identifiziert jeden Geruch, diesbezüglich hatte sie früher endlosen Streit mit ihrer Schwester, weil sich diese heimlich von ihr Sachen ausborgte. Am bequemsten wäre doch, Beach schliefe nackt.

Sie wollte den Whiskey pur, ohne Eis. Und sie sagte, jetzt sei endgültig Schluss mit ihrem Freund, sie habe lange genug seine Brutalitäten ertragen, sie könne sich sonst nicht länger in den Spiegel schauen, nicht nur wegen ihres Picasso-Gesichtes.

Das Violett ums Aug stünde ihr aber gut, versuchte ich einen unpassenden Scherz, violett zu schwarzen Haaren, exotisch. Sie kicherte aber und gab mir einen Stups gegen die Brust. Aber dann wurde sie wieder ernst und meinte, wir müssten ihren Freund anzeigen. Sie würde morgen mit mir zur Polizei gehen.
„Wie lange kennst du ihn schon?" fragte ich.
„Nun ja, schon seit damals, als wir das Haus zurück bekamen. Er hatte das Haus ja mit seiner Familie

bezogen, nach unserer Deportation. Also da war ich noch ein Kind."-

„Und wie lange seid ihr zusammen?"-

„Seit sechs Jahren. Zuerst war es nur ein Spiel. You know? Ich wollte über ihn erfahren, was mit meinem Vater passiert ist, und wo er begraben liegt. Von dieser Frage war ich besessen. Das war Fanatismus. Verstehst du? Und dann bin ich hängen geblieben, wie man so sagt. Seine Brutalität war mir ja neu. Dann hab ich mich daran gewöhnt."

Sie machte eine entschuldigende Handbewegung und lachte bitter in meine Nachdenklichkeit hinein.

Als sie auf die Toilette ging, suchte ich Hannas Nachthemd aus dem Koffer, sie hat ihre Wäsche immer im Koffer, nie im Regal, und diesen auch zugesperrt, wegen etwaiger Staubmilben und der Kramerei der Stubenmädchen, mein Spott darüber konnte sie zur Raserei bringen, verdammt, jetzt musste ich erst mal den Schlüssel suchen, wo hat sie denn..., und dabei stellte ich mir Beach im Nachthemd vor, aus dem Bad kommend, im Gegenlicht der Spiegellampen, eine zierliche Silhouette unter durchsichtiger Seide.

Und als sie von der Toilette zurückkam, reichte ich ihr das Nachthemd, und sie hielt es prüfend vor sich in die Luft und kicherte, „hübsch", sagte sie, „bisschen zu groß", ... und dann läutete ihr Handy.

Medienfeuer

Mit den Erwartungen auf ein Abenteuer ist es oft so wie bei angesagten Revolutionen: sie finden nicht statt. Alles, was ich mir so schön ausgemalt hatte, trotz schlechten Gewissens, war zusammen geschrumpft und hinterließ einen bitteren Geschmack, der sich auch nicht mit einem Schluck Whiskey hinunterspülen ließ. Es bedurfte eines ganzen Glases, bis sich mein Bedauern in Erleichterung wandelte. Hanna, meine Liebe, ich kann dir weiterhin offen in die Augen sehen.

Beach hatte beim Abschied meinen Kopf umfasst und mir ihre Lippen geboten, d.h. die unbeschädigte Hälfte. „Sorry, my dear", hatte sie gemurmelt, „also bis morgen." Und dann war sie entschwunden.

Als wir am nächsten Morgen ins Spital kamen, herrschte in Hannas Zimmer helle Aufregung. Weiß bemäntelte Gestalten umringten ihr Bett, prüften Schläuche und Infusionsnadeln, und redeten auf eine Schwester ein, die bedauernd ihre Hände rang. Hanna lag apathisch in den Kissen.

Mir griff ein gewaltiger Schrecken ans Herz, ein Adrenalin-Stoß beim Pungee-Jumping ist nichts dagegen, es war ein Bild, als ob sich ein Ärztekonsortium zur letzten Konsultation bei einem Patienten versammelt hätte, sozusagen gleich nach der Heiligen Ölung. So einen Schrecken muss man sich erst einmal vorstellen.

Als sie Beach und mich wahrnahmen, kam einer der Weißen auf mich zu, stellte sich als Stationschef vor, räusperte sich und meinte, es hätte eine kleine Aufregung gegeben, nichts Besonderes, Hannas Gesundheitszustand sei den Umständen nach stabil, allerdings müssten noch weitere Untersuchungen gemacht werden, und im Morgendämmern habe man eine, äh…, betriebsfremde Person aus dem Haus weisen müssen. Der Mann müsse durch die Notambulanz… Es empfehle sich eine Anzeige bei der Polizei gegen Unbekannt, you know, das Spital könne so etwas nicht tun, man käme schnell in ein diffuses Licht, you know, das königliche Wappen verpflichte.

Und da bin ich schon bei Hanna, setze mich an den Bettrand und nehme ihre Hand, die mich klammert, als ob sie eine Nuss aufbrechen wollte, und aus ihren geschwollenen Augen rinnen wieder die Tränen, und stoßweise gelingt ihr nur ein Lispeln, aber ich verstehe: Sie hat Angst. Eine Angst, bei der sich sogar ihre geschwollenen Lider heben, unter denen ich Furcht sehe.

„Der Zöllner… Er war hier… Er wollte…", lispelt sie, und hilfloses Schluchzen schüttelt ihre Brust, mein Gott, muss das weh tun bei ihren gebrochenen Rippen, „er hat ein Kopfkissen… Ich hab gerade noch den Notruf drücken… Ein Kopfkissen genommen… Keine Luft…"

Und der junge Arzt, ich hab seinen Namen vergessen, berichtete, dass die Nachtschwester, einen Mann im Pflegerkittel an Hannas Bett überrascht habe. Der Mann sei geflohen, als die Schwester um Hilfe geschrien hat. Und Beach ist auch entsetzt und meint, wir müssten sofort zur Polizei und eine Anzeige machen, und Hanna lispelt: „Bleibt bei mir. Geht nicht weg!". -

„Wir müssen was tun", sage ich zu Beach, „bis wir Polizeischutz kriegen, das dauert ewig, und ob die überhaupt reagieren. Da kommt zuerst der Amtsweg: Anzeige, Protokoll, und hin und her und ob, der ganze Kram."-

„Was sollen wir tun?"-

„Wir müssen Druck ausüben, über die Öffentlichkeit. Und zwar rasch. Feuerchen unterm Hintern."-

„Öffentlichkeit? Wie geht das?" Sie sieht mich ratlos an.

„Wir zwei sind bei den Behörden kleine Würstchen. Wir müssen größere Kaliber einsetzen. Also, du rufst zuerst deinen Chef an. Die Agentur kann es sich nicht leisten, dass einer seiner Kunden umgebracht wird. Oder? Touristen wollen Sicherheit."-

„Der will mit der Polizei nichts zu tun haben."-

„Ich weiß, aber der muss, sonst vernadere ich eure Agentur in österreichischen und deutschen Zeitungen."

Sie sieht mich zweifelnd an.

„Dann rufen wir die hiesige Redaktion von *Cambodia Dayly* an. Wirst sehen, wie schnell die da sind. Ein Fressen für die Zeitungen. Ich sehe schon die Headline, vielleicht schon heute Abend: Mordversuch im Royal Angkor Hospital und im Bayon. Der Stationschef kann sich brausen, von wegen nichts Besonderes."

Beach schaut noch immer zweifelnd und Hanna lässt meine Hand los.

„Und noch besser: du rufst bei eurem Revolverblatt an, hab da Bilder auf der Titelseite gesehen, grauenhaft, soll ja ein Regierungsblatt sein, wie heißt'n das?"-

„Reaksmei Kampuchea". –

„Ach ja! Wenn die in einem Amtsblatt ein Attentat auf eine Touristin bringen, springen alle Hebel an. Und ich ruf dann bei der Deutschen Botschaft in Phnom Penh an, die vertritt auch Österreicher. Wir haben keine Botschaft in Kambodscha, die nächste sitzt in Bangkok. Die sollen bei der Polizeidirektion sofort mal Feuer machen... Habt ihr hier lokales TV?"

„Nein!" –

„Na o.k.!" Und ich denke mir, schade, die Nachrichten am Abend hätten den Zöllner schon mal festgenagelt, aber morgen wird die Sache in der Stadt publik, das wird ihn von weiteren Anschlägen abhalten, und kommende Nacht sollte ich bei Hanna im Spital bleiben.

Und während uns der junge Arzt die Telefonnummern besorgt, während Beach und ich abwechselnd telefonieren, - Beachs amtliche Donnerstimme ist zurück und dringt respektheißend aus dem zarten Körper -, während ich einem Botschaftsangehörigen die Sachlage schildere und die nächsthöhere Instanz anschreien muss, bis sie begreift, „wir brauchen Polizeischutz, verstehen Sie?", da liegt Hanna entspannt im Bett, ermattet im Gefühl des Umsorgtseins und blickt uns dankbar an. Ein Schimmer der Erleichterung liegt über ihrem entstellten Gesicht und ich tupfe ihr die Tränen von den Wimpern.

Es dauert kaum eine halbe Stunde nach den Telefonaten, da rücken zwei Reporter des kambodschanischen Boulevardblattes an, ein Journalist vom Tag und ein Fotograf. Zwanzig Minuten später ist auch der *Cambodia Dayly* präsent, und gleich danach der Stationsvorsteher, der sich demonstrativ an Hannas Bett stellt und huldvoll in die Kameras lächelt...

Blitzlichter. Hanna will sich wehren, trotz ihrer misslichen Lage ist sie eitel genug, um nicht in der Zeitung auf der Titelseite zu erscheinen. Als wir beispielsweise bei der Einreise für den Fahndungscomputer fotografiert wurden, hatte sie gemeint, ob man sich dies gefallen lassen müsse, ohne beim Friseur gewesen zu sein, also scherzhaft. Aber diesmal ist es blutiger Ernst, und auch die Interviews, die wir geben, sind kein Anlass zum Scherzen. Im Gegenteil: ich dramatisiere ausgiebig und auch der Stationsvorsteher legt einige Schäufelchen nach. Ich glaube, wir kriegen eine ganzseitige Story. Als die Reporter weg sind, telefoniert der Stationschef mit der Polizei.

Und siehe einmal an: Nach dem Mittagessen stehen zwei Polizeibeamte vor der Tür zum Krankenzimmer, wie Dämonen vor den Pagoden, und spielen heroische Staatsmacht. Sie sind jung genug, um nicht Mitglied der Mörderbande der Roten Khmer gewesen zu sein. Ich bin erleichtert.

Beach und ich haben zusammen mit Hanna ein Mittagessen serviert bekommen, eine noble Geste des königlichen Spitals. Beach hat Hanna gefüttert. Nach dem Aufmarsch der Polizisten gehen wir zur Polizeidirektion und machen unsere Anzeige. Auch Beach zeigt ihren Freund wegen Körperverletzung an. Nach der Protokollaufnahme, die uns endlos erscheint, kehren wir zu Hanna zurück. Shiva sei Dank, jetzt läuft die Amtsmaschinerie, mehr können wir im Moment nicht tun. Hanna schläft und Beach stellt ihr ein Sträußchen Blumen auf den Nachttisch. Ich schreibe ihr einen Zettel mit Gute-Nacht-Wünschen: Bis morgen. Schlaf gut!

In dieser Nacht bleibt Beach bei mir.

Zerknirschung

Am nächsten Tag sind wir auf den Titelseiten der Zeitungen, d. h., Hanna und der Stationsvorsteher, und letzterer ist der Held des Tages, denn er hat das Attentat vereitelt und sämtliche Polizeiaktionen in die Wege geleitet, weil die betroffenen Touristen keine Anzeige gemacht hätten. Und er wird persönlich die Touristin aus Austria, Hanna F., überwachen, weil sie die einzige Zeugin ist, die den mutmaßlichen Täter identifizieren kann, also beim Attentat am Bayon. Nach dieser Person wird bereits gefahndet.

„Der kriegt wahrscheinlich einen Orden", sage ich beim Frühstück zu Beach, „der königliche Abteilungsleiter", die darüber erbost ist und gleich die Redaktionen anrufen will.
„Lass das", sage ich, „das bringt nichts. Das ist Boulevard. Da wird nicht viel herum recherchiert. Außerdem reißt man einem Arzt des königlichen Hospitals nicht wieder die Schulterklappen ab, auch wenn er sie sich selbst aufgenäht hat."

Und ich denke mir, dass die Eitelkeit der Menschen in einem Lügengebäude wohnt, aus dem man sie bei Bedarf rausholt, aufpoliert und der Welt vorführt, das ist bei uns zu Hause nicht anders. Aber dieses Gebäude steht auf schwachen Fundamenten und kann leicht einbrechen, wenn mal die Wahrheit gegen die

Mauern kracht. Und wir Journalisten müssen uns am eigenen Krawattl packen, denke ich, denn die Wahrheit ist auch, dass wir diese Eitelkeit ausnützen, skrupellos, um an attraktive Headlines zu kommen. Die müssen nicht immer die Wahrheit sein, (… wie wir aus verlässlicher Quelle erfahren…) ‚Hauptsache sie treiben die Auflagen unserer Zeitungen hoch. Das gilt ja nicht nur für die Boulevard-Blätter mit ihrer reißerischen Sprache, sondern auch für seriöse, die in wohlgesetzten Worten informieren, und der Begriff „Lügenpresse" muss nicht immer eine Verleumdung sein. So denke ich, und muss mir gleichzeitig eingestehen, dass mir diese Selbsterkenntnis im Job nicht wirklich hilfreich ist.

Und nach der Zeitungslektüre, die mich von der vergangenen Nacht erst mal abgelenkt hat, packt mich Reue, und ich denke, was für ein anfälliges Arschloch ich bin, also einerseits, und andererseits haftet aber das süße Erlebnis Beach nachhaltig in Geist und Körper. Es ist so, als ob ich faschierte Leibchen aus der Pfanne genommen hätte, aber wieder fallen lassen musste, weil sie so heiß waren, aber dann wurde die Fresslust so stark, dass ich hinein biss, in das heiße, würzige Stück, ohne Verstand und Instinkt, so dass ich mir dabei anständig den Mund verbrannte.

Und Beach ist feinfühlig und merkt etwas, ergreift meine Hand und schaut mir mit einem verständnisvollen Blick in die Augen, und ich weiß nicht, ob sie Bedauern ausdrücken will oder Mitleid, mit einem, der wieder im Gewissensnotstand ist und nicht weiß, ob man zwei Frauen gleichzeitig lieben kann, ja, begehren schon, aber nicht lieben, und sich einreden will, ein Abenteuer kann man wegstecken wie einen alten Regenschirm, den man im Restaurant vergessen hat und nicht mehr braucht.

Wie-dem-auch-sei: Heikle Fragen werden durch den Ablauf von Ereignissen in den Hintergrund gedrängt. Denn als wir im Spital sind, erklärt mir der Stationschef höchstpersönlich, dass weiterführende medizinische Untersuchungen abgeschlossen seien, dass Hanna transportfähig sei und morgen von der Air Ambulance abgeholt werde. Er habe die Diagnose von Hannas Verletzungen nach Innsbruck übermittelt und ich könne selbstverständlich mitfliegen. Ich bedanke mich und denke, der gute Mann hat seinen Orden verdient, obwohl ich den Eindruck habe, dass er froh ist, uns los zu haben. Hinter überschäumender Freundlichkeit wird oft etwas vorgeschwindelt.

Zu Mittag berichtet der Rundfunk, dass der „mutmaßliche Täter" an seinem Arbeitsplatz am Flughafen verhaftet wurde. Schon am Vormittag war die Krankenschwester, die den Zöllner auch identifizieren kann, von Kriminalisten verhört worden. Nachmittag wollen sie Hanna befragen. Sie muss ein Protokoll unterschreiben.

Also, liebe Beach!
Das geht mir jetzt alles zu schnell. Ich habe geglaubt, dass wir uns noch einige Tage sehen könnten, aber

andererseits bin ich froh darüber, dass ich mit Hanna abreisen muss, denn was wäre sonst mit mir passiert? Ich glaube, ich hätte mich ernsthaft in dich verliebt. Was heißt ich glaube, also nein, ich bin's ja schon. So habe ich mich nicht eingeschätzt, davor hat mich Hanna immer gewarnt. Ein Abenteuer mit einem fremden Frauenzimmer? Na schön, wenn's halt sein muss, aber ohne Emotionen bitteschön, sonst wird es gefährlich. Und ich weiß nicht, ob dies vorgespielte Toleranz ist, oder ob sie es ehrlich meint. Ich glaube, sie schwindelt mir was vor... Ich möchte Hanna nicht verlieren. Ich kann gar nicht ausdrücken, wie froh ich bin, dass dieser furchtbare Sturz so glimpflich geendet hat. Der Wahrsager mit der Geiernase hat zu Recht gewarnt. Meine Skepsis gegenüber der Hellseherei wankt. Ich hätte Hanna das Schutz-Öl auf die Stirne streichen sollen, auch wenn sie sich gewehrt hätte, weil sie Kampfergeruch nicht mag. Aber ihre Zeit war noch nicht gekommen, da hat wohl der Tempelgott Shiva seine schützende Hand im Spiel gehabt.

Und jetzt stecke ich mitten drin in meinen Emotionen, liebe Beach, und da muss ich wieder raus. Verstehst du? Es war sehr schön mit dir, und ich möchte die Erinnerung daran mitnehmen wie ein Schatzkästchen und auf meinen Schreibtisch stellen, unter die stechenden Blicke von Sigmund Freud, meinem Tiefenstierler, wie Hanna sagt, und manchmal hineinschauen...

So dachte ich also an diesem Tag und wollte es auch sagen, aber als wir am späten Nachmittag Hanna verlassen hatten und in einem Café am Rande des Marktes saßen, redeten wir nur belangloses Zeug.

Beach hatte sich ihre Guide-Lizenz um den Hals gehängt und gab sich amtlich. Dies half uns über beidseitige Verlegenheit hinweg, dämpfte Sentimentalitäten und zog keine missverständlichen Blicke der Umgebung an. Wir waren uns darüber einig, dass wir uns an diesem Abend nicht mehr treffen würden. Ganz ohne Absprache. Beach wollte mich am darauffolgenden Tag auch nicht zum Flughafen bringen, sie wollte nur Amin mit dem Honda schicken. Keine Träne sollte den Abschied erschweren.

Auch diese, deine Haltung will ich in meinem Schatzkästchen bewahren, zusammen mit den ungestellten Fragen, die mich noch bewegen. Ich hab ja dein Schicksal zu meinem Thema gemacht, nicht nur wegen des Auftrages meiner Zeitung.

Aber wie gesagt: Wir redeten in diesem Café nur belangloses Zeug.

Biografie

Der Autor Horst Weber
lebt in Großgmain bei
Salzburg und schrieb
bereits während seines
Studiums der Betriebs-
wirtschaft in Wien,
Frankreich und Ägypten
Prosatexte.

Beruflich war er u. a.
Schriftleiter der „Öster-
reichischen Schriften zur
Entwicklungshilfe",
Marketingleiter bei internationalen Automobilkon-
zernen und Vorstandsdirektor in der Energiewirt-
schaft.
Bisherige Roman-Publikationen:
„Indianer in der Krippe", 2001;
„Der böhmische Türmer", 2007;
„ Der Götterberg", 2011

Dank

Ergeht an den Verlag,
an meine Frau Gitta für die perfekte Organisation der
Recherche-Reisen sowie an meinen Lektor und „Lieb-
lingsfeind" Gérard Sandré.

Horst Weber

Der böhmische Türmer

Eine Reise in die Vergangenheit
einer Kindheit
in Böhmen.
Erinnerungen steigen auf an eine facettenreiche Vielfalt in farbenfrohen Bildern, aber auch an früh prä-
gende Eindrücke, die unvergessen bleiben,- über die
Spanne eines Lebens hinaus.
Mehr erlebte Geschichte als Roman.

Universitas/Amalthea, Wien, 478 Seiten

*Karl-Markus Gauß: „… Mir kommt vor, der men-
schenfreundliche Impetus, der Sie nach dem schauen
lässt, was die Leute verbindet, spiegele sich auch in
der Struktur des Romanes… Darin manifestiert sich
die suchende Bewegung des Erzählers, der die Dinge
weniger weiß, als dass er ihnen auf den Grund gehen
will, das macht ihn so sympathisch… "*

Horst Weber

Der Götterberg

Jeder Mensch verdient ein bisschen Glück, auch wenn er hilflos vor den Tücken des Schicksals steht.

Balduin, der kauzige Weltverbesserer und Moralist, tauscht seine gesicherte Existenz gegen einen Strudel aus Abenteuern und Hinterhältigkeiten ein. In der exotischen Kultur Javas und Balis gerät er in einen Konflikt zwischen sexuellen Obsessionen und der aufkeimenden Liebe zu Bettina, die auf der Suche nach dem „Wesen des Seins" ist.

Seine „Auszeit" beginnt im Gefängnis. So hat er sich die Flucht aus seinem verkorksten Leben nicht vorgestellt. Seine Selbstzweifel schwinden zwar an der Haltung Bettinas, aber die heftige Romanze zwischen den beiden endet in einem Debakel, nicht zuletzt deshalb, weil Balduin das Orakel eines Brahmanen in den Wind schlägt.

Vindobona Verlag, Neckenmarkt, 199 Seiten

Horst Weber

Indianer in der Krippe

Eheaufstand in emanzipatori-
schen Therapierunden. Sie, die
Zwillingsmutter, zieht trotz
igeliger Sperrigkeit die Männlein an wie der Leim die
Fliegen.
Sie hat – na ja – Vergangenheit, die trotz verschwun-
dener Tagebuchseiten In der Basilika von Loreto ans
mystische Licht kommt. Und da taucht Josselin auf,
die schwäbelnde Französin, die für den Zwillingsvater
zur Bedrohung wird, und dazu Cesare, der missglück-
te Don Juan.
Und was war mit Luigi? Oh Amor, oh bella Ialia…

Books on Demand, Norderstedt, 311 Seiten

Und was sagen Rezensenten?
„…Mit Vergnügen zu lesen… Talent zum Erzählen…"

Textprobe

Oh du schöner deutscher Wald im Spätsommer:
Die Dichter schreiben nicht umsonst vom Waldesrau-
schen und Bächermurmeln. Sensiblen Gemütern
schlagen die Sinne an, wenn der Wind in die Wipfel
greift, sie zum Schwingen bringt und die Vogelwelt
zum Alleluja reizt. Erst das Rauschen und Raunen
schafft die Stille, man hört den Wald atmen. Die Dichter schreiben aber auch von Wettern und Sturmwin-
den, wenn es unheimlich braust und heult, der Sturm
die Wipfel brechen will und die Vögel sich ängstlich in
den Zweigen verkriechen. Da wehren sich die Bäume
mit tausenden Armen, fuchteln wie riesige Ungeheu-
er im Ringen mit Rübezahl, aufgewühlt wie das Meer,
stützen einander und umarmen sich. In solchen Au-
genblicken jauchzt das Türmerherz, die Brust schwillt
an und entlässt wilde Schreie in das Wüten der Natur.

(Aus „Der böhmische Türmer")